虎　　撑

万山寒江　著

吉林出版集团股份有限公司
全国百佳图书出版单位

图书在版编目（CIP）数据

虎撑 / 万山寒江著. -- 长春：吉林出版集团股份
有限公司, 2023.2
ISBN 978-7-5731-1186-9

Ⅰ.①虎… Ⅱ.①万… Ⅲ.①长篇小说 - 中国 - 当代
Ⅳ.①I247.5

中国版本图书馆CIP数据核字(2022)第013066号

HUCHENG

虎撑

著　　者	万山寒江	
责任编辑	杨　爽	
装帧设计	张红霞	

出　　版	吉林出版集团股份有限公司	
发　　行	吉林出版集团社科图书有限公司	
地　　址	吉林省长春市南关区福祉大路5788号　邮编：130118	
印　　刷	长春新华印刷集团有限公司	
电　　话	0431-81629711（总编办）	
抖 音 号	吉林出版集团社科图书有限公司　37009026326	

开　　本	880 mm×1230 mm　1 / 32
印　　张	13
字　　数	330 千
版　　次	2023 年 3 月第 1 版
印　　次	2023 年 3 月第 1 次印刷

书　　号	ISBN 978-7-5731-1186-9
定　　价	48.00 元

如有印装质量问题，请与市场营销中心联系调换。0431-81629729

一

汾水东畔，龙城并州，一座有着2500年沧桑历史的锦绣古城，迎来了夏日里最不平凡的一个宁谧的清晨。

即便是七八月的盛夏，在北方这座老城的早晨，也丝毫找不到残留在昨日晌午的那种酷热，反倒是迎着月季花的清香和北方夜晚留下的清凉，散发出了和煦而又慵懒的晨光。

在医科大繁茂的树荫下，三三两两的年轻学子，穿着象征着毕业的学士服，在学习、生活了七八年的大学校园里面摆拍着，想要留下的不仅仅是这熟悉的景色，还有这几年来最美好的回忆。

憩读轩的回形长廊里面，一个漂亮女孩儿凝望着回廊的尽头，眼角和眉梢间则是抹不开的浓情，在翠绿荫蔽之下，斑驳的光点照在女孩儿漾起笑容的嘴角上，就连空气中也弥漫开了粉红色的恋意。宽松的博士服，白色的垂布，藏不住女孩儿凹凸有致的身形。博士帽边上红色的流苏垂在一旁，宛若一幅美卷，鬓边青丝海棠红。

女孩儿叫肖丰饶，从这个名字就能够看得出来父辈对这个女孩儿寄予的希望，不求达官显贵、声名显赫，只求衣食无忧，丰裕富饶就可。

男孩儿一脸费解地走了回来，脖子上挂着一个相机，手里面则捧着一个快递。

"卢江，谁给你寄的东西？"

肖丰饶心里面很是好奇，这个从农村走出来的男朋友，平日里的社交圈很窄很窄，除了自己这个女朋友之外，就只剩下了同宿舍的哥们儿弟兄三个，还有谁会给卢江寄东西？

卢江仪表堂堂，一表人才，在医科大这种本来就数量不多、质量又差的一星半点儿的绿草之中是如此地出众，肖丰饶也算是"过五关斩六将"，才最终把这枚校草级别的家伙给弄到手。

不过，过程不是重点，女追男嘛，隔层纱，只是想要捅破这层纱，不用点儿手段是不行的。肖丰饶自认为在这方面还是挺有天赋的。很快，卢江就成了自己名正言顺的男朋友了。

当然，结果才是最重要的。到底是谁半推半就、谁半央半求，其实并不太重要，重要的是，他们俩在一起了，而且在一起都快七年了。

近七年来，肖丰饶和卢江两人相处得十分融洽，没有闹过一次别扭，更没有闹过一次分手。

卢江一脸不解地摇了摇头，努力地思索着，结果想了半天却理不出个头绪来，毕竟这地址是老家那边的，至于是谁寄的，卢江不知道。

卢江的老家在偏远的山区，那里是个山清水秀但是很贫困的地方。卢江的父母在他的脑海里面只不过是一个代表着温暖和思念的名词，从记事起，卢江就一直和爷爷待在一起，当卢江问起父母的时候，爷爷只有无声的回答。

"不知道，老家那边谁会给我寄东西啊？"

卢江疑惑地说道。一开始他觉得是爷爷，但是他又摇了摇头，爷爷是不会给他寄东西的，毕竟在自己的家乡，爷爷可是很忙的，就算是年过七旬，爷爷也没有闲工夫给自己寄东西，而且石城是个偏远山区的小镇，进出都不是很方便。

听了卢江的话，肖丰饶也忍不住好奇了起来，眼前一亮，然后来到卢江面前，二话不说直接就把卢江手中的快递抢了过去，一边还用狐疑的目光审视着卢江，"我说，这不会是你在山沟沟里的青梅竹马给你寄的吧？"

"别闹，我哪里有青梅竹马？"

女朋友玩闹惯了，卢江赶紧辩解道，肖丰饶是个好女孩儿，但是该有的立场必须要坚定，该有的表态必须要有，和肖丰饶相处了这么长时间，卢江对女朋友的性格拿捏得死死的。

肖丰饶咯咯地笑着，花枝乱颤，就连博士帽的流苏都轻轻地如同水纹荡漾般摆动了起来。

"那可难说，谁家还没有个小可爱呢啊！现在有一首歌可是很流行的，《白月光与朱砂痣》，那你说，我究竟是你的白月光呢，还是你的朱砂痣？"

卢江笑着摇摇头，这就是男人和女人思维的不同，男人是单一思维，而女人则是多重思维，说得再直白一点儿，那就是毛线与毛衣之间的区别。

不过面对着女友的提问，卢江不能不作回答，以往的亲身经历告诉他，绝对不能无视女朋友的提问。

白月光是心中最完美的恋人，是神圣不可侵犯的，对爱情最美好的想象；而朱砂痣的爱情则是爱过之后留下来的记号，是永远的痛，同时也是一种得不到的遗憾。

张爱玲在《红玫瑰与白玫瑰》中写道："也许每一个男子全都有过这样的两个女人，至少两个。娶了红玫瑰，久而久之，红的变了墙上的一抹蚊子血，白的还是'床前明月光'。娶了白玫瑰，白的便是衣服上沾的一粒饭黏子，红的却是心口上一颗朱砂痣。"

这是白月光和朱砂痣的出处，张爱玲只是想要说，无论是白月光还是朱砂痣，都是男人对得不到的感情的一种遗憾，日思夜想的虚幻。

当然，卢江既没有"白月光"，也没有"朱砂痣"，就算有，在这个时候，求生欲满满的他自然是百分之百也不会承认的，卢江淡定地说道："都不是，如果要说是的话，你就是我的劳力士，一旦拥有，别无所求。"

肖丰饶的那双眼睛笑成了两道弯弯的月牙儿，对于男友的回答自然是再满意不过。

一

"我可以替你拆吗？"肖丰饶水汪汪的大眼睛望着卢江手中的那个快递盒，满脸好奇地问道。

"当然可以。"卢江不是不介意，而是不敢，要是打翻了肖丰饶这醋坛子，那可是不好收场的。

"太好了！"

肖丰饶拆开了包裹，里面却是一个很古老的盒子，散发着一种陈旧的味道。

"会不会是什么价值连城的传家宝物啊，卢江，你看这盒子好像很特别，你确定这东西是寄给你的吧？"

"应该不会错。"

盒子被打开，里面静静地躺着一个铜制物件，它的样子像极了一个空心的甜甜圈，向外的一面中间开了一道狭长的细缝，内置弹丸，散发着锃光瓦亮的光泽，看样子此物的拥有者应该会时不时地拿出来擦一擦，才会如此光亮。

肖丰饶奇怪地抬起头，一脸不解地望着卢江，问道：“这是什么东西？”

看到这个东西，卢江的脸色一下子由平静变得震惊了起来，久久地伫立在那里，一句话都没有说，就连肖丰饶的问题，卢江也仿佛突然间双耳失聪了没听到一般。

“哎，问你呢？”肖丰饶很疑惑男友的反应，轻轻地用胳膊肘推了一下卢江。

卢江并没有回答。

“这到底是什么呀？你是不是知道？为什么不回答我？”肖丰饶一直不停地追问道。

卢江的脸上挤出来一个很难看的笑容，脖子僵硬地摇了摇头，说道：“不知道，算了，不管它了，先收起来，以后慢慢地再研究好了。”

说着，卢江就接过了快递盒，捏扁了扔到不远处的垃圾桶里面，把铜制的空心面包圈塞回了那个古朴的盒子里面，然后直接塞进了自己的背包里。

“好了，我们拍照吧，你不是说过要把咱们学校的所有景点都拍一遍的吗？”

肖丰饶看了看卢江脖子上挂着的相机，樱红的小嘴又直接噘了起来，心想：这家伙什么时候开始变得神神秘秘的了？肯定是有事儿在瞒着我。

不过，肖丰饶装作没看见。

"好啊！"

将自己心中的疑惑小心翼翼地收了起来，肖丰饶回了卢江一个甜甜的笑容。

卢江不是个时髦的家伙，现在大家都在用数码相机了，甚至都用高像素的手机拍照了，这家伙还要坚持用之前的胶卷相机。卢江还有一套理论，说是用胶卷相机拍出来的照片，有着高质感和高层次感，而洗出来的照片更是有着超高的像素，画面也更加细腻。

当然，卢江说得最多的便是肖丰饶天生丽质，不需要什么美图软件来磨皮、美白啦，本就是一位原生态纯天然的美女，清水出芙蓉，天然去雕饰，何必要修图呢？

肖丰饶没好意思拆穿卢江，是因为卢江除了学习和吃饭，就没什么零花钱，就这样一部机相还是因为要上解剖实验课用来观察和记录，卢江省吃俭用半年多才从别人手里买下来的二手货。

肖丰饶这么做也完全是为了顾及卢江的面子，看着卢江又摆弄起了相机，她立刻配合着卢江拍起了毕业照。

只不过之后的卢江，有些心不在焉。

卢江在肖丰饶面前说了谎，那个像是甜甜圈一样的东西，卢江自然是再熟悉不过了，它有一个很奇怪的名字——虎撑。

只不过现在已经很少有人知道这种东西的存在了，民间八不语之一的虎撑，既是游医郎中的信物，也是采药的标志。

古时中医除了坐堂行医之外，还有走街串巷为普通老百姓看病的游医郎中，他们身背药箱，肩搭褡裢，右手举"积德行善"或"妙手回春"的幌子，左手摇一响器，游走于山野乡间、胡同弄堂。

而游医郎中左手拿的这一响器，便是虎撑，医铃虎撑！

在行医卖药的人眼中，这虎撑便是身份的象征，更是一道"护身符"。

卢江之所以认识虎撑，那是因为在爷爷行医的医箱里面，他也看到过这物件，只不过爷爷对虎撑宝贝得紧，压根儿就不让卢江动手，哪怕是摸一下也不成。在爷爷那里，虎撑看似平平无奇，但是意义非凡。

"不拍了！"

肖丰饶直接坐在了校园的石凳上，嘴角轻轻地一撇，"都已经拍了一个多小时了，累都要累死了，坐下来歇会儿。"

卢江没说什么，坐在了肖丰饶的身边。

"马上就要毕业了，我家里那边都已经安排好了，直接进咱们学校的附属医院，科室和你们普外紧挨着，以后我们约会见面方便得很呢！"

肖丰饶很是直白地说道，只不过她并没有告诉卢江的是，她是连哀求带威胁了家里人好长时间才把卢江也留在了医科大附属医院的。

卢江怔怔地出神，压根儿就没听到肖丰饶在说什么。

"怎么了？"

肖丰饶拿着胳膊肘轻轻地捅了两下卢江，心里有些恼。

从刚才开始卢江的状态就好像不对，仿佛有点儿心不在焉了。肖丰饶盯着卢江开始猜测了起来，看来还是那个奇怪的快递，从那之后，卢江就好像是三魂七魄少了一魂一魄一般。

反常，非常反常。

卢江欲言又止，他并不知道这个快递是谁寄出来的，但是看到这个医铃虎撑的时候，他的内心就已经开始动摇了。

留在省城，他能够得到一份不错的工作，享受衣食无忧的待遇，能够收获爱情、事业，所有的一切都会朝着自己憧憬的更美好的生活方向发展，但是，卢江的内心此时此刻在挣扎、在纠结。

医铃虎撑，那是对自己学医的初衷的一种警醒。

三

"不对劲，你从刚才开始就很不对劲儿！"肖丰饶敏锐地嗅到了一丝丝的异样，双眼炯炯地盯着卢江，手则是略微有些紧张地缠上了卢江的胳膊。

卢江摇头，"没有，大概是有些累了吧，坐着休息一会儿就好了。"

"你有事儿瞒着我？"肖丰饶警觉地问道。

卢江没有回答，他认真地问道："丰饶，你为啥要学医？"

肖丰饶想都没想地说道："你知道的呀，我这算是被逼无奈的啊！要不是家里的老头子非要让我学医，说不定现在的我就是超级名模了！"

卢江笑了起来，这也是他一直引以为傲的，女友无论是身材还是相貌，完全不输于银幕上那些光鲜亮丽的女明星，甚至比她们还要更胜一筹。

"为什么想起来问这个？"

肖丰饶不解，看来女人的第六感总是那么准确，直觉告诉自己，卢江绝对有事在瞒着自己。

卢江的笑容中夹杂着一丝丝的苦涩。

"我学医，一不为钱，二不为权，曾经的我有一个小小的愿望，那就是能够像爷爷一样，成一乡良医，造福一方。"

想到这里，卢江的眼前逐渐浮现出了爷爷的身影，仿佛爷爷依旧站在老院子前，慈祥地望着自己，眼神中满满的都是期盼，仿佛在期待着自己做出决定，爷爷的身后门框上，贴着一副十里八乡只有他们家才能贴的对联。

卢江的眼眶不禁湿润了起来，眼前也渐渐有些模糊，鼻头也微微地有些发酸，正在犹豫不决、踌躇不定的时候，那个医铃虎撑的快递，仿佛将他的心拽回到了自己的家乡，拽回到了那个魂牵梦绕的地方，也让他想起了他在离开家乡到省城求学时的那个小小的誓言——学成之后必要回到家乡，让父老乡亲不再看病难。

虽然现在的卢江初心未改，但是他的心里还是有些不舍，主要是不舍此刻坐在自己身边的恋人。卢江心里很清楚，只要自己提出回老家，肖丰饶一定会反对，有些话说出来是伤害，藏起来却是保护。

"其实无论在哪里，都是在救死扶伤，大医院有大医院的好，能够救治更多的病人，到时候造福的就不是一方，而是十方了！"

肖丰饶随口说道。

卢江没有反驳女友，微微地摇摇头，淡淡地叹了一口气，低声地呢喃道："你没在乡下待过，没体会过乡下的苦，其实有些时候有些病人，根本就等不到来大医院医治，而且高昂的医疗费也会让那些拮据的乡民们望而却步。"

"你说什么？"

肖丰饶没听清，而她觉得男友的表现越来越反常了。

当然，卢江这话其实并不是说给她听的，而是在说给自己听，他想要劝说自己放弃眼前的似锦前程，撇开身边的如花美眷，回到那个一直拽着自己的风筝线的家乡。

如果留下来，或许能够在欣赏自己的导师那里获得一份收入不菲且体面的工作，甚至连女友都已经安排好了两人共同的幸福未来，这一切都在向卢江招手，仿佛在须臾之间便唾手可得。

一条是平坦的大道，而另一条则是布满荆棘的小路。

"没什么。"

再抬起头，卢江的心里面已经有了决断，他深深地知道，实现伟大的理想没有平坦的大道可走，而他要回到家乡，守护一方、造福一方，那就是他走出来的初衷，无论他卢江再怎么变，依旧初心不改，使志不渝；只有壮志满怀，才能砥砺前行。

肖丰饶看着身边的男友，她并不知道卢江的内心经历了怎样的纠结挣扎，更不知道卢江已经做出了一个很重要的决定，肖丰饶只是感觉到这一刻的男友是陌生的。

看着女友有些错愕地盯着自己，卢江笑了笑。无论肖丰饶将来对自己是怨恨还是失望，他都不后悔刚才做出的决定。

毕竟，卢江走出来的目的是为了回去。

肖丰饶还想要问一问自己的男友，但是这个时候电话突然间响了起来，挂断了电话之后，肖丰饶对着身边的男友说道："好了，要拍毕业集体照了，我们赶紧过去吧！"

卢江点点头。

对于女友的话，他从来就没有反驳过，而现在，卢江由于自己心里面做出的那个惊人的决定有一丝丝的愧疚，是对眼前这个女孩儿的愧疚，毕业即分手，这样绝情的话卢江说不出来，所以，只能在这有限的时间里弥补自己无限的愧疚了。

回到宿舍，卢江再一次拿出了那个被自己收起来的医铃虎撑，此刻他认真地端详起来，这是一个铜鎏金虎撑，价值非常高，是身份的象征，上面的纹饰是人参花纹。

卢江将自己的左手食指套入虎撑中，轻轻地摇了摇，虎撑立刻发出了清脆悦耳的声音，卢江的眼睛微微地闭了起来，这声音是如此熟悉，更是如此回味无穷，爷爷手中的医铃同样也是如此清脆悦耳。

突然间，卢江的手停了下来，他感觉到了虎撑的内壁上好像有字，卢江的手轻轻地在上面触摸了一会儿，突然间，他的大脑瞬间就像是被闪电击中了一般，直接就愣在了那里，眼睛瞪得大大的，写满了不相信。

海平。

卢江看到这两个字的时候，眼泪更是忍不住直接流了出来。

卢海平是卢江的父亲，而这枚虎撑，则是父亲的信物，现在卢江明白了，这东西为什么会寄给自己，这枚虎撑分明就是父亲的遗物，卢江捧在手里面，唏嘘不已。

卢江将父亲的遗物小心翼翼地收好，然后站了起来，如果说之前他还有些犹疑不定，那么现在，他已经下定了决心，而且不再动摇。

他敲开了导师黄鹤的家门。

四

　　黄鹤是省医科大的教授、博导、医科大附属医院普外科的主任医师，卢江则是黄教授的得意门生。

　　黄鹤有些诧异地看着自己的爱徒，脸上露出淡淡的笑容。

　　"小卢，来得正好，还没吃饭呢吧？你师母正好做了她的拿手菜，快去洗手，坐下来一起吃。"

　　卢江心里略微有些尴尬，他只想把自己的决定告诉师父，并没有考虑到现在已经是饭点了。

　　"还愣着做什么，赶紧进来。"黄鹤脸上一直都挂着和善的笑容，"这有什么好拘谨的啊，你也不是第一次到家里来，把这里当成自己的家就可以了，你师母可是念叨你好久了。"

　　吃完饭之后，卢江想要帮师母收拾，却被师母直接从厨房里赶了出来。而此时，师父已经给卢江泡好了一杯茶，摆在客厅的茶几上。

"师父！"

卢江虽然已经做出了决定，但是话到了嘴边，他又有些犹豫了。

黄鹤也察觉到了自己这位徒弟的异样，脸上的笑容略微地收敛了几分，"怎么了，看你今天欲言又止的样子，是不是心里面憋着什么话要对我说？"

卢江点点头，迟疑再三，还是硬着头皮对自己的师父道出了原委。

"师父，我不准备入职了！"

卢江的话音刚落，黄鹤就立刻激动地站了起来，能够把卢江安排到自己的科室，黄鹤可是没少费力气，黄鹤现在已经快五十岁了，他的一身医技也必须要找个传人了，而且自己的科室也需要一个年轻的业务骨干。

卢江就是最佳的选择。

不过黄鹤相信，自己的这位高足绝对不是一个冲动的人，因此，就算再惊讶，就算有再多的疑惑，黄鹤也耐着性子等着听卢江的解释。

"说说吧，你是不是已经找到更好的机会了，放心，老师我不会拦着你，相反，我会尽一切帮助你。"

卢江摇摇头。

"那是你觉得普外不适合你？没事儿，只要你看中的科室，我亲自和科室主任去聊。"

卢江又摇摇头。

"想要到神内？我听说你的女朋友被分配到了神内。"

卢江再一次摇了摇头。

卢江并没有解释，而是直接把那个盒子拿了出来，他规规矩矩地将盒子直接放到了黄鹤的面前，卢江的神色凝重，举止肃然，仿佛盒子里面放着的是一件极其贵重的东西。

"这是？"

黄鹤知道，卢江只不过是一个学生，还未走到社会上，社会上的那些风气还未沾染，而黄鹤喜欢的也正是卢江身上这一点。

"这是我今天收到的一个东西，虽不起眼，也不值钱，但是这也正是我做出不入职决定的缘由。"卢江郑重地说道。

黄鹤打开那个看起来古朴而又陈旧的盒子，看到盒子里面那个物件的第一眼便被深深地震惊了，黄鹤抬起头，神色略微有些激动地对着卢江说道："这是、这是，医铃虎撑？"

卢江点点头。

"是的，师父，这是我父亲的医铃，铃的内壁上刻着他的名字。看到它的时候，我就已经下定了决心，我得回去，回老家去。"

卢江说得很平静，却斩钉截铁，他双眼炯炯有神，语气坚定不移地说道："师父，其实我非常希望能够进入到普外，能够像您一样救死扶伤，但是看到我父亲的这个遗物时，让我想起了我来到省城求学的初心。"

黄鹤沉默了，他拿起虎撑，仔细地端详起来。

不得不承认，这枚虎撑非常漂亮，而且保存得非常好，虎撑上面的人参花纹清晰可辨，这虎撑现在已经不可多见了，即使是黄鹤，也是第一次见到如此漂亮的虎撑。

"哦，你的理想是什么？"

起初黄鹤听到卢江的话之后还是稍微有些生气的，但是看到这枚虎撑，黄鹤知道这里面必然有一段故事，能够让卢江放弃省城大医院的好工作，放弃大学同窗七八年的女友，他必然是经过深思熟虑的。

卢江淡淡地说道："师父，我爷爷是位乡医，虽然医术上不及您，但是在我们那个小镇子上，我爷爷的名声也是出了名的，不因别的，就只是因为整个镇子只有我们家才有资格贴的一副对联！"

"什么对联？"

卢江语气平静，但是眼神中带着一丝丝骄傲说道："悬壶济世心系家乡，神医妙手不贪富贵！"

黄鹤明白了。

"我明白了！"看着神色坚定的卢江，黄鹤叹了一口气，略微有些无奈和遗憾地说道，"小卢，你真的已经下定决心了？不再改了？"

卢江郑重地点点头。

"留在省城也挺好，都是救死扶伤，其实本质是一样的。乡下的条件很苦，而且待遇也不如在省城里的好，我劝你再好好地考虑考虑。"黄鹤虽然已经知道自己规劝无果了，但他还是抱着一丝丝的幻想，想要再试一下。

"师父，其实我有不得不回去的理由，我爷爷已经年迈，家乡那边需要我。而且这也是我经过深思熟虑后做出的决定，咱们医院离开我，还有像您一样医术高超的教授专家们坐镇，可如果我不回去，那么一方的乡里乡亲看病实在不方便。"

卢江忧心忡忡地说道。

黄鹤将那虎撑收好，站了起来，心情复杂地拍了拍卢江的肩头，沉声说道："好吧，小卢，你要知道现在农村的医生不好干啊！既然你都已经做了决定，我便不再拦你了，就算我能留住你的人，也留不住你的心，况且，我连你的人都留不住。我支持你的决定。"

"真的？"

卢江喜出望外。

五

　　黄鹤点点头，"是啊，就像你讲的，我们的医疗技术虽然进步了，但是在偏远的山区，人们想要看病还是很难的，这是个不争的事实。不过小卢，你要做好充分的心理准备，乡村医生的工作远比你想象的要困难得多。不过你要是遇到什么困难，可以跟我提，我来想办法帮你解决。"

　　"谢谢师父！"

　　卢江激动地说道。

　　黄鹤则是直接摆了摆手，对卢江继续说道："其实，你也别先急着谢我，我有个要求，这段时间我正在构思一篇农村医疗建设的论文，今天我就把这个任务交给你，这个课题呢，由你来帮我完成。"

　　"我？"卢江有些不太理解。

　　黄鹤郑重地点了点头，认真地说道："没错，小卢，现在看来，这个课题交给你是最合适的。"

"好，保证完成任务！"

卢江立刻拍着胸脯保证了起来。

黄鹤看了看卢江，突然间问道："小卢，你将你的决定告诉你女朋友了没有，她是不是也支持你回到乡村进行支医事业啊？"

黄鹤的一句话直接把卢江给问愣住了，其实这个问题卢江在心里面已经纠结几天了，卢江要回石城镇的决定是自己做出来的，他还没有考虑好如何和肖丰饶开口。

当然，卢江就算是猜也能够猜得出来肖丰饶的态度，肯定是坚决反对的，所以卢江就只能给肖丰饶来一个先斩后奏！

看到卢江脸上的表情，黄鹤瞬间就明白了。

"小卢，这么大的事情应该和女朋友商量一下的，有利于你们俩的感情。"黄鹤只得劝道。

卢江离开了。

黄鹤站在门口，却久久说不出一句话来，他心里面其实还是希望卢江能够留下来，但是黄鹤又无法挽留他，卢江要做的事情，让他已经牺牲了太多，而这样一个朝气蓬勃的年轻人，让黄鹤从教从医这么多年，第一次产生了惜才的念头，奈何……

"我本将心向明月，奈何明月照沟渠啊！这一次，可真的是照到沟渠里面去喽！"黄鹤叹了一口气，无奈地感慨道。

医科大附属医院，三级甲等医院，是省城最大的医院，也是每天有许许多多的求医者慕名而来的医院。

今天，是肖丰饶第一天正式上班，她的心情非常好，更让肖丰饶感到开心的是，她的男友和自己一个楼层，隔得不太远，平日里想要撒撒狗粮什么的，也是很方便的。

刚报到完，肖丰饶便开始了一天的忙碌，刚刚接触到工作岗位的她，花了不少的时间去熟悉岗位，然后熟悉环境。

直到快要下班的时候，才抽出了一点儿空闲时间。肖丰饶第一时间便溜达到了普外，想要查查男友的岗，看看男友第一天的表现如何。

肖丰饶溜达到了普外的办公室，刚走进办公室就碰到了黄鹤。

"黄教授好，我找卢江。"

肖丰饶和黄教授笑眯眯地打招呼，黄鹤一看到肖丰饶，吓了一大跳，忙不迭地说道："哦，是小肖啊，不好意思，我得出去一下，三床病人摁呼叫器了，我得去看看。"

说完也不等肖丰饶回答，黄鹤直接出了门，头也不回地离开了。

"奇怪，黄教授平日里也没这么慌张啊？也许是那个病人的情况很特殊呢，黄教授大概是有些着急了。"肖丰饶喃喃自语。

这个霉头不能触啊！

拐过弯的黄鹤，收住了匆匆的脚步，站在原地深深地吸了两口气，有些无奈地摇头，自己还提醒小卢要处理好和女朋友的关系，看来这家伙完全没把自己的忠告放在心上啊，依着小卢那家伙的性子，只怕是早就已经"不辞而别""逃之夭夭"了。

正如黄鹤所料，卢江此时已经踏上了返乡的客车。

"肖美女，怎么是你啊？"

看到肖丰饶，一个长相有些帅气的年轻人走了过来，这个家伙是卢江寝室的室友，叫马海。

"卢江那个家伙呢？是不是在偷懒？"肖丰饶笑着打趣道。

"卢江？"马海一怔，挠了挠头，一脸问号，"怎么，你不知道啊，卢江那家伙也不知道是怎么想的，他居然没来报到，我还纳闷呢，这家伙平日里也不会迟到啊，今天还是这么重要的日子。"

"你说什么？"

肖丰饶脸上的笑容瞬间就收敛了起来，她的心底直接涌起了一丝丝不好的预感，这几天卢江的表现实在是太反常了，起初她还没有放在心上，直到现在听到卢江这家伙没来报到，肖丰饶越想越不对味儿。

"卢江没来报到，你不会真的不知道吧？"

马海慌了，卢江那家伙从来都不敢忤逆肖丰饶的，这次难道是真的吃了熊心豹子胆了，连这么大的事情都敢瞒？

肖丰饶二话不说，直接转身离开了，她的样子很是吓人，马海更是下意识地直接打了一个寒战。

不好，要变天了！卢江，哥哥我可是帮不了你了，你小子还是自求多福吧！

马海望着逐渐远去的肖丰饶，在心里面无奈地替自己的好兄弟默哀着。

肖丰饶从人事处出来，脸色变得很是难看。她已经从人事处的老师那里了解清楚了，卢江那个家伙是真的没来报到，而且他已经在报到的前一天把自己的档案给调走了。肖丰饶查到了卢江档案的落档地——石城！

石城在哪里，肖丰饶并不清楚，只不过肖丰饶知道这个平凡的地名，自己的男朋友就是来自于这个名不见经传的小地方。

最让肖丰饶没想到而且无比气愤的是，自己上班的第一天，男朋友居然偷偷地跑掉了，这要是让自己的那帮子小姐妹知道了，指定会捂着嘴笑掉大牙的，要是让自己的新同事们知道了，肯定会在背后议论纷纷的，不管怎么样，卢江玩了这么一出，简直是让她肖丰饶太丢人了。

"卢江，你小子给我等着！"

肖丰饶咬牙切齿地说道，脸上阴晴不定，看样子是已经忍耐到了极致。肖丰饶此时此刻恨不得直接插上翅膀飞到卢江的面前，然后手起刀落，直接将他大卸八块，这个家伙实在是太可气了！

六

　　巍峨的青山之间，一条清澈的河流静静地流淌着，乡野间的空气很清新，夹杂着一种质朴的泥土清香。远处的山连成了一片，山间云雾缭绕，宛若仙境一般，天空中飘着淅淅沥沥的小雨，让这烟雨蒙蒙的意境更加浓郁。

　　虽然已经坐了四五个小时的大巴车，然后又换乘了这种乡下才有的中巴车，长时间地坐车，肖丰饶丝毫没有感觉到疲惫，一方面是因为恼怒卢江的不辞而别，而另一方面，则是肖丰饶被这从未见到过的自然美景深深地吸引了。

　　河边柳树成荫，牛羊悠闲地吃着草，牧人手里的鞭子再加上时不时传来的吆喝声，悠长的声音在空荡的山间越传越远，一幅看不完的最美山水画卷出现在了肖丰饶的眼前，让肖丰饶目不暇接。

　　肖丰饶在听到卢江没有报到的消息之后，整个人差点儿就快要变身暴走了。

七八年的感情，这个家伙一声不吭说撒手就撒手，竟然一点儿都不犹豫，想到这里，肖丰饶的脸上立刻多了一抹恼色，虽然都已经过去几天了，她心里面的怒火压根儿就没有平息，即使是这乡间的美景和淅沥的小雨也不能。

投注了这么多年的感情，肖丰饶自然不甘就这么算了，卢江这么做，让肖丰饶有种被抛弃的感觉，这口气自然是咽不下去的，她想要找卢江问个清楚明白。

所以肖丰饶不顾家里人的反对，独自一个人坐上了去石城的车。

中巴车开始颠簸了，路是一段泥泞的土路，坑坑洼洼的。肖丰饶被颠得有些七荤八素了，脸色也微微地有些泛白，从来不晕车的她这个时候也有种反胃的感觉。路边的景色依旧很美，但是肖丰饶无暇顾及。突然间，车子熄火了。

"对不住了，车子抛锚了。一时半会儿只怕是修不好了。"

司机操着一口乡音，黝黑的脸上露出了满是歉意的笑容，对着车上的人说道，"我已经和路过的拖拉机师傅商量好了，他送你们到镇口上，车费的话我现在就退给大家。"

车上的人纷纷说不用了。

肖丰饶并没有坐过拖拉机，勉强坐上，想要吐的感觉越来越强了，那种剧烈的颠簸差点儿就把她的心肝脾胃肾给颠出来了。

"师傅，我们还有多远才能到？"

肖丰饶现在开始有些后悔到这个地方来了，这里和她设想的田园乡间完全不一样，泥泞而又崎岖的道路，虽然是青山绿水，但是这里的交通，着实是让人有些望而却步了。

"还得半个多小时吧，姑娘是从城里来的吧？"

开拖拉机的是个大爷，叼着一根烟，戴着一顶土黄色的帽子，双手扶着拖拉机方向盘，目不斜视。

"是的，这路也太差劲儿了吧，怎么就没人想着把咱们这条路修一修呢？"肖丰饶有些埋怨，早知道跟卢江讨要个说法这么难，自己就睁一只眼闭一只眼好了，害得自己现在是进退两难。

大爷听到这里，忍不住冷笑了两声，"咱们这鸡不下蛋鸟不拉屎的地方，谁愿意来啊？前两年到咱们这镇上当领导的，要么是没什么本事来两年混退休的，要么就是还没到镇上就被吓跑的娃娃干部。一年换了三个镇长，到后来啊，也就没什么人愿意来了。"

肖丰饶皱了皱眉头，早就听说乡下困难，她倒是真没想到居然这么困难。

"女娃娃，你跑咱们这里来干什么啊？"

"找人！"

肖丰饶淡淡地说道。

"呵呵，劝你啊，别找了，咱们这地方穷，有本事的年轻人都跑出去了，只留下了走不动的、留恋这穷地方的。咱这地方，凤凰不落无宝地，傻子才想着要回来呢。"

肖丰饶脸色不变，甚至打心眼儿里面觉得这大爷说得挺在理的，卢江那个家伙确实是个傻子。

"小娃娃，你来找谁啊？看看我认不认识。"

"哦，姓卢，卢江！"肖丰饶随口道。

"姓卢？你说的是咱们石城的老卢家？你说的是虎娃子吧？嘿嘿，我跟你说，虎娃子可是出息了，听说是省城医科大的高才生，你是虎娃子的同学？"

"我是他女朋友！"

肖丰饶的声音中仿佛夹杂着万把钢刀一般，能够将人千刀万剐的那种。

"嘿嘿，全镇子的人都说虎娃子是读书读傻了，明明都有一个好前程奔了，偏偏要再跑回来，镇上的人都说虎娃子傻得厉害。"

"大爷你说得没错，他就是一大傻子！"

一提起卢江，肖丰饶就气不打一处来，这家伙不辞而别，在整个医院都已经传开了，多少人都梦寐以求的机会，卢江说放弃就放弃了，不是傻能是什么？

"丫头，说他傻，那你可就看错他了，老汉我倒是觉得虎娃子是个有情有义的娃儿，这路你也看到了，镇子上穷，没人愿意来，虎娃子能够放弃省城里面的好条件，跑回到咱这穷沟沟里面来，说明他心里还是念着乡里乡亲的。说他傻不假，可这几天家里有俊丫头的可是没少往那卫生站跑，图啥？就图咱这虎娃子人品好。"

听到这里，肖丰饶更是满脸黑线。

"哎哟，你看我这老汉忒不会说话了，忘了你是虎娃子的女朋友了。"

"大爷，没事儿，我这次来就是和他分手的！"

肖丰饶说的是气话，却也让本来还聊得挺开心的老汉一下子就沉默下来，乡下人实在，也没有那么巧的嘴，只能用沉默来回应这份尴尬。

拖拉机终于到了村口。

肖丰饶从那满是泥泞的拖拉机上面跳下来，问清楚镇上卫生站的位置，直接气哼哼地找卢江那个家伙算账去了。

"老汉我是不是说错什么话了？"

开拖拉机的大爷尴尬地挠了挠后脑勺，看着肖丰饶远去的背影，心里面却是忍不住地大呼可惜，虎娃子长得俊，有学问又有本事，这姑娘看上去人挺善良的，两人可以说是天造地设的一对儿，真要是闹僵了，还真的是挺惋惜的。

七

　　镇子很破旧，有的甚至还是土坯墙，灰突突的，而镇上的卫生站，是几间老式的旧房子，门口挂着一个看上去颇有些年头的牌匾，用红油漆写着"卫生所"三个字。

　　此时，卫生所外面，一堆人堵在了一起，一张太师椅上面，一位看起来有些瘦削的老汉坐在椅子上，目光冷冷地望着已经锁上门的卫生站。

　　"兔崽子，连点儿男人的气概都没有，哼，躲？看你能躲到什么时候，躲得了初一你能躲得了十五吗？跑得了和尚，你能跑得了庙吗？老头子我今天就坐在这里，你小子只要敢露头，我就把你那锈掉了的脑瓜子直接给拧下来。"

　　老汉气哼哼的，胡子眉头一跳一跳的，堵着卫生站的门不客气地说道。

"老爷子，消消气！"

老汉的旁边站着一个戴眼镜的中年人，穿得很朴素，只不过脸上挂着一丝丝的尴尬笑容，看来卢江跑了，受罪的就成了这中年人了。

"林书记，你说说有这么蠢的吗？明明都有了一份更好的工作，还要跑回咱这穷地方来，你给评评理！"

老汉不客气地说道。

这中年人便是石城镇的镇党委书记，林建国。

镇子本来就不大，这林建国是当地人，更是一镇的父母官，没想到在这老汉面前却是一点儿架子也抖不起来。

"是是是，卢老爷子，虎娃子这也算是继承祖业，其实能回来也挺好的，您看看您，岁数这么大了，还能跑村子给人看病不成？虎娃子是个有担当的孩子，能够回来本就是一件好事儿啊。韩家那大丫头，不也是回村里来教书了吗，人家小姑娘好歹也是师专的老师啊！"

"能比吗？乐乐那丫头在外头也找不下工作，回镇上来先将就将就，况且乐乐现在还没嫁人，要是嫁了人不就得跟着人家走喽，你说说我家那小兔崽子，太没出息了，还回来做什么？"

"卢老爷子，你这么说可就失之偏颇了，虎娃子和乐乐一样，觉悟都很高的嘛！"林建国一听，有些不乐意了。

"你这官当得是越来越会忽悠人了，既然觉悟高，那你这镇长怎么空了两三年了也没人愿意接手？少拿这些官场话来糊弄我老头子，我人老了但是还不傻。"

……

肖丰饶从看热闹的人群中挤了进来，扫了一眼坐在太师椅上的老汉，还有站在老汉旁边的一个戴黑框眼镜的中年人，然后直接来到卫生站的门前，叉着腰吼道："卢江，你这个忘恩负义的家伙，给姑奶奶滚出来！"

肖丰饶一句话，顿时整个卫生站前变得鸦雀无声，安静无比。

肖丰饶实在是太气了，坐了快一天的车，又是疲惫又是颠簸的，让肖丰饶的脾气差到了极点，这个时候的她只想着见到卢江要好好地发泄一下。

吼完之后，肖丰饶的心里面痛快了一些，但是她这一声吼把众人直接给看呆了。

"闺女，你是？"

坐在太师椅上的老汉有些诧异地问道。

肖丰饶看了一眼老汉，淡淡地说道："没事，爷爷，我吼我的人，你堵你的门，咱们俩不相干。"

"卢江，你个混蛋，躲什么躲，给姑奶奶出来，你还是不是个男人啊？跑什么跑？今天我就想问你一句，你是不是脑瓜子让门给夹了？是个男人你就给我滚出来，给我个交代！"

"想当缩头乌龟是不是？好，姑奶奶今天就跟你耗上了！"

"卢江，我数到三，你要是再不出来，我就直接闯进去了，一，二，……"

肖丰饶怒吼道，在即将数到三的时候，突然间身后的那个老汉发话了："闺女，你找卢江？"

肖丰饶扭回头，看了一眼老汉，"没错！"

"那你是卢江什么人？他又怎么欺负你了？"老头小心翼翼地问道。

肖丰饶不客气地说道："我是他女朋友，这混蛋一声不吭就跑了，我来这里就是想让他给我赔礼道歉！"

所有人的眼珠子再一次地掉了一地。

乡下人哪里见过这阵仗，在这么偏僻的小村子里面，唯有"八卦"是所有人茶余饭后的谈趣，而今天这个瓜实在是太大了，吃瓜群众已经开始脑补这城里女娃"千里寻夫"的前因后果了，相信过不了今天晚上，十几个话本只怕都会跑出来的。

"老人家，你别管，我得好好地教训教训卢江那个混蛋！"

肖丰饶想要继续发泄自己心中的怒火和不满，没想到却直接被老头给再一次打断了。

"这臭小子，胆子是越来越肥了，等他回来了，我得好好地收拾收拾他！"

有了这句话，就算是肖丰饶此时神经再大条，也明白了这老头和卢江的关系不一般，"您是？"

"哦，闺女，这是卢江的爷爷，我们石城镇地位最高的长者，卢汉清卢大夫。"站在一旁的林建国赶紧介绍。

这个镇党委书记在别人面前或许还能抖抖自己的官威，但是在卢老爷子的面前，他却是不敢，毕竟，要不是卢老爷子当年妙手回春，哪里还有今天的林书记！

"那你是？"

"我是石城镇的党委书记，林建国。"

"你是书记？"肖丰饶很疑惑地问道，看林建国的样子，普普通通的，哪里像一个书记的样子？

"如假包换！"林建国很是和善地说道，"这位小姑娘，你好，不知道你是从哪里来的？"

"我来自省城，和卢江那家伙是大学同学，这混蛋家伙一声不吭就走人了，我这次来是找他要个说法的。"肖丰饶不客气地说道。

"咳咳！"

卢汉清一辈子也没见到过这种诡异的事情，简直比戏文里面唱的还要精彩，不过看女娃娃那气鼓鼓的样子，卢汉清本来心里面积攒的怒火，这个时候也消得大半了，对于这个耿直的女娃娃，卢汉清心里面很是喜欢。

不仅仅是卢汉清喜欢，就连林建国也觉得这个小姑娘那股子泼辣劲儿，真的够干练。

八

"好了，好了，闺女，那臭小子不知道从哪里听说我知道他跑回来了，怕被我训斥，早就逃到别的村里去了，哦，对了，你看我真是失礼，闺女，有什么话别在这里聊了，咱们还是先回家里去吧！"

眼看着一场好戏就这么散场了，吃瓜群众有些悻悻然离开。肖丰饶跟着卢汉清来到了家里面，这是一个老院子，却不是普普通通的院户，而是一间深宅大院。

青砖黛瓦，斗拱飞檐，砖瓦磨合，四水归堂。这院子虽然看着不算太大，却有着四进的院子，严谨深沉，稳重大气。

大门口挂着一个药葫芦，此为"悬壶"。大门的两旁贴着一副对联，正是"悬壶济世心系家乡，神医妙手不贪富贵"，横批则是"知足常乐"。虽已过半夏，但是那古劲苍遒的书法还是让人忍不住赞叹不已，再加上寓意深刻的那副对联，肖丰饶感受到了这院子的与众不同。

肖丰饶被眼前这浸透历史沧桑和浓郁的厚重感的大院给震撼到

了，她在心里面一直都觉得卢江只不过是乡下的穷小子，没想到这家伙家里居然还有这么一间藏在乡野间的大院子，要是能够搬到这里来住，一定比在城里面要惬意许多。

"卢爷爷，这里是你和卢江的家？"肖丰饶很是好奇地问道。

卢汉清笑着点了点头，还没说什么呢，一旁的林建国直接近乎炫耀一般对肖丰饶说道："这位姑娘，你就不知道了吧，这院子可是有着几百年的历史了。"

"没想到卢爷爷的祖上还是一个大富豪啊！"

卢汉清微微地摆了摆手，那看上去丝毫没有混浊的眼神中透露着一丝丝的自豪，"闺女说错了，我们卢家世代行医，只会看病，不会赚钱。"

"那这大院子？"

"是几代村民自发地建起来的，卢家世代替我们这一方百姓看病消灾，在我们眼里那就是救苦救难的观世音菩萨啊！大家都感念卢家人的好，所以我们都是自发地替卢家盖房子，有了卢家人，我们这一镇的人都会平安无事的！"

肖丰饶再一次被震惊到了，这比她见到这院子的时候还要诧异许多。

"几代人的感念，为卢家修一院子？这也太夸张了吧？"肖丰饶并不相信，喃喃道。

林建国笑呵呵地说："一点儿都不夸张，聚沙成塔，集腋成裘，涓涓细流，汇成大河。这院子现在可不仅仅是一间院子了，而是所有的乡民对卢家的尊敬。"

肖丰饶没想到，她自己居然会被一间院子给深深地震撼到。

"好了，那些都是陈年旧事了，林书记你就别再提了，闺女这一路辛苦了吧，快进屋里歇息会儿，到时候老汉我陪着你一起去找那兔崽子去。"卢汉清乐呵呵地将肖丰饶请进了屋子。

进了屋，肖丰饶才明白，原来偌大的院子只有卢汉清一个人在住，家业虽大，却显得有些冷冷清清的。现在肖丰饶开始有点儿明白卢江那个家伙为什么非要放弃省城的工作跑回来了，一方面或许真的是为了报答乡土之恩，而另一方面，却也是想要好好地陪一陪自己年迈的爷爷。

想通了这些，自己心里对卢江的那份怨言也少了几分。

肖丰饶望着家里的陈设，与其说这里是家，不如说是药铺更贴切一些。

"闺女，家里有些乱，让你见笑了！"卢汉清客气地说道。

肖丰饶笑了笑，在卢汉清的带领下参观起了整个屋子，散发着陈旧气息的七星斗柜，摆在最显眼的位置，每一格的小抽屉上都用红纸欧楷书写着对应抽屉中所放的中药名称。

药葫芦几乎是随处可见，还有药碾、药鼓、戥秤、药臼和药杵，包得很漂亮且结实的药包，上面还有记载着用药的人名及地址的小纸条，这一切都让肖丰饶仿佛穿越了时空一般，这里虽然闭塞，但是肖丰饶见识到了在大城市里面很少能够体悟到的人情味儿。

"卢爷爷，您这里是药铺啊，还是家呀？平日里您一个人住，应该挺孤独的吧？"肖丰饶吐了吐舌头，惊叹道。

卢汉清听闻之后笑了起来，"是药铺，也是家，有这些个'老伙计'

们陪着我，一点儿也不孤独。闺女，先喘口气，别拘谨，把这里当成自己的家就可以。"

"卢爷爷，这些卢江那家伙从未跟我提及过，要是知道家里只剩下您一个老人，我一定不会阻止他回来的，毕竟您还是需要照顾的。"肖丰饶满是歉意地说道，她一路走来，只想着和卢江讨要一个说法，心里压根儿也没有站在卢江的角度去考虑问题。

卢汉清望着肖丰饶，脸上一直挂着慈祥的笑容，"无妨，其实这兔崽子回来也没跟我商量，闺女，你要帮我好好地劝劝他，放着远大的前程不要，非要跑回到这穷山沟沟里面来。我看了一辈子的病，这兔崽子执拗的毛病，我是看不好喽，到时候，还要指望你嘞。"

肖丰饶听了卢汉清的话之后，俏脸上忍不住飞霞，"卢爷爷，要是卢江都走了，留您一个老人，怎么办？卢江那家伙重情重义，他的心里一直会记挂着您，肯定不会离开的。"

卢汉清微微叹了一口气。

自家的孙子他自然是再清楚不过的了，那个兔崽子是个朴实的孩子，作为爷爷的卢汉清自然是知道的，老人家的心里涌上一丝丝暖流。

"我就说嘛，卢江是个孝顺孩子。卢老爷子，您有福了！"这个时候，一旁的林建国见缝插针地说道。

卢汉清直接狠狠地瞪了林建国一眼，没好气地说道："要不是你，那小兔崽子早就已经在省城里面的人医院上班了，非要把他给我弄回来，毁他前程，小心老汉我找你拼命，哪儿凉快哪儿给我待着去，别在我眼前晃悠，都把老汉我给晃晕了。"

林建国乐呵呵地装傻充愣。

九

肖丰饶有些看不下去了，林建国这个镇党委书记当得也太窝囊了，大小是个干部，怎么在卢汉清面前就这么尿呢？

不过听卢爷爷这话里的意思，把卢江弄回来的"罪魁祸首"很明显就是眼前的这个林书记。

"哦，对了，我想起来了，正好镇上还有点儿事要处理，你们爷儿俩聊。"

林建国直接找了一个很蹩脚的借口匆匆地躲开了"多重火力打击"。

"闺女，今天天色已经不早了，那兔崽子只怕是也不敢回到镇上来了，今天你就先在这里歇息吧，明天，我跟你一起去找那兔崽子。"

肖丰饶听了，点点头，今天也只能如此了。

落虎涧，名字听上去很是威风凛凛，景色也是极美的，有一句诗说得好，"无限风光在险峰"，落虎涧就是这么一处险地，一条羊肠小道，一旁就是万丈悬崖，就算是老虎到了这里也要小心掉落下去，而这也正是这个名字的由来。

此时，在落虎涧，一个年轻人正踟蹰地站在那里，手里面的虎撑发出清脆悦耳的铃声，摇铃的不是别人，正是卢江，而这落虎涧，就是父母失踪的地方，卢江手里面的这个虎撑，正是作为乡村医生的父亲的唯一遗物。

卢江的眼中满是哀念，从他记事起，就未曾见过父母，那是一个风雨交加的夜晚，父母一起到位于落虎涧另一侧的村子里面治病，瓢泼的大雨让本就不好走的羊肠小道变得更加泥泞，看病归来走到落虎涧这里，卢江的父母便失去了踪迹，找到的只有自己手中的这个虎撑。

"我回来了！爸爸、妈妈，你们放心，我一定能够继承你们的衣钵，守护这一方热土是我义不容辞的职责，我一定不会让你们失望的。"

卢江的鼻子有些发酸，眼角有些湿润，对于他来说，从小便失去了父母的陪伴，普通人几乎能够唾手可得的疼爱，在卢江这里却一直都是奢望而不敢奢求的，年幼的卢江将这种感情埋藏在了心里面，而这也成了卢江心底难以平复的伤痕。

清风微微地拂过，枝叶婆娑发出沙沙声，仿佛是在回应着卢江的誓言，又仿佛是一双轻柔的手轻轻地拂去卢江眼角溢出来的泪珠。

跋山涉水来这里，卢江除了逃避爷爷的责怪之外，还有另一个目的，那就是来到乡间进行调查，毕竟这里是乡下，交通不便是一大难题，一个村到另一个村，有可能就要走上大半天。

所以卢江回来之后的第一件事情，就是跑到各个村子里面给每个村民做个检查，顺带着建立起镇上每个人的健康档案，这样自己只要把时间安排好了，定期做个体检，也能够减少一些病症的突发。

当然了，不想被爷爷责骂也是一个主要的原因。

抬头望了望眼前的余晖，卢江深深地吸了一口气，今天他要去的地方是一个叫龙门村的小村子，三十多里的山路对于年轻力壮的卢江来说不算什么，这里的一草一木都是如此地熟悉，从小和爷爷一起穿行于山林之间。

掏出水壶喝了一口水，卢江停下来喘了口气，抬头往远处眺望，新雨后的山间还有隐隐的水雾腾起，群山环抱之中的那个小村子就是龙门村了，也就是卢江此行的目的地。

赶在天刚刚黑的时候，卢江走到了村口。

"老乡，村支书祁富云在吗？"卢江望着一位大爷，端着大海碗正在吃面，村民三三两两地在享受着这片刻的宁谧。

那位大爷抬起头，看了卢江一眼，"你找富云？"

"对，我是镇卫生站新来的医生，这几天准备给咱们村里的人做个检查，麻烦您给带个路。"

那位大爷打量着卢江，有些不客气地说道："大小伙子做什么不好，非要跑回咱们这穷山沟沟里，现在还图个新鲜，没两天只怕就哭着喊着要回去了，这穷山沟沟，留不住人。"

卢江笑了笑，没说什么。

正是因为穷，所以才会落后，大家的思想才会这么僵化。

"老李头瞎说什么，就是让你带个路，小伙子，你不要听这老李头胡说八道，你找富云支书啊，我带你去！"

一位老人放下了碗筷，带着卢江往村子里面走去。

村子很小，三百户的人家，大多数是老人和孩子，年轻人都跑到城里打工去了，只在农忙的时候请几天假回家来帮着耕耕地、收收秋，村子很安静，炊烟袅袅，鸡犬相闻。

很快地，老人便把卢江带到了村支书祁富云的家门口。

"祁支书，镇上有人来了。"

片刻，一中年人走了出来，光着个膀子，手里面还端着一盆拌好的鸡食，嘴里面叼着一根老旱烟，看到卢江，祁富云神色略微一怔。

"祁支书，我叫卢江，是咱们镇卫生站刚刚报到的医生。"卢江大方地介绍着自己。

祁富云立刻将手里面的鸡食盆儿放到一旁，在裤子上擦了两下手，快步来到了卢江的面前，脸上还带着一丝丝的错愕和失神，"卢大夫，你好你好，不好意思，之前我们是不是在哪里见过？"

卢江肯定是记不清的，毕竟那个时候到家里来看病的人很多，而且爷爷还经常带着自己到各个村子里面跑，所以祁支书恍惚之间觉得自己面熟也不是不可能的，"我老家就在镇子上，卢汉清是我爷爷。"

祁支书一拍脑门，脸上的笑容立刻浓了几分，憨笑着说道："怪不得觉得面熟呢，原来是卢家人。"

"你说这位小大夫是卢家的人？老李头那个家伙分明就是个睁眼瞎，连卢家人都认不出来了，一会儿我去好好地说说他去。小卢大夫，你和祁支书聊，我先回去了。"领路的大爷说完就悠闲地踱着步子离开了。

祁支书赶紧把卢江让进门，很是热情，笑着对卢江说道："小卢大夫，还没吃饭呢吧，我让家里那位给您煮碗面，您别嫌弃就成。"

十

对于卢家，整个石城都是特别尊敬的，无论是到了哪一代人都是一样，因为卢家给他们的恩惠实在是太大了，不为别的，就因为1964年的时候，石城镇流行脑膜炎，正是因为卢汉清发现得及时，才让那些患病的儿童全部都脱离了危险，可以说是卢家救了整整一代人，当然，其中也包括现在成了村支书的祁富云。

田野乡间的人多质朴，像这种恩情是必定会记一辈子的。

对于祁支书的热情，卢江并没有感觉到太意外，毕竟从小和爷爷行医乡间，每到一个村子里，都会受到村民的热情对待，这也是让卢江引以为傲的，数代人的奉献才换来如此大的声望。

卢江当晚就在祁支书家里住了下来。

第二天一大早，卢江就开始给村里的人安排体检，忙得不可开交。连着三天下来，卢江已经和村里的村民打成了一片，起先尊重卢江只是因为卢江是石城镇上卢家后人，而现在看到卢江认真工作的态度，大家对卢江的尊重也更多了一分。

三天的时间，卢江把村里留守的老人和孩子检查了个遍，也趁着这个机会给龙门村的全体村民建立了健康档案。

晚上，祁支书的媳妇做了满满一桌子美味，甚至还特意宰了一只鸡，来犒劳卢江。在饭桌上，祁支书直接端起了自酿的米酒，满面红光地递到卢江的面前，很是激动地说道："小卢大夫，这几天谢谢你啊！卢家人就是卢家人，果然是医者仁心，我在这里代表龙门村的全体村民敬你一杯！谢谢你！"

面对如此的盛情，卢江也立刻端起了碗，"祁支书，太客气了，我只不过是做了我应该做的事情，仅此而已！"

"不不不不，这碗酒我必须得敬，老人说得对，没有卢家人就没有石城镇。"祁支书越说越激动，卢江这几天的表现他都看在眼里面。

"卢、卢、卢大夫，我可找到您了，您快去看看，我那个小孙子突然间就发烧了，一直在不停地咳嗽，呼吸也挺紧的，而且还吐奶！我求求您了，您可一定要帮老汉我治好我孙子啊，我们老李家三代单传，好不容易生了一个大胖小子，不能就这么没了啊！"

突然间，一个人影直冲进来，不由分说直接就跪在了卢江的面前，卢江赶紧站起来将这位老人扶起来，这就是那天卢江刚刚进村的时候说风凉话的老李头儿。

老李头儿一把鼻涕一把眼泪的，更是因为焦急不已，声音都已经变得沙哑无比了。

"好好，您先站起来，我这就跟着您去看看。"卢江扭回头，对祁支书说："祁支书，我先过去瞧瞧病，人命关天的事情。"

这个时候祁支书自然知道轻重缓急，立刻放下了装着米酒的碗，洒了一地都顾不上了，直接站起来拉住老李头儿，镇定地说道："老李头儿，你的腿脚不方便，后面慢慢跟着，别着急，我和小卢大夫先过去。"

"小卢大夫，我给你带路！"

说完，祁支书就当先跑了出去，卢江跟在祁支书的身后，在村子里，两人跑得飞快，卢江听完了老李头儿的话之后，心里面已经做出了一个大概的判断，老李头儿的那个小孙子，只怕是得了吸入性肺炎。

婴儿吸入性肺炎危害极大，而且致死率很高，如果不及时进行治疗的话，很有可能有生命危险。

在祁支书的带领下，卢江来到了老李头儿家，家里大大小小都已经乱成了一锅粥了，抱着婴儿的妈妈更是痛哭流涕，一脸的慌乱，甚至还有些微微地颤抖着。

卢江二话不说直接把婴儿从妈妈怀里接了过来，认真地检查起来，一脸的凝重。病情刻不容缓，但是再急也丝毫没有影响到卢江判断病情，卢江的眉头一直都皱着，看着不停地号啕大哭的婴儿，很有耐心地进行着诊断。

"祁支书，到我的医药箱里面拿青霉素出来，要快。"

祁支书闻言立刻跑了出去。

不大一会儿，祁支书去而复返，而此时他的手里面拿着药箱，祁支书身后跟着的就是老李头儿，老李头儿气喘吁吁地跑了回来。

"卢、卢大夫，怎么样，我孙子能治好吗？"老李头儿神色依旧焦急。

卢江点点头，"没问题，您先别急，我需要给孩子用药物进行治疗。"

"好好好，谢谢小卢大夫了，唉，我李老头儿瞎了自己的狗眼了！小卢大夫，谢谢您，谢谢您啊！"

卢江的治疗很快就结束了，此时的他已经是满头大汗，毕竟儿科并不是他的专业，俗话说得好，隔行如隔山，医学这门学科可是博大精深的，但是眼下是急诊，就算是卢江不精通，但是他好歹也是个医学硕士，这样的急症对他来说并没有什么太大的难度。

看着婴儿渐渐有所好转，李老头忍不住扑通一下子跪在了卢江的面前，情绪很是激动，更是忍不住哽咽了起来。

看着这一幕，卢江正准备去扶一把，就感觉到眼前一花，一个漂亮的女孩儿突然间就出现在他的面前，女孩儿面带怒容，柳眉倒竖，看见卢江直接娇叱一声。

卢江见到这个女孩儿仿佛见了鬼一般，飞快地就想要逃出老李头儿的家。不过还没等卢江跑到大门口，突然间就感觉到自己的屁股一阵让自己很是熟悉的剧痛，然后下一刻自己便已经飞了出去，突如其来的这一脚让在场的所有人都愣住了。

十一

夏天的山里面没有了大城市的喧嚣和燥热，有的只是平静和宁谧，小雨过后放晴的黑夜满天的繁星，这让在城里长大的肖丰饶好奇不已。

第一次，肖丰饶觉得这充满清新空气的山村，这里的山与水，人与物，都深深地吸引着自己，有那么一刹那间，肖丰饶似乎觉得，留在乡下其实也是一件幸福的事情，虽然条件艰苦了些，但是只要有付出，就能够把所有的想法全都变成现实。

比如说是改变这里的一切。

当这个想法突然从肖丰饶的脑海之中冒出来的时候，就连她自己也被吓了一大跳。她可是来这里对卢江那个负心人"兴师问罪"的，没想到到这里还没有半天的时间，肖丰饶就已经被"同化"掉了。

搬着小板凳，坐在院子里面看着星星，肖丰饶仰望着浩瀚的星空，顿时陷入了深深的沉思。

第二天一大早，肖丰饶和卢汉清两人直接踏上了去"追逃"的道路。

"丫头，这乡下的条件肯定比不得城里，昨天晚上睡得还习惯吗？"

卢汉清一边走着，一边对肖丰饶说道。

卢汉清虽然已经年过七旬，但是穿行于山林之间连粗气都不喘一口，就连肖丰饶这样拥有近乎无限体力的年轻人都比不过他，对卢汉清来说，此时仿佛只不过是在闲庭信步而已。

肖丰饶紧赶两步追了上去,对卢汉清说着："睡得挺好的。卢爷爷，你这脚力可不像是个七十多岁的老人啊，我都不好意思让您慢点儿了。"

"咱们这乡下，空气好也安静，就是这蚊虫多了一些，不过我昨天晚上已经根据你的体质做了一个香囊，里面装的是我配的药包，可以让你避免那些蚊虫的叮咬。"卢汉清平静地说道。

"谢谢卢爷爷！"

肖丰饶赶紧拿起昨天晚上卢爷爷特意送给自己的那个香囊，有些不敢相信地说道："怪不得我昨天晚上看了一晚上的星星，都没感觉到有蚊子叮我呢，原来靠的是这个小小的药香包啊！"

两人一路而行，卢汉清毕竟是上了年纪，两人走走停停，一边欣赏着这山野间原生态的美景，一边闲聊着。

"我们这石城镇啊，山多路崎岖，你别看几个村子离得不远，但是想要走过去，就得大半天的时间，我们这些当赤脚医生的啊，对这里的每一条小道都是了如指掌。有时候病患找得急，哪怕是天黑了，伸手不见五指，打着个手电筒也得去。"

卢汉清用手指了指远处的那个山涧，语气中多了一丝怅然，"那边那个地方叫落虎涧，是卢江他爸爸妈妈出事的地方。"

肖丰饶望了望远处，沉默了。这些事情，两人在一起的时候，卢江从来都没有提到过，刚一开始的时候，肖丰饶还认为卢江是被抱养的，没想到卢江的身世竟然如此曲折，想到这里，肖丰饶的心里似乎多了一丝丝的内疚，自己对男朋友的关心还是不够啊。

"我们卢家世世代代在这片土地上行医，积德行善无数，我对我那儿子却是亏欠许多。闺女，你记好了，要是哪一天我离开了，到时候你让卢江把我葬在那落虎涧下面。"卢汉清的语气突然间变得伤感起来，两行老泪直接从眼角溢了出来。

人心都是肉长的，谁不怜子？

肖丰饶点了点头，为了不让卢老爷子过于触景生情，不动声色地转移着话题，"卢爷爷，我听说咱们这镇子除了林书记之外，也没个镇长？"

卢汉清用袖角拭了拭眼泪，微微地吸了吸鼻子，略显无奈地说道："是啊，不过这也是没办法的事情，我们这地方实在是太穷了，根本就不会有人愿意来的，来了几个都受不了这份苦，没多久都跑了，林建国书记，守业有余，开拓进取不足。"

想到那个胖胖而和善的镇党委书记，肖丰饶的脑海之中立刻浮现出了他那憨直的神情，确实是，想要让石城镇得到发展，必须得有人站出来，不怕苦不怕累，把这副担子给挑起来。

"那可是镇领导，林书记要是听了，肯定会苦恼的。"

卢汉清把眼珠子一瞪，很是不客气地说道："他敢！那小子从小是我看着长大的，小时候是个骨瘦如柴的'病秧子'，现在倒好，你看看他吃得圆滚滚的那肚子，我看哪，他就是不思进取！"

肖丰饶捂着嘴直接笑了起来，"卢爷爷，这话呢，也只有您敢说了。"

"哎，不过话又说回来，建国那小子能够维持下来也实属不易了，毕竟他之前也是有机会往县里面走一走的，可是这臭小子就是一根筋，非要留在石城，现在倒好，自己个儿把自己个儿给耽误了不是？"

卢汉清表情苦涩地继续说道："闺女，有时候，放弃它也是一种勇气啊！"

肖丰饶点点头，不过她总感觉卢老爷子是另有所指，只怕是在替自己的那个孙子开脱呢吧，这绕来绕去还是把自己给绕进去了，肖丰饶突然觉得这卢家老爷爷真的是有点儿"老奸巨猾"啊！

"卢爷爷，我知道你想要说什么，对于卢江的这件事，我是不会轻易就原谅他的，我又不是不通情达理的人，他可以跟我说明一切的，可是这家伙一声不吭就跑了，您说要是这事儿发生在您身上，您气不气？"

卢汉清打的"小算盘"落空了，只得讪讪地笑着说道："应该的，闺女，在这一点上，老汉我是站在你这一边全力支持你的。你放心，见了面，我一定替你好好地收拾收拾那个兔崽子。"

"一定要狠狠地踹他的屁股！"肖丰饶故作一副咬牙切齿的模样说道。

卢汉清笑了，笑得很是开心，"对，没错，就是要狠狠地踹那个小兔崽子的屁股。"

一路上，一老一少两人聊得很开心，在这山林间的羊肠小道上，留下了一路的欢声笑语。

十二

"这石城镇真的是个不错的地方，环境好空气也好，就是这里的路啊，得好好地修一修了，不是老话说得好嘛，要想富先修路，少生孩子多种树。"想到了昨天自己刚到石城镇的时候，那跋山涉水的艰辛都赶得上唐僧师徒九九八十一难了，肖丰饶忍不住吐槽道。

卢汉清长叹一声，"是啊，你知道咱们这地方，本就崎岖不平，都说是靠山吃山，靠水吃水，可是咱们这山啊，它不灵气，想要修路，那得当愚公才行，要不然这路根本就修不起来，这些年还算好的，搁过去啊，这里就是世外桃源。"

"林书记就没想过要修路？"

"林建国确实有这个想法，但是实施不了，大家伙儿跟着一起修路倒是不怕，不就是出工出力嘛，但是没钱让人犯愁啊！"

人都是有抱负的，哪怕是在这穷山沟沟里面。林建国也是如此，要不然他也不会在有更好的任职机会的时候选择留了下来，只不过年少时的满腔热情早就已经被消磨光了，满是干劲的年轻人来了又待不长，直接就调走了。

肖丰饶变得沉默，想要火车跑得快，就得全凭车头带，你说你这车头是蒸汽机车还是内燃机车头，是和谐号还是复兴号的，档次不一样，速度也就不一样，只有用先进的、高科技的、高效能的车头来提速，才能够让火车跑得飞快。

领头羊，才是脱贫致富最关键的一个因素。

"这钱可以和县里面、市里面甚至是省里面申请的啊！"肖丰饶这话只说到一半，便戛然而止了。

向上伸手，这不是解决问题的办法，想要最终解决问题，还是得靠自己，只有自力更生，才能谋求长远发展。

"所以啊，闺女，建国不是不想干事，而是没有钱啊！"

肖丰饶没有再说话，而是默默地赶着路，只不过她的心里面一直在思考着卢汉清的话，这位老爷子说得没错，修路是石城镇的唯一出路，但钱是个大问题。

"卢爷爷，卢江那家伙真的在这个村子里？"走了三十多里的山路，卢汉清和肖丰饶这一老一少用了将近一天才走到龙门村。

卢汉清点了点头，"林书记提供的线索，应该不会有错。走，这个时候这小子应该在村支书家里面呢。"

肖丰饶虽然心中的怒意已经消了一大半，但是到了"算总账"的时候了，那就必须得严肃起来，自己千里迢迢地跑过来，不就是来要个说法的吗？

等卢汉清和肖丰饶到龙门村村口的时候，两人不约而同地看到了一个很滑稽的场面，前面一个中年人背着卢江的医药箱在跑，一个老人则是气喘吁吁地跟在这中年人的屁股后面。

"你好，老乡，祁富云家在哪儿？"卢汉清拦下老人问道。

老人喘着粗气，没好气地看了卢汉清一眼，"前面那个人就是，不跟你废话了，我家里小孙子生病了，这可是十万火急的大事儿，没工夫和你们闲聊。"

小孩子生病？

卢汉清和肖丰饶四目一对，脚步立刻急促了起来，毕竟这两位可都是医生，救死扶伤是天职，是天性使然，卢汉清更是一把直接拽住了老李头儿的胳膊，"快带我过去看看，我是卢汉清！"

啥？

老李头儿直接傻眼了，卢汉清的名字在石城镇这十里八村如雷贯耳，真是无人不知，无人不晓，老李头儿打量了一眼卢汉清，然后几乎是号啕大哭地说道："哎哟，怎么能够把您这位老神仙给盼来了呢，您来了我就放十万个心了，我那刚生没多久的小孙子有救了。"

"好了，好了，废话少说吧，还是赶紧带我去看病人吧！"

老李头在前面带路，肖丰饶和卢汉清在后面跟着，到了老李头家，只见老李头直接一头便磕在了地上，对着卢江更是感恩戴德不已。

卢江正要扶，抬头一眼便看到了跟在后面的肖丰饶。

卢江一下子三魂去了七魄，好像是活见了鬼一般。现在这个时候卢江最不想见到的人就是肖丰饶。自己的不辞而别，对肖丰饶的伤害是巨大的，原本卢江是想要用这种方式来让肖丰饶慢慢地淡忘这段感情,但是卢江还是低估了自己女朋友的这份执着。看到肖丰饶,卢江下意识地就要跑。

没想到还没来得及迈步,自己的屁股就被人给狠狠地踹了一脚,直接把自己给踹飞了,这熟悉的角度和力度让卢江立刻就想到,踹自己的人准是自己的爷爷。

"小兔崽子,还想跑? 我看你能躲到什么时候?"卢汉清走了进来,对着卢江呵斥道,"还敢躲着不见我吗? 还是不是个爷们,怎么着,有胆量做没胆量认啊?"

卢江从地上爬起来,一脸的苦笑,原本是想要躲开爷爷的怒火,没想到不仅没躲开爷爷,反倒连女朋友的怒火一块儿带来了。

"丰饶,你怎么来了?"

卢江有些尴尬地揉着被爷爷给踹得生疼的屁股,声音之中略微带着一丝丝的拘谨对肖丰饶说道。

肖丰饶冷哼一声,"这么大的事情你也不和我说一声,直接就跑了,你可以啊,卢江,长本事了啊!"

卢江不敢反驳,而且看肖丰饶这架势,估计也是不会接受自己的"巧言辩解"的。

"那个,对不起啊,丰饶!"

卢江正要凑上前去安慰一下肖丰饶,没想到直接被女朋友一把给推开了。肖丰饶直接来到了婴儿的面前,此时的婴儿已经能够安分下来了,肖丰饶对孩子的妈妈说道:"大姐,我也是医生,我能替孩子检查一下吗?"

十三

孩子的妈妈朝着自家人投过来询问的目光，就在这个时候，卢江直接插话道："你们放心吧，肖大夫主修的是神经内科，对于妇科和儿科也是精通的，让她来替你的孩子检查一下，大家也就都能放心了。"

孩子的妈妈听到卢江的话，这才把婴儿递到了肖丰饶的面前。

肖丰饶替婴儿做了很全面的检查，然后才扭回头，对着所有人满是期待的目光说道："嗯，处理得及时，而且对于婴儿来说，药的剂量把握得还算可以，孩子应该是没什么大碍了，只不过孩子妈妈应该要注意了，母乳喂养的时候要按照可续方式来进行喂养，避免婴儿吮吸过急，如果要是人工喂养的话要注意奶瓶的选择，奶眼不要过大，避免婴儿吮吸导致呛咳。"

孩子的妈妈连连道谢，肖丰饶只是让母子俩赶紧回屋去。

等所有的事情都已经消停了，卢江直接凑到肖丰饶的面前，脸上挂着那种看起来很真诚的笑容，讨好地对肖丰饶说："肖大夫出手，果然是厉害无比啊，我对你的敬仰之情，那简直犹如滔滔江水……"

肖丰饶直接把头扭向了一边，神态很是冰冷地说道："没诚意！"

卢江很是尴尬，一般来说，周星驰般的无厘头式的调侃总是能够把肖丰饶逗笑，但是没想到，这一次自己故技重施完全失败了，压根儿就没有达到自己预想的结果，肖丰饶对自己竟然表现出了冷淡和极其不满。

"对不起，我错了！"

卢江很真诚地说道，肖丰饶则是找了一个小板凳坐了下来，双眼平视前方，目不斜视，对于卢江任何歉意的表达都只摆出一副冷冰冰的面孔，对于卢江的任何举动都毫不理睬。

卢江知道，这事儿大发了！

"小兔崽子，你都已经走出去了，都已经考上医科大了，而且还念了七八年书，现在更是堂堂医科大学毕业生，完全能够留在医科大附属医院当一名大医院的大夫，为什么还要跑回来？你要是不能给我一个合理的答案，我告诉你，今天没完！"

毕竟是血亲，打断骨头还连着筋呢。卢汉清一看自己孙子的表现，心里面那是颇为头疼啊，肖丰饶那闺女的态度，很明显是暂时还不想原谅卢江呢，不得已，只得由他"老将出马"啦！

卢江听了爷爷的话，二话不说，直接从自己的医药箱里面拿出了一个小物件。卢汉清看到这东西，瞬间眼泪就忍不住唰地流了下来。

卢江手里面拿着的，不是他物，正是一枚虎撑，医铃虎撑。

"这是？"

"爷爷，这是我爸爸的医铃，我这次回来，主要还是因为它！"卢江说得很平静，但是从整个快要凝固的空气来说，又很不平静。

卢江将手中的虎撑递到了爷爷的手上，卢汉清双手捧着这个药铃，已是老泪纵横，唏嘘不已。睹物思人，这虎撑卢汉清再熟悉不过了，毕竟这东西是当年自己亲手送给儿子的，这枚虎撑对于儿子来说，那也是非常重要的，卢海平也将这枚虎撑视若珍宝。

只可惜，在儿子失踪之后，这枚虎撑也一起消失了。

"它是从哪里来的？"卢汉清急急地问道。

卢江摇摇头，"我不知道，我毕业那天有人把它寄给了我。看到这东西，让我想到了很多，也考虑了许久，才做出要回来的决定。"

肖丰饶心中暗恼，她要是早知道正是这东西让卢江放弃省城里的优越工作跑回到这乡下，她一定会早点儿警觉的，也不至于到了现在这种无法挽回的地步。

儿子还活着？

卢汉清摇了摇头，他知道这只不过是自己的奢望，几乎是不可能的，那么这枚虎撑是谁寄给孙子的呢？卢汉清的眼神瞬间变得清澈了不少，很快，他的心里就已经锁定了一个人。

"林书记！"

这个时候，肖丰饶缓缓地说道："没想到咱们的这位林书记倒是手段过人，这东西只有在他的手里面才能够发挥巨大的作用，林书记的目的很简单，他想要让卢江回到石城。"

卢汉清恼火万分，没想到啊，林建国居然一直在自己身边"卧底"，怪不得这些天林建国一直都待在自己身边，原来是另有目的啊！卢汉清感觉自己常年玩鹰，没想到临了临了，被鹰给啄了眼。

"卢老爷子，消消气。其实吧，我觉得林书记也有他的考虑，毕竟您现在上岁数了，再跟着往山里跑也跑不动了，早就应该找个接班人了，既然卢江是您的孙子，又是省里面医科大的高才生，那么在林书记眼里面，他就是最合适的人选。"龙门村的支书祁富云急急地劝道。

卢汉清默不作声。

其实正如祁支书所说，卢江确实是最合适的人选，首先他是卢家人，卢家世世代代守护一方，造福一方，而现在轮到卢江回来继承这项事业了，按理说应该是义不容辞的，而他卢汉清也会支持的。其次，没有人愿意来这穷乡僻壤的一个小小的卫生站当医生的，所以，林建国就把主意打到了卢江的身上。

只是卢江实在是太优秀了，而且也好不容易从穷山沟沟里面走出去，卢江有着光明而且远大的前途，可以说是前程似锦，真的要是放弃了在省城的优越条件跑回来，无论是谁，打心眼里面也会惋惜的。

"爷爷，不能怪林叔叔，要不是他给我寄的这东西，我或许会真的违背我的初心留在省城，我当初到省城求学的时候，就已经发誓学成之后要回来的，现在，是我兑现自己当初承诺的时候了。"

卢江认真地说道。

"唉——"卢汉清重重地叹了一口气，他想要劝孙子，但是劝人的话到了嘴边又怎么也说不出来。

十四

"你真的已经决定了吗？"

就在这个时候，肖丰饶突然间插话，而她那真挚诚恳的目光望了过来，仿佛想要把卢江剥开，看清楚卢江的真心。

"是的，我已经考虑好了，这辈子就待在这乡下，你也了解到了，这不仅仅是我一个人的使命，它是我们卢家的使命，我不能辜负这一乡一镇的全体乡民对我的期待，对我们卢家人的信任！"

卢江点了点头，不过他的心里面还是很难受的，多年的感情不是说断就能断的。

按照卢江脑海之中构思的剧木，接下来的剧情走向应该是肖丰饶会和他分手，然后两人便依依不舍地忍痛割断这份多年的恋情，肖丰饶从此之后回到省城，与卢江再无半分瓜葛。

"好，我明白了。"

肖丰饶站了起来，对卢江说道："既然你已经下定了决心，那就不要后悔。"

"你放心吧，我以后一定不会打扰你的生活的，这一切都是我自作自受，肖丰饶，祝你幸福！当然，我们之间还是朋友，如果你要是遇到什么困难的话，我一定会……"

卢江本来是要将这煽情的话说完的，他认为自己和肖丰饶已经再无半点儿可能了，但是肖丰饶直接打断了卢江，对着卢江直接翻了个白眼，没好气地说道："停停停，你说谁要跟你分手了？"

肖丰饶此话一出，在场的所有人直接都愣住了。每个人的脑海里都在徘徊着一句疑问：这还不分手？

"闺女，这小兔崽子只怕是铁了心要待在这乡下了，你们两人之间的距离太远了，不仅仅是地域上的距离，而且从今往后你们之间的距离会越来越大，你可是要想好了！"这个时候，卢汉清也有点儿蒙了，虽然他也挺惋惜的，但是自己的孙子什么脾性，他这个做爷爷的是再了解不过了。

"爷爷，您这话好像是在劝我们分手？"肖丰饶平静地说道。

卢汉清还是第一次被怼得如此尴尬，他讪讪地笑着说道："这是你们小年轻的事情，我还是不掺和了。"

卢江也直接傻眼了，"丰饶，你支持我留在这里，可是我们之间的距离太远了，做牛郎织女实在是太惨了，一年才能见一面！"

肖丰饶不客气地说道："谁说要做牛郎织女了。我理解你不愿意回到省城，想要一辈子在这里守护一方百姓，要是你以为我会对你百般阻挠的话，你也太小看我的觉悟了。还有，如果你让我劝回省城了，我会瞧不起你的，我一不喜欢立场不坚定的人，二不喜欢敢说不敢做的人，三不喜欢没有担当的人，说不定到时候真的会和你分手的。"

肖丰饶这脑回路简直是太奇特了。卢江在心里面忍不住这么想道。

"呵呵，那这么说，你是支持我的决定了？"卢江伸出手直接拉住了女朋友的手，就算是肖丰饶想要挣扎一下也不给机会，卢江紧紧地握着她的手。

肖丰饶当着这么多人的面和卢江撒狗粮，脸上有些发烧，心里面还略微地有些羞涩，"当然了，这是好事，我为什么不支持，我气的是你这家伙为什么不辞而别，你是不是觉得我的觉悟比你低了？"

"那倒没有！"卢江赶紧否认。

"你这闺女，害得我白担心了一场。"卢汉清那颗一直都悬着的心在这一刻也终于放了下来。

"丰饶，既然你支持我的决定，那么你就要做好异地恋的准备了。"卢江提前给自己的女朋友打个"预防针"。

肖丰饶摇摇头，认真无比地说道："所以我经过深思熟虑之后也做出了一个决定，我也准备把在省医科大附属医院的工作辞掉了。"

肖丰饶突然间扔出来的这颗"雷"，确实把在场的所有人都给炸蒙了，每个人都向肖丰饶投来了异样的目光，肖丰饶面对这些人错愕的神情，镇定自若地说道："镇上不是没有镇长吗？我愿意来试一试！"

"丰饶，这个玩笑一点儿都不好笑。"

卢江被肖丰饶的直接吓了一大跳，不过他对肖丰饶也是非常了解的，一旦这个女孩儿做出决定，就算是有十头牛那也是拉不回来的。

卢汉清的目光一直都望着肖丰饶，从她的眼神中，卢汉清看到了无比的坚定。

"闺女，咱们这里的条件你也看到了，那可是很苦的，真要是辞掉了在省城里的优越工作，有些得不偿失啊！"卢汉清平静地说道。

"卢爷爷，您就放心好了，我虽然是在城里出生，但是我可不是什么娇生惯养的大小姐，咱们村里的条件我也看到了，也正是因为如此，我才想着要改善一下咱们这里的环境，让咱们的家乡变个样儿。"

肖丰饶就是这个样子。

"你真的愿意来咱们这穷山沟沟？"一旁的祁支书也有些不敢相信自己耳朵听到的，这年头，大家都费尽心思想要往城里跑，因为那里赚钱多，而且条件也比乡村好上千倍万倍，怎么就有人不随大流，还要往这穷地方跑？

"对，没错，就这么决定了！"肖丰饶说得很决绝。

卢江有些不忍，肖丰饶估计还没有体验到村里面的苦，有些苦有些罪不是城里人能够受得了的。"要不，这件事你回家再和家里人好好地商量商量？"

"不用商量。"

肖丰饶淡淡地说道。肖丰饶之所以做出这个决定，并不是一时的头脑发热。起先，她对乡下这个地方感觉到很是好奇，但是随着这两天的接触，肖丰饶也渐渐地喜欢上了这个地方，而且更重要的是，一个地方想要旧貌换新颜，仅凭一个人的力量是远远不够的，而她确实想要让石城这个民风淳朴的地方渐渐地富起来。

年轻人，就要有年轻人的朝气和活力，如果只是处在安逸中，不能够走出自己的"舒适圈"，那么无异于芸芸众人一般。

十五

肖丰饶有理想，有抱负，更是有着满腔的热忱与活力，再者说，自己的爱人也在这里，肖丰饶也算是"嫁鸡随鸡，嫁狗随狗"。

"谢谢你！"

这一声谢，卢江心中很是感慨，他要感谢肖丰饶的理解和支持，有这样的女朋友，怎能不爱？

"闺女，到时候可就苦了你喽！"卢汉清很是欣慰，更是钦佩，他没想到现在年轻人的觉悟会如此高。

祁支书一拍胸脯，同样也很是激动地说道："好，不愧是省城来的高才生，这觉悟就是不一样，今天我老祁算是开了眼了。只要你能够来，只要想着为咱们石城镇做点儿实事，办点儿好事，我祁富云就算是豁出去这张老脸，也一定要帮衬你！"

肖丰饶笑着说道："那我就在这里多谢祁支书了！"

"应该的！"

卢江、肖丰饶和卢汉清三人在龙门村待了一晚上，第二天便返回了石城镇，肖丰饶走的时候很匆忙，而卢江也没闲着，他的摸排工作还在继续，一个村子一个村子地不停转着，现在的镇卫生站有卢汉清帮衬着照看，卢江才有更多的时间去了解情况。

一个月的时间很快就过去了，夏天的暑热渐渐地消散了，初秋来袭，对于北方的山区来说，是丰收的季节，大家都在地里忙着农活，就连镇上学校的孩子们也都回村里帮忙去了，卢江也算是清闲了下来。

这天，卢江正在镇上的卫生站里面整理着各村的材料，他已经搜集到了一手的资料，正准备把档案给建起来。

镇卫生站说白了就是三间旧屋子，设备也是那些陈旧老套的设备，两张木制的办公桌椅连漆都已经掉得差不多了，斑驳的墙上挂满了大大小小的锦旗，这些都是十里八乡的村民自发送来的。

这些在外人看来都是一种荣誉，在卢江眼里却是一种无形的压力，卢家人世世代代在石城镇当医生，这种无形的压力也在鞭策着卢江。

"卢大夫，忙着呢！"

一个脆生生的声音从门外传了进来，夹杂着欢快的笑声。

卢江抬起头，看到了一个女孩儿，稍微地愣了愣，不过很快他便记起来这个女孩儿是谁了，正是留在镇上学校支教的乡村教师韩乐乐。

韩乐乐和卢江是同学，更是青梅竹马，只不过后来卢江到省城上学了，而韩乐乐则留在了市里面的师范学院，一毕业便回到了镇上的学校教书。这个女孩儿从小学习就不错，甚至有一段时间和卢江还是同桌。

"韩老师！"

卢江笑呵呵地打趣道。

韩乐乐笑起来的样子最迷人了，眼睛直接弯成了两道月牙儿，农村的女孩儿并没有太多的粉饰，但也是因为这一方水土的原因，有着一种天然的美丽，更别说韩乐乐在上学那会儿就长得俊俏，现在女大十八变，是越变越漂亮了。

"卢江，小时候是个野小子，没想到这几年在省城待着，居然变得文质彬彬的了。没想到你也被老林给忽悠回来了，看来老林还是可以的啊！"韩乐乐也调侃地说道。

卢江露出了一个无奈的表情，"没办法，老林那家伙就是老奸巨猾。"

"咯咯咯，你这油嘴滑舌的样子还是没怎么变，怎么样，在外面待惯了，回咱这小地方来，有没有不习惯啊？"

卢江站了起来，然后拿起了暖壶，直接在一个搪瓷缸里面倒满了热水，递到了韩乐乐的面前，"能有什么不习惯的啊，这里是我的家，你听说过谁在家里还不习惯的？倒是你，今天怎么有时间跑我这里来了啊？"

"你还好意思说，回来都一个月了，这么长时间也不说过来看看我，还好意思说咱俩是同学啊？"韩乐乐好像是有一肚子的苦水。

卢江笑了笑，"韩老师不是挺忙的吗，我怎么好意思打扰，学生放假了，是不是轻松了不少？"

"是啊，要不然我怎么有时间来看望卢大夫呢？"韩乐乐扑闪着大眼睛，笑嘻嘻地说道，然后很是"八卦"地直接凑到了卢江的面前，对卢江说道，"听说你女朋友来找你了，你们俩是不是吹了啊？想想也是，人家城里的姑娘怎么能够看得上我们这小村子呢？"

卢江一脸尴尬，幸好"小心眼儿"的肖丰饶不在这里，要不然自己肯定要被好好地审问一番的。

女人嘛，天生的"第六感"敏锐，而且还有较强的危机意识。

"你这可说错了，我和我女朋友的关系挺好的，而且她也挺支持我的决定。"

韩乐乐脸上的笑容不减反增，"听说你女朋友长得很漂亮，我倒是想知道，你觉得我和你女朋友相比，谁更漂亮一些呢？不许搪塞啊，也不许有模棱两可的答案，必须得分出个高低才行！"

"当然是我女朋友了！"

面对这道"送命题"，卢江自然是不敢轻视的，回答得必须慎重还要不假思索。

"没意思，看来你们俩的感情挺好的啊！"

"那是当然了，怎么了，是不是后悔当初没有接受我的表白了？"卢江开玩笑地说道，当年卢江确实是追求过韩乐乐，不过那会儿还只是比较青涩的好感。两人年龄相同，而且又是多年的同学，开个玩笑还是可以的。

不料韩乐乐却一本正经地扑闪着大眼睛说道："是啊，当初不觉得，现在想想还真的是有些后悔，要不然也就没有你女朋友什么事儿了！"

"别认真啊，我只是开个玩笑，活跃一下气氛而已！"卢江听着这说话的味儿越来越不对了，心里有些后悔自己刚才的话实在是有些太过于暧昧了，赶紧解释道。

韩乐乐又咯咯咯地笑了起来，"逗你的，看把你给吓得，家教很严哪。"

"别闹，说吧，你可是无事不登三宝殿。"

卢江赶紧往远处躲了躲，他得避嫌啊。

"也没什么，就是最近这嗓子吧有些不舒服，找你给我检查检查，开两服药。"韩乐乐妩媚地笑着说道。

卢江也收了玩笑的心，给韩乐乐认真地检查了起来。

呼！

突然间一道身影冲了出来，赶巧不巧地正好看见卢江给韩乐乐做检查，立刻很不客气地说道："卢江，你在干什么？"

卢江吓了一大跳，他感觉自己现在是跳进黄河也洗不清了，因为来的不是别人，正是肖丰饶。

十六

世间有许多偶遇，其实是有人精心安排的结果；世间有许多巧合，但其实只不过是命中注定的而已。

直到现在这一刻，卢江才意识到这句话简直就是亘古不变的至理名言。

卢江当然只是在给韩乐乐做常规性的检查，这是作为一个医生最起码的职业道德，但是事情还真的就是这么巧，一个月都未曾露面的女朋友突然间就这么给自己来了一个惊喜。与其说是惊喜，更该说是惊讶。

"丰饶，你、你怎么来了？"

卢江觉得自己的嘴也跟着开始变得有些迟钝了，反倒是因为这种结巴，直接实锤了自己在和韩乐乐做些什么见不得人的坏事一样。

韩乐乐也着实被吓了一大跳，她知道这个时候自己要是辩解的话，无疑就真的是雪上加霜，到时候只怕更会被认为是真的了，那可是跳进黄河里也洗不清了。

"哦，我来得不是时候，是不是打扰到你们了？"

肖丰饶一反常态，不怒反笑，肖丰饶的这种态度和神情对于卢江来说简直是太致命了，卢江觉得自己实在是太冤枉了，简直比窦娥还要冤上千倍万倍。

"哟，你就是卢江的女朋友吧，幸会幸会，我是卢江初中同桌，我叫韩乐乐，是石城镇上学校的老师，你不是误会我和卢江有什么见不得人的事吧？"韩乐乐笑了起来，而且还笑得很爽朗的样子。

肖丰饶并没有理会韩乐乐，而是死死地把目光投向卢江。

"其实吧，事情并不是你想象的样子，韩乐乐生病了，我给她做个检查，这里是卫生站，就算是我们想要做什么，条件也不允许啊，丰饶你冷静地想一想，我们要是真的有什么，那么至少是不是应该先锁个门什么的啊？"

卢江心平气和地说道，只不过看肖丰饶那一副快要暴走的样子，卢江心底的那丝丝心平气和立刻就变得没了底气。

"你们还真的想要有点儿什么事啊？"肖丰饶朝卢江狠狠地瞪了一眼，"解释一下吧，真的就只是做个检查，两人离得这么近做什么，两位彼此的同桌，是不是还想着要回忆美好的过去啊？"

看来是真的打翻了"醋坛子"了。

卢江的心里面立刻响起了最高级别的"警报"，肖丰饶虽然嘴上没说什么，但是明摆着她是真的往心里去了，大事不妙啊！

"咯咯，好有意思，卢江，这就是你的女朋友吧，还不赶紧给我介绍一下！"韩乐乐看着卢江这个家伙那一副"吃瘪"的样子，更是忍不住笑得花枝乱颤，她知道自己逗了逗这个多年的同学，已经差不多火候了，火候有时候还是必须得把控好，要不然真的会起火的。

卢江狠狠地瞪了一眼韩乐乐，这个女人果然是不能惹啊。此时卢江的心里面则是忍不住念起了经：山下的女人是老虎，遇见了千万要躲开。

"用不着他来介绍，我叫肖丰饶，是卢江的女朋友，你就是卢江的青梅竹马吧？"肖丰饶"青梅竹马"这几个字说得很是用力，还意味深长地瞅了卢江一眼，女人都是小心眼儿的，肖丰饶依然很清晰地记得"白月光"和"朱砂痣"呢，果然这天底下的男人没有一个是可信的，有一个算一个！

"青梅竹马，咯咯咯，卢江，你女朋友吃醋了。"韩乐乐倒是看热闹不嫌事大。

卢江无奈，他分明能够感觉得到火星马上就要撞地球了，而他这颗小月球，只怕会粉身碎骨了。

"好了好了，你都已经替我检查完了，还不赶紧给我开药？"

卢江此时只能闭上嘴，麻利地拿了几盒药给了韩乐乐，赶紧把她给打发走了，此时的卫生站里面，只留下了卢江和肖丰饶两个人。

"我记得一个月前，某人还哄我说是一旦拥有，别无所求的'劳力士'呢，结果这才刚刚过了一个月，某些人就已经按捺不住自己蠢蠢欲动的心了吗？卢江，我一直都觉得你回来当个乡村医生是为了守住自己的初心，嘿，你不光守住了自己的初心，还守住了自己的初恋！"

肖丰饶气哼哼地说道。

卢江百口莫辩，事情其实就真的是那么好巧不巧，"丰饶，你想多了，我和韩乐乐就只是普普通通的关系，不是你想的那样！"

肖丰饶没有说话，只是一脸不相信地看着卢江。

卢江也不辩解了，其实在肖丰饶面前也用不着解释什么，解释就是掩饰，掩饰就是事实，而事实就是罪恶的开始，人类喜欢掩饰，就是人类最大的悲哀。

两人大眼瞪小眼，卢江直接坐回了原先的位置，开始了工作。算了，是死是活让肖丰饶来宣判吧，自己甭做无用的抵抗了。

"怎么不说了？"肖丰饶突然间说道。

卢江无奈地叹了一口气，"没啥好说的，累了！"

"扑哧！"肖丰饶突然又笑了，看着卢江抓耳挠腮、无可奈何的样子，肖丰饶就没憋住，直接笑出了声。肖丰饶对卢江的品性还是很了解的，要不然的话自己也不会和卢江在一起了，只不过对于肖丰饶来说，有时候逗逗他还是挺有趣、挺享受的一件事情。

"我和韩乐乐真的只是普通朋友。"

"我知道，但是我就得吓唬吓唬你，要不然的话哪天你又要瞒着我做什么惊世骇俗的举动了！"肖丰饶说得很理直气壮。

卢江悬在半空中的那颗心这才终于落回到肚子里面去。

这个时候，肖丰饶直接拿出了一张纸，递到了卢江的面前，对卢江说："我这次回省城办了两件事，这是第一件，你的支医介绍信！"

十七

卢江有些费解地接了过来，当他看到上面盖着省医科大学及附属医院的公章时，心里面就已经有些小小的激动了，这是医学院和医院联合下发的文件，文件的内容就是关于卢江留职支医的介绍信和公函。

有了这个，卢江就算是正式成了一名支医的乡村医生。

"这个实在是太好了。"

卢江手中的介绍信还没来得及放下，肖丰饶直接又掏出了一张纸，递到了卢江的面前。

"这个又是什么？"

"这是我留职扶贫的介绍信。鉴于不允许再发生类似于刚才的事情，我得把你整个人连同你的心全部都看好喽，所以我在医院也办了留职手续，这是我来咱们石城镇开展扶贫工作的介绍信和公函！"

肖丰饶说到这里，那张俏丽动人的脸上立刻浮现出了骄傲和自豪的神情。

　　"哦，还有，这是县里面对我下达的任命书，从现在这一刻开始，本姑娘就是咱们石城镇的副镇长了！"

　　听到这里，卢江忍不住惊讶地抬起了头，满脸的不相信。

　　肖丰饶仿佛早就知道卢江会露出这样的神情，她一本正经地说道："不要太惊讶，要不然你以为本姑娘这么长时间在做什么？正好，今天任命书下来了，而肖副镇长我，今天正式走马上任了！"

　　"你就这么放弃了在省城大医院里的工作？你爸妈没有做你的思想工作？"卢江不相信，肖家父母会这般通情达理，会放任自己女儿放弃优越的工作，跑到这石城镇里面来开展扶贫工作。

　　肖丰饶的眼底掠过了一丝苦涩，不过很快就将这丝情绪直接给掩盖了过去，卢江并没有察觉到。

　　"这个是我自己做出的决定，和我家里人有什么关系？"

　　肖丰饶这句话说得是极其没有自信，毕竟卢江和肖丰饶在一起都待了七八年了，天天朝夕相处，对自己的女朋友自然是很了解的。

　　"这个决定，我看你还是跟家里人先商量一下吧！"

　　"不用商量，我现在自己能做决定。咳咳。"肖丰饶突然间轻轻地咳了两声，然后无比认真地对卢江说道，"卢大夫，从现在开始，我就是石城镇的副镇长，同时也是你的顶头上司了！你一定要好好工作，我会时时刻刻地监督你的。"

　　"得咧，您就放心好了！"

　　肖丰饶担任石城镇副镇长的消息在这个小镇子上以很快的速度

传播开来，毕竟这个镇子实在是太小了，还没用上半天时间，整个石城镇上到耄耋老人，下到稚子幼童，都已经知道了肖丰饶上任的消息。

镇委、镇政府的会议室里面，林建国一脸喜气洋洋地宣布着县里面对肖丰饶同志的任命，心里面则是已经乐开了花儿，自己的这笔买卖做得赚啊，不仅把一个卢大夫给弄了回来，捎带着还有一个副镇长。

"好了，下面请肖副镇长讲话。"

林建国话音刚落，底下便响起了稀稀拉拉的掌声。

在座的除了龙门村的祁富云支书外，几个行政村的支书对年轻的肖丰饶知之甚少，毕竟之前也来过几任年纪都不算太大的娃娃领导，但是都没有任何的建树，石城镇更是没有大变样，尤其是这个副镇长还是个女娃，在几个老支书的心里面并不是很看好。

"大家好，我叫肖丰饶，从今天开始，我就是咱们石城镇的副镇长。"

肖丰饶并没有感觉到意外，或许是之前几任镇长留下的不良影响，肖丰饶知道自己的年龄和性别肯定会让在座的大多数人感觉到不牢靠的。

不过肖丰饶并不在意，想要获得认可，必须要靠行动和付出。

"我知道在座的各位支书都可以称得上是我的叔叔大爷了，或许你们此时心里面也在不停地犯着嘀咕，又是一个年轻的娃娃干部，还是个女娃子，能够吃得了这份苦吗？"

肖丰饶的一句话立刻将她和这些村支书之间的关系拉近了不少。

肖丰饶在学校的时候就是学生会的主席，组织能力和管理能力也是极强的，即使面对着全校三千多的教职工，肖丰饶也不会怯场，面对着这十几个村支书，对肖丰饶来说，完全就是小场面。

"那些漂亮话我就不在这里说了，说得再好听也没用，就算是说出花儿来，也不如我带着大家踏踏实实地干一件实事，虽然作为扶贫干部，我的经验很少，对咱们石城镇了解得也不够多，但是我相信，这些都是暂时的。"

"今天是第一次我跟大家见面，但是呢，我要在这里先给自己布置一个作业，那就是要不遗余力地去改变现状，幸福都是奋斗出来的，而奋斗本身就是一种幸福。所以，希望大家能够和我一样，一起奋斗！"

……

肖丰饶的演讲情真意切，因此换来的是热烈的掌声。

林建国作为石城镇的镇党委书记，接过了肖丰饶的话，"肖副镇长是年轻人，又是女同志，希望各位村支书能够支持肖副镇长的工作。"

会议很简短，没到一个小时就已经散会了，而肖丰饶也就成了石城镇第一位女副镇长。

晚上，卢家。

肖丰饶直接拖着自己的行李走进了屋子，而此时在屋子里面，林建国早就已经请镇里面烧菜最好的大厨准备了几道拿手菜，专门等着肖丰饶和卢江回来。

肖丰饶暂时先住在了卢家。

"卢江啊，你找了一个好女朋友啊！"林建国不无感慨地说道。

十八

卢汉清没想到肖丰饶这闺女这么有魄力，居然真的跑到这穷山沟沟里面来工作了，他看了看卢江，又看了看肖丰饶，心里面更是美滋滋的，一连喝了三盅酒，然后才缓缓地对肖丰饶说道："闺女，副镇长这副担子可是不轻呢啊！"

肖丰饶点点头，满是自信地说道："卢爷爷，您就放心好了，就算是再苦再累，我也会咬牙坚持下来的，我不会当'逃兵'的。"

"这个嘛，我相信。你今天在那些村支书面前的表现我都知道了，林书记都跟我说了，他对你可是赞不绝口啊！"

林建国接过了话头，笑着说道："小肖，不知道接下来你有什么打算？"

肖丰饶想了一会儿，然后才说道："这第一呢，是得把通向咱们镇的路给先修平整了，咱石城镇的老百姓进出实在是太不方便了，不修路不行啊。"

林建国无奈地叹了一口气，"这个嘛，我早就已经考虑过，想必你也大概地了解了情况，县里面的拨款就那么点儿，就算是省吃俭用，也不够咱们修一条路的啊！"

肖丰饶点点头，"这个我清楚，光节流不行，咱们还必须得开源，想要让石城发展起来，那就必须要找到一条致富的路子，咱们石城的基础条件是差了点儿，这是咱们的劣势，但是咱们石城也是有优势的啊！"

"优势？"

林建国有些疑惑地看着肖丰饶。

肖丰饶点点头，"没错，就是优势，比如说我们这里的空气好，农副产品都是绿色无公害的，我们可以把咱们这里的特产先打出知名度去，然后再想办法招商进来。只要有了钱，咱们就可以改善一些镇上的基础设施。"

"只怕没有那么简单，咱们这里的污染较少，但是呢县里像咱们一样的村子也不少，我们的优势不够明显，而我们的劣势又太明显了。"

卢江突然间插话道。

"我大概地了解了一下，咱们这里的土壤成分、日照时间、降水量和空气温度都比较适合种一些中药材，当然，这些还必须要经过论证之后才能实施的，我可以联系我在省城的朋友，让他来替我们做个调研，看看咱们这里到底适合种什么。"

肖丰饶胸有成竹地说道，看了卢江一眼，眼底则是带着一丝丝炫耀的意思，卢江对自己女朋友的这些个小动作很是受用。

"那么修路呢？"林建国继续问道。

"可以让开发商来帮咱们修路，这可是互惠互利的事情。启动资金的话，还希望林书记到县里面哭哭穷，争取能磨点儿出来，咱们先动了工，就不怕完不成。"

卢江给肖丰饶泼了一盆"凉水"，"要是筹不到钱，那该怎么办？"

肖丰饶平静地说道："凉办，太行山上有两大奇观，一是挂壁公路，二是红旗渠。实在不行我们就自己来修路，一个月不行，那就一年，一年修不好，那就十年，总有一天能够把路给修好的，路修好了，进出才能方便，不论是孩子上学、老人看病，都会很方便的，修路是势在必行的头等大事！"

肖丰饶说得神采奕奕，卢汉清听完之后，幽幽地对林建国说道："建国啊，年轻人有朝气、有冲劲，更是有想法、有理想，你这当了这么多年的镇书记了，这魄力居然连一个女娃娃都比不过？"

"干了！"

林建国喝了点儿酒，借着酒劲豪气冲天地说道。

坐在屋顶上，肖丰饶被卢江直接搂在了怀里面，两人是抬头望着满天的繁星，肖丰饶很喜欢乡下的这种浩瀚夜空，充满了未知与希望。

"谢谢你！"

卢江紧紧地握住了肖丰饶的手，和肖丰饶一同望向了天空，深情地说道。

肖丰饶能够放弃自己在省城的优越工作，跑到这穷地方来，最主要的原因还是对卢江的爱，因为不想分别，所以两人之间势必有一个人要做出牺牲，而肖丰饶为了爱护两人的这段感情做出了很大的牺牲。

"瞎说什么，我来这里最主要的目的是为了扶贫工作，至于想要和你在一起的私心嘛，在神圣的事业面前就显得那般微不足道了，只不过是捎带手的事情。"当然了，肖丰饶才不会主动承认自己这么做的目的只是为了和卢江在一起，男人嘛，绝对不能给太多的优越感，要不然就容易飘。

卢江笑着说道："好好好，是你的觉悟高。"

"那是当然了。"肖丰饶自豪地说道，"卢江，今天我大概了解了一下情况，这段时间还得到下面各村去转一转，不了解具体情况是不行的，石城镇你比较熟悉，到时候你跟我一起去。"

"那没问题，老婆大人有命令，我怎么敢不听从？"卢江知道肖丰饶是个干实事的人，既然都已经到了这个岗位上，肖丰饶就一定要做好，这是肖丰饶的一贯态度，无论是在医院里面当医生，还是在石城镇里面当副镇长。

肖丰饶摇摇头，"你说错了，现在我的身份可是咱们石城镇的副镇长，名副其实的二把手，你只不过是一个小小的支医大夫，从隶属关系上来说，我是你的顶头上司，你现在可是归我管！"

"呵呵，你放心，我什么时候都归你管。"卢江开心地说道，讲真的，他没能想到肖丰饶如此通情达理，他都已经做好了要放弃这段感情的准备，大大出乎他意料的是，肖丰饶对这段感情的重视和信心要远远比他多得多。

在月光之下，肖丰饶那俏丽的脸容上立刻绽开了灿烂的笑容，卢江忍不住在女朋友的额头上轻轻地一吻……

十九

一个月的时间过得很快，秋忙也随着天气转凉而结束了。

空山新雨后，天气晚来秋。明月松间照，清泉石上流。竹喧归浣女，莲动下渔舟。随意春芳歇，王孙自可留。

这是王维写的《山居秋暝》。完全就是这山间美景的极致写照，而在石城这里，这样的美景更是随处可见。

水绕青山山绕水，山浮绿水水浮山。峰峦叠嶂，碧水如镜。山的美，在于云蒙树梢，鸟相鸣间；而水的美，则在于雾流涧谷，溪声潺潺。

这里便是石城镇看不完的美景，映入眼帘的都是一幅幅最生动的山水画卷。

此时，在山间的小路上，有两道年轻的身影，赫然就是正在进行调研的卢江和肖丰饶。

"你不会是骗我的吧？咱们这方圆百里我都已经转遍了，怎么会不知道还有你说的惊喜呢？"肖丰饶娇喘吁吁，虽然这段时间来肖丰饶一直都跟着卢江在每个村子里面搞调研，但是毕竟是个女孩子，体力还是有限的。

卢江故作神秘地说道："因为那个地方只有我一个人知道，当然了，这样的惊喜我肯定是不会独占的，一定会和自己最爱的人分享。"

"骗人！"

肖丰饶对着卢江翻了一个白眼，这家伙只怕是居心不良吧，以前带着自己钻学校里的小树林，而现在这家伙胆子更大了，居然带着自己钻这深山老林，真要是卢江这家伙禽兽不如了，自己该怎么办？想到这里，肖丰饶的俏脸上微微地泛起了红晕。

卢江没有替自己辩解，只是神秘地一笑，拉起了肖丰饶的手，拽着她往前走。

渐渐地，从远处传来了巨大的轰鸣声，空气中的水雾也浓厚起来，卢江笑着对女朋友说道："好了，快到了，到时候你可不要大呼小叫的啊，毕竟除了我之外，也只有你一个人见过。"

"什么啊？还搞得这么神神秘秘的。"

突然间，卢江就那样直接停下了脚步，对肖丰饶说："既然我说过了是惊喜，那就先得把你的眼睛给蒙起来，这样才有仪式感嘛！"

"搞得这么神神秘秘做什么？"

虽然嘴上一直在说着，但是对卢江捂住自己的双眼并没有任何拒绝的意思，卢江从背后蒙住了肖丰饶的眼睛。两人再走几步，停下来，卢江挪开了自己遮挡着肖丰饶眼睛的手，肖丰饶睁开眼睛，映入眼帘的竟是一幅绝世的美景。

"好美！"

此时的肖丰饶只感觉脑海之中用来形容美景的词实在是太匮乏了，只得默默地欣赏着眼前的美景，远处的山巍峨陡峭，苍翠而又雄壮，两道如同白练一般的瀑布从山涧中直接倾泻而下，发出如雷的轰鸣声。山腰上的枫叶红了，红得火热，如同一条火红的纱巾系在山间，绿色、红色与黄色的叶子带来了极强的视觉冲击。当肖丰饶看到这一幕的时候，她的眼睛醉了，她的心也跟着醉了，她整个人都醉了，醉得不省人事，她已经深深地沉醉于眼前这幅大自然创作的"画卷"。

"怎么样，我没骗你吧，恭喜你，你是除了我之外第一个欣赏到如此美景的人。"卢江得意地说道。

肖丰饶猛然扑到了卢江的怀里面，激动地哭了起来。

卢江笑呵呵地拍着女朋友的后背，笑着说道："怎么还哭上了？"

"实在是太美了！谢谢你，卢江。"

其实，有时候女人的感动并不在于你为她买过多少东西，而在于你有没有把她放在心上，有时候，只要是事情做对了，即使是不花一分钱，也能够让一个女人死心塌地对你好，就像是此时的卢江，就让肖丰饶感动得哭了。

肖丰饶可以说是被感动得一塌糊涂，自己之前所做的努力和付出的辛苦总算是没有白费。

两人在一块石头上坐着，那江山如此多娇的真实画卷尽收眼底，肖丰饶有些激动地说道："这么漂亮的景色，如果只有我们两个人看的话，实在是太可惜了。"

"咱们石城像这样的美景其实还有很多，不为人所知还是交通不便造成的。其实有时候我觉得，我们守着这样的绿水青山，还真的就是守了座金山银山，路要是真的修好了，那咱们石城镇就可以发展旅游业了。"卢江说道。

其实今天他带着女朋友过来，一是为了让她散散心，二呢则是要让她看看这秀丽的风景。在他看来，这其实也是一条发家致富的道路。

"嗯，其实这段时间我一直在思考着怎么能够让石城快速地脱困致富，旅游业这块其实也是我考虑的重点。但是现在的条件不成熟，首先是交通条件，通往我们镇上的路没有一条像样的；其次呢是经济条件，想要发展旅游业，投入可是很大的，现在我们连修路的钱都没有；第三呢就是旅游业的回报周期实在是太长了。"

肖丰饶分析得头头是道。

卢江听完之后点了点头，"你说得没错，路要一步一步地走，饭要一口一口地吃，还是得先修路。"

"所以，还得先靠种植业来带动发展，我之前的设想让大家来种中药材，但是种什么药，还得做好市场调研，过两天你陪我回趟省城。"肖丰饶一本正经地说道。

"回省城？"

卢江略微有些诧异地问道。

肖丰饶肯定地说："没错，这次回去我们要找一位'金主爸爸'！我爸的一个朋友的儿子是做药材生意的，他开了一家公司，在中药材这方面也算是半个专家吧，看看有没有可能让他在咱们这里弄一个加工厂。"

"到时候只怕人家来了这里，看到咱们石城的环境，就被吓跑了。"卢江有些担忧地说道，毕竟石城这地方的投资条件实在是太差了。

肖丰饶信心满满地说道："不怕，那个家伙的觉悟还是有的，不过这次回去还有一个事儿，那就是看看能不能拉医科大的那帮子教授弄一个中药材的培育研究试验基地。"

"放心，我全力配合你。"

肖丰饶沉思了片刻之后，对卢江说道："这件事现在还处在筹划阶段，我们这次回省城呢，就不准备和其他人说了，咱们呢这是鬼子进村悄悄的，放枪的不要！"

"行！"

二十

从石城到省城要四五个小时，路程不算太远，等卢江和肖丰饶回到省城的时候已经快要到晚上了。

舟车劳顿，卢江直接找了个旅店先住下了，而肖丰饶则回了家。

一夜无话，第二天，卢江直奔医科大学的教职工宿舍，他回来的第一件事便是拜访黄鹤教授。

"师父！"

黄教授今天没有课，医科大附属医院又轮到他休息，卢江提前打过了电话，拎着自己从石城带过来的土特产就敲开了黄教授家的门。

看到卢江，黄鹤的脸上露出了一丝慈祥的笑容，把卢江请了进来，打量着自己这个"得意门生"，黄鹤更是忍不住连连点头，"嗯，不错，不错，变黑了，也结实了，怎么样，乡下是个能锻炼人的地方。看来这段时间你真是没闲着啊！"

卢江坐在客厅的沙发上，接过师父递过来的热水，"确实不曾闲着。农村的医疗条件还是太艰苦了一些，我回去的头一个月时间，一直在各村进行走访，到现在已经给全镇子的人建立了健康档案，和在市里的大医院坐诊不一样，在农村必须是走诊。"

"嗯，这些都是特殊的条件决定的。不过你做得很好，在市区这样医疗条件较为发达的地方，急救设施和条件都很成熟，但是在农村就不一样了，所以提前建立好档案，做好预防应对措施是很有必要的。"

黄鹤点了点头，对于自己这位弟子的表现还是非常满意的，虽然回到家乡支医是他自己做出的决定，但是他能够在那么朴素、平凡的岗位上做到尽职尽责，就已经是很不平凡、很了不起的了。

"可是，农村的基础医疗条件实在是太差了，镇卫生站只有四十平方米不到的地方，诊断、打针、拿药都在一个房间，看病的人要是多了，连个转身的地方都没有，而且看病也只能靠听诊器、压舌板、血压计这'老三样'，药品也不齐全，条件真的是很差。"卢江无奈地说道。

这是现在农村医疗的现状，也是他这次来拜访自己师父的一个最主要原因。

黄鹤叹了一口气，无奈地说道："是啊，这样长久下去也不是个办法，现在国家正在大力推进农村医疗和公共卫生体系建设，这镇卫生站、村卫生室可是其中重要的一环啊！"

"所以这次来，我是想要请您出面帮帮忙了。您老面子大，在咱们学校和医院里面说一句话，就连院长办公室也会颤三颤的啊！"卢江顺着老师的话提出了自己的想法。

黄鹤这个时候突然间笑了起来，然后手指着卢江打趣道："我就知道你这个家伙是无事不登三宝殿啊，果然还是有求于我呀，又是土特产又是给我戴高帽的，你小子什么时候也学会这虚的一套了，有什么要求赶紧说，能帮你的我一定会尽力。"

"其实吧，我是看上了咱们学校淘汰下来的那些设备了。"卢江心里面还是有些紧张的，这可不是一件小事儿，要是真的能够谈成，他一毛钱不花，或者是花一点点钱就能够给镇上的卫生站解决大问题。

黄鹤没有立刻答应，而是沉思了片刻，然后才徐徐地说道："还是数你小子脑子最活泛了，不过呢，你也说得没错，这算是一个两全其美的办法，院里的那些老设备替换下来之后就一直放在仓库里面，一直放着占用空间，还不如便宜了你，也算是让那些老设备发挥一下余热好了。"

"这么说，您是同意了？"卢江兴奋而又激动地说道。

黄鹤摇头，"这个嘛，我说了不算，不过我可以向学校党委会和医院党委会提，由学校或者医院出面进行捐赠，一来嘛让学校或医院得了好名声，二来嘛也可以改善一下农村的基础医疗条件。这样大家各取所需，你看怎么样？"

"简直是太好了！"卢江心里的那块石头这会儿终于算是落了地了，他相信有自己师父出马，那一定是没有任何问题的，学校的领导是师父的同学、同事，这件事师父能这么说，十有八九是成了。

"好了，正事说完了，那来说说其他事情吧，你这不辞而别，可是把小肖给气坏了，听说她后来也辞职了？"黄鹤突然间有些"八卦"地关心起了卢江。

卢江这事儿已经在医科大学附属医院传开了，早就已经成了医院里医生们闲聊的谈资，黄鹤也忍不住有些好奇地打听起来。

卢江有些无奈，"是，肖丰饶现在跑到我们那个穷山沟沟里面当副镇长去了。"

黄鹤听闻之后也是愣了好长时间，然后才缓缓地说道："嗯，这个丫头我果然是没有看错她啊，听说她还特意给你和她自己都办了留职手续，这样的女孩儿很难得啊，人家可是为了你付出了不少啊，你可一定要好好地对待人家才行。"

"是的，师父，您就放心好了。"

"哦，对了，还有，你们县里医院的院长是我带的第一届学生，也是你的学长，叫荣树贤，要是有什么困难了你找他也可以，到时候我把他的联系方式给你。"

对于卢江，黄鹤很是喜爱，因为卢江算是他正式的关门弟子，所以对于黄鹤来说意义非凡。

"好的，谢谢师父了！"

卢江又在黄鹤家坐了一会儿，等他从师父家里出来的时候，接到了肖丰饶的电话，肖丰饶已经联系好了那个朋友，正准备邀请卢江过去和她一起见面聊一聊。

肖丰饶和那个朋友约的地方是一个不起眼的茶馆，茶馆的环境很优雅，人又少。卢江进门的时候，只有肖丰饶和那个朋友坐在一起聊着，肖丰饶被这个家伙逗得开怀大笑。卢江总觉得自己的嘴里面有一股淡淡的酸意。

看到卢江走过来，肖丰饶立刻向卢江介绍眼前这位和他们年纪相仿的帅哥。卢江的心里面立刻警觉起来，带着一丝丝狐疑和质疑的目光望向了肖丰饶，肖丰饶却选择了视而不见。

"你好，我叫谭富民，是肖丰饶的朋友，你就是卢江吧，是肖丰饶的男朋友？"帅气而又阳光的谭富民大方地站起来，伸出手，笑着对卢江说道。

"幸会幸会，你和肖丰饶是怎么认识的？"卢江随口问道。

谭富民坐下之后，看了肖丰饶一眼，缓缓地说道："相亲认识的！"

卢江的手刚刚端起茶壶，听了谭富民的话之后茶壶嘴一斜，滚烫的茶水直接倒在了茶杯之外。

二十一

琴声在耳，余音绕梁，檀香处处，花放时时，简洁的中式装修，仿佛在喧嚣的闹市之中置于幽处，雅致是一种由内而外的恬淡，而恬淡则是一种由外而内的沉思，精致的生活贵在删繁就简，而极致的美应通侘寂幽光。

这间中式茶室，好似一幅浓淡相宜的山水画，沏一杯清茶，就一缕茗香，与朋友酣畅对谈，闲话家常。在物欲横流的时代，这样心无旁骛的生活格调，仅靠意境之美就让我们心旷神怡。

禅茶一味的境界是难以穷极的真谛，也是极具东方气质的茶艺精神。中式茶室里的古琴、修竹、流水、清茶，几颗温润的小石子，几根纤细的花枝，一缕熏香，一盏香茶，都能驱散心里的阴霾，给灵魂一个栖息的所在。

其实人就如同这茶一般，高而能下，满而能虚；富而能俭，贵而能卑；智而能愚，勇而能怯；辩而能讷，博而能浅，明而能暗；能识天地之大，能晓人生之难。在焚香煮茶中安享一份难得的风雅，在繁华都市中寻觅一种清净的人生境界。

在这间茶室里面，一幅笔走龙蛇的"静"字被裱起来，挂在卢江的对面，只不过可惜的是，此时的卢江心里根本就容不过这个"静"字。

"不好意思，走神了！"卢江神色间有些慌张，甚至可以说是惊慌失措。

这一切都被肖丰饶看在眼里面，虽然心里面早就已经乐开了花，但是表面上还得装出一副视而不见的样子。

"没事，没事！"谭富民看似很随意，微微抬起头，甩了甩手上的茶渍，"只不过下次你要是走神的话，不妨浇一下自己的手，茶水真的很烫！"

卢江赶紧抽了两张纸出来，递到了谭富民的面前。

"实在是抱歉得很，要不要我帮你看一下，免得受伤了！"卢江一本正经地说道。

谭富民无所谓地甩了甩手，"别了，到时候我怕我再说错什么话，我可能就要和我的这只手做告别了。我家和丰饶家是世交，所以我只是把肖丰饶当成自己的亲妹妹，没有其他想法。"

戏，谭富民是没法子接着往下演了，再演下去，是会搞出人命来的，谭富民还年轻，不想年纪轻轻就"英年早逝"。

"嘿嘿嘿！"

"罪魁祸首"笑得很是"猖狂"，卢江扭头看了一眼肖丰饶，刚才的这出戏着实把他给吓得不轻。

"我说，肖丰饶同学，以后这样的玩笑少开一些，可以吗？"

卢江知道自己被女朋友给耍了，想要发作，但是看到面前墙上写着的那个大大的"静"字，满腔的怒火瞬间被他给压制了下来。

谭富民这个时候也附和道："以后我还是躲着你点儿吧，你要克就去克你的男朋友，好吗，我好心帮你个忙，没想到自己反而遭了殃。"

"好了好了，只不过是开个小玩笑罢了，两个大男人，就不能心胸宽广一些？"肖丰饶拿起茶壶，给两人续上了水，也算是对刚才那个小小的"恶作剧"一点儿歉意的补偿吧。

"你的事情，黄教授那边应了吗？"肖丰饶关心地问道。

卢江的心情变得稍微好了一些，略微有些得意地说道："应该没什么大问题，师父说了，那些设备都已经放到仓库里面了，通过学校或者是医院来捐赠给我们，也算是物尽其用。如果不出意外的话，后天就能签捐赠协议了。"

"好呀，这可是一件大好事，值得庆贺一下。"

肖丰饶举起了茶杯，和卢江、谭富民的茶杯碰在了一起，"这样的话，以后咱们石城也算是有了些像样的医疗器械了。"

"等等！你们先打住。肖丰饶，我怎么感觉这阵仗，有种'鸿门宴'的感觉啊？"谭富民警惕地说道，"你这无利不起早的主儿，是不是在打我的什么主意啊？"谭富民赶紧小心翼翼地把杯子放回原处，神情之间还略微有些紧张。

肖丰饶笑了笑，只不过那笑容过于邪魅，连卢江也有些不忍直视，"当然不是了，这次来我可是来给你带条财路的，当然了，你要是不愿意的话，我也不会强求的。这一切都是要本着你自愿的原则来进行的。"

"真的？"

"那当然了，谭富民你可是听好了，现在坐在你面前的，可是石城镇的副镇长，这要是放在以前，怎么也算是一方的父母官了吧！"肖丰饶一本正经，可是她越这样，谭富民越是觉得再往前走一步就是"坑"，而且还是万丈深渊的"巨坑"。

"得得得，打住，还一方父母官，没文化真可怕，官怎么也得是三品以上才能称之为官了，你呀，只能算是一个小吏，顶多了也就是一里长，混在最基层了，有什么可值得炫耀的？"

"那大小也是个官！"

肖丰饶正欲争辩，胳膊却直接被卢江给拉住了。

卢江赶紧伏在肖丰饶的耳边，对肖丰饶细语道："好了，好了，说正事，说正事要紧！"

"差点儿被你这个家伙给带沟里面去了。老谭，今天把你叫过来呢，其实是想要找你给我们参谋参谋的。"肖丰饶换了一副语气和态度，对谭富民很是耐心地说道。

"别别别，我不过是一个小老板，仅此而已。"

谭富民说这话，确实有些谦虚了，不到三十岁的年纪，自己"白手起家"创立的公司就硬生生地挤进了省城十大中药材公司的行列，谭富民经商有头脑，而且也有独特的见地。

"谦虚了啊。"肖丰饶一本正经地对谭富民说，"我现在待的那个县就是卢江的老家，我就直说了，现在农村的生活水平很低，大家都只是种一些粮食作物，一年下来赚不了几个钱，但是以农为本的观念已经深入当地人的心里，一时间也转不过弯来。所以啊，我和卢江合计了一下，希望能够在石城发展中草药的种植，这样农民的收入也能够增长一大块。"

二十二

听肖丰饶道明来意之后，谭富民并没有急着回答，而是端起了手中的茶杯，沉思了起来。

"你的想法很现实，而且也可行。不愧是父母官，现在居然也学会了'曲中求'了，不过你说的地方到底适合不适合中药材种植，你和我说了不算。没有调查就没有发言权，所以你的发展规划到底有没有可行性，还得先实地考察一番才行。"

谭富民慎重地说道。

肖丰饶点点头，"实事求是嘛，这个道理我懂，如果有机会的话，还希望你能够多多地支持石城的发展。"

谭富民不假思索地说道："这个倒是没问题，赚钱的目的不仅仅是让自己过上锦衣玉食的生活，还要回馈社会。"

"卢江，看看老谭这觉悟。"肖丰饶忍不住赞道。

谭富民苦笑着摇了摇头，"好了，你少给我戴高帽了，你们准备什么时候回去？到时候我也跟你们一起到你任职的地方去看一看。至于能不能实施，得等考察之后才能下结论。"

卢江和肖丰饶对视一眼，从彼此的眼中都看到了惊喜。这一趟省城之行，他们俩人的收获颇丰，对于石城镇来说，更是天大的好消息。

······

肖副镇长失踪了。

林建国此时坐在办公室里，满脑门子的汗，虽然他觉得肖丰饶的不辞而别肯定是有其他原因的，但是现在就算是找遍了整个镇子也没有找到个人影，林建国这次是真的有些急了。

林建国经历这样的事情太多了，镇上每次来一个年轻的娃娃干部，林建国都会对其寄予厚望，但是每一次都让他失望不已，待不够三天，人就会消失不见，等待林建国的就只有一纸调任的公函。

希望越大，失望也就越大。后来来的人越多，走的人也越多，甚至还有一个当天上午报到，下午就调走的，人人都说石城是铁打的贫困镇，流水的年轻干部，这些笑话都已经传到了县里面，这让林建国在县里面也抬不起头来。

这一次，林建国觉得肖丰饶有卢江这根"绳"拴着，应该不会跑了吧？但是没想到的是，肖丰饶还真的不见了，而且和肖丰饶一起消失不见的，还有卢江。

林建国感觉自己"偷鸡不成蚀把米，搬起石头砸了自己的脚"。

"人找到了没有？"

林建国此时急得像是热锅上的蚂蚁一般。

要是两人临阵脱逃当了"逃兵"还好说，如果是在山里面出了事儿呢，他可怎么向卢汉清交代？卢家已经死了一辈人了，只留下这一脉单传，现在卢江要是再出点儿什么意外状况，他林建国这个镇党委书记根本就无法向石城的百姓做出交代。

"还没有，整个石城镇都已经快要被翻遍了，连根毛都没有找到。"搭话的是镇党委的干事小刘，小刘犹豫了半天才继续说道："林书记，要不然我向县里面打听打听情况，如果是肖副镇长和卢大夫真的准备要走，县里面肯定会比我们提前知道的。"

林建国恼火地拍了桌子，茶水都飞溅了出来，"打听什么？还嫌咱们镇不够丢人的啊！先把人找到再说。"

"要是他们真的受不了这份苦，想要离开怎么办？"

林建国心乱如麻，"能怎么办，天要下雨，娘要嫁人！只能由她去好了，别大惊小怪的，先找到人再说，哪怕找到他们去哪儿的消息也好！"

林建国这里已经乱成了一锅粥，而此时在石城镇上也早就已经传开了，肖丰饶和卢江两人，逃了。

很快地，村民就聚集到了卢家，其实有几个人更是想要找卢汉清讨要个说法，镇卫生站的大夫是卢家的亲孙子，而新上任一个多月的副镇长，则是卢家未来的孙媳妇，他们两人现在消失不见了，卢家怎么着也得给个说法。

"大家冷静，先冷静一下！"

人群挤在卢家，而挡在众人面前的是韩乐乐——镇上学校的老师。

看着已经越来越不受控制的激愤的人群，韩乐乐的额头上也渗出了细微的汗珠，对于卢江，韩乐乐相信他不会做出这样的事情来，但是乡民没多少信心，毕竟来来去去如同是"走城门"的大学生村干部实在是太多了，一次两次或许还情有可原，是意料之外，而且也是可以理解的，毕竟他们的根不在这里，想要死心塌地地留下来的希望非常渺茫，但是现在不一样，副镇长可是"自己人"。

"大家先听我说一句，卢江是大家伙看着长大的，你们相信他能做出这种事来吗？我对卢江那可是十万个相信的。卢江和肖丰饶他们俩肯定是有工作要做，还希望大家伙儿不要听信谣言。"

韩乐乐苦苦地劝着，但是群情激愤的乡民根本就不听解释。

"吱——"

一声轻响，卢家的大门被打开了，卢汉清从门里走了出来。卢汉清的脸色很是平静，丝毫看不出来有任何的恼怒。

卢汉清并没有说话，只不过无形之中仿佛有一股强大的气场，卢汉清每向前一步，围着的乡民便退后一步。等卢汉清站定了，环视了一圈，轻轻地咳了两声，沉声道："大家这是怎么了？堵着我们卢家的门吵架呀？是我们卢家有什么做得不对的地方吗？"

安静，此时此刻只剩下了安静。

卢汉清此时就如同是"定海神针"一般，往那里一站，完全就是一根"擎天之柱"，卢汉清缓缓地说道："说啊，刚才不是叫得很来劲儿吗？怎么到了现在没人敢吱声了呢？三儿，我刚才就听见数你的嗓门最高了，现在怎么变哑巴了？"

二十三

"叔儿，既然您问了，那我就斗着胆子说一句吧，卢江不是回来了吗，怎么这几天都不见他人啊？是不是已经回省城了？我就知道咱这穷地方留不住人。卢家我们可是打心里面可劲地敬着供着，可是现在，您那宝贝孙子受不了这份清苦，带着自己的女朋友跑了。您说，我们还有必要再留在这里吗？难道我们就要这样穷一辈子，这贫困镇的'帽子'就摘不掉啦？早知道的话，投胎就不往这破地方投了。"

那个叫"三儿"的中年人痛心疾首地说道，他的话其实说出了在场所有人的心声。

卢汉清冷哼了一声，"没志气！要说穷，现在咱们这地方是穷了一点儿，难道这穷是一辈子的事儿吗？你要说别人不想回来，我觉得还有可能，但是你要说我那孙子不想回来，打死我都不相信。"

"叔儿，问题是现在找不到人，听说是去了省城，保不齐卢江和他那女朋友副镇长一去就不回来了！"三儿壮着胆说道。

"卢江和肖丰饶都是省城医科大的硕士毕业生，就算他们混得再不济，也能够在医科大的附属医院里面有一份体面的工作，工资待遇高，而且还很稳定，不用风餐露宿，也不用为衣食发愁，那他们为什么要跑回来受这份罪呢？"

卢汉清语气淡淡地说着，面对着这一众人，仿佛他才是气势更足、气场更大的那位。

"我卢汉清在这里拿自己大半辈子的名誉担保，他们不会不回来的，大家伙儿还是散了吧，都杵在这里不用干活了吗？"

卢汉清一开口，就把整个场面给镇住了，韩乐乐这个时候赶紧补充道："大家应该信得过卢爷爷吧？既然有卢爷爷在这里给大家保证，大家是不是就应该放心了啊？别聚在这里，赶紧回去干活吧！"

韩乐乐的心里面松了一口气，其实对于她来说，这种场面是完全镇不住的，如果不是卢汉清出面，只怕场面真的会失控啊。

人群已经稀稀落落地开始散了，而卢汉清直接转身回到了门里面，完全就没把刚才的事情放在心上的样子。

就在这个时候，人群后面却传来了卢江的声音，"咦？大家都待在这里做什么呢？正好，帮着一起搬东西。"

听到卢江的声音，韩乐乐的心终于落地了。

所有人再一次扭回了头，看到卢江从一辆货车上面跳下来，货车上面堆得满满的，用篷布盖着，看不到里面装的是什么东西，但是看到卢江那一脸兴奋的神情，加上恰到好处出现在这里，所有的谣言这个时候全都不攻自破了。

"你可算是回来了！"

韩乐乐看到卢江，有些惊魂未定地说道。

卢江并不知道之前发生了什么，"刚才那是怎么了，怎么一堆人围在我家门口，我们家那老爷子呢，没被吓坏吧？"

"老爷子很厉害啊！"韩乐乐由衷地感叹道。

卢江笑着说道："这个嘛，我在二十多年前就已经知道了，正好你也在，我从省城淘了一批设备回来，旧是旧了点儿，但是总比没有强，一起帮我搬到咱们的卫生站，这样的话，咱们卫生站的设备也基本上算是完善了。"

"咱们那肖副镇长呢？"韩乐乐有些酸酸地说道，其实她对卢江心里还是有一丝丝异样的情愫在的，要不然也不会在听到卢家受到围攻之后不顾一切赶过来劝阻众人，可惜卢江是"名花有主"的，她韩乐乐错过一步却成了遗憾。

卢江指了指村口的方向，对韩乐乐说："哦，她有重要的客人要接待。"

看着从车上搬下来的设备，韩乐乐对卢江的钦佩又增添了几分，卢江的脸上一直都挂着自信的笑容，仿佛他从来都没有把在卫生站的工作当成是一种负担，反倒是乐意这么做，如此的自信和境界，让韩乐乐羡慕。

"想什么呢？"

卢江看到了此时的韩乐乐脸上闪过的失落神色，关心地问道。

韩乐乐的心情瞬间五味杂陈，当听说卢江要回到石城镇的时候，韩乐乐感觉到自己的机会来了，毕竟没有谁能够同意前程似锦的男朋友回到这穷乡僻壤，"水往低处流，人往高处走"，所以韩乐乐的心里面很是欢喜。

谁知接下来的事情并没有按照她规划好的剧本发展，肖丰饶从四百多公里外的省城直接杀了过来，两人之间闹得轰轰烈烈的，但是并没有分手，反而是肖丰饶也同样放弃了在省城大医院的优越工作，和卢江一起留在了石城。

这里没有金山银山，也没有任何锦绣前程，从林书记那里就能够看得出来，石城是一个根本就没有人愿意来的地方。

韩乐乐也曾经很纳闷，也想不明白。

现在，看到卢江那一脸开心的样子，韩乐乐好像明白了一点，卢江并没有把这些放在心上，在他的心里，只要是能够为家乡贡献一分力量，哪怕是微不足道的力量，卢江也是开心的。

这是发自内心的开心，没有任何的矫揉造作。

"卢江，你们难道就没想过要离开这里吗？这里的条件太差了，回到省城，你们的生活质量肯定会有个飞跃的啊！"韩乐乐一边帮着卢江把东西搬进卫生站，一边说道。

卢江干得满头大汗，听到了韩乐乐的话之后，笑着说道："年轻人嘛，就应该有这样的觉悟，况且咱们都是党员，心里不应该只是算自己的一本'小账'，更应该算为人民服务的一本'大账'！"

韩乐乐沉默了，她回来是不得已而为之，卢江回来是一种责任和使命，而肖丰饶能够来到这里，就是一种境界和觉悟了。这么一比较，韩乐乐觉得自己好像比肖丰饶差了至少两个档次。

二十四

人多力量大。没到半个小时，一卡车的医疗设备就已经被乡民搬到了卫生站里面。

此时，所有人的心里面仅存的那一丝丝埋怨也没有了，他们的心里满满的都是愧疚，正如卢汉清老爷子说的那样，卢江是个有本事的人，放弃了在省城的一切优越条件回到家乡从医，图的是什么，还不是那浓浓的情分？

几乎所有在场的乡民都在扪心自问，自己凭什么去质疑卢江？

看着四十多平方米的房间被塞满了大半的仪器设备，卢江又开始犯愁了，镇上的卫生站地方实在是太小了，这一下连个落脚的地方都没有了。

"这些东西花了不少钱吧？"

韩乐乐摸了摸那些看起来还不错的仪器，好奇地问道，卢江应该不是那种隐形的富豪，要买下这些设备可是一笔不小的开支，他究竟是怎么做到的？

卢江笑着摇了摇头，"实话告诉你，我弄到这些东西可是一分钱都没有掏。"

"偷的？骗的？还是抢的？"

"你看我是那样的人吗？看来我这个老同学在你眼里居然如此不堪啊。这些东西是我到省城，从我上学的学校和医院里面弄回来的。虽然这些设备都已经过时了，省城医院有更先进的设备，但是呢，在咱们这个小地方，这些东西还是非常有用啊！"卢江得意地说道。

韩乐乐重重地把头一点，"那照你这么说，这些东西是你捡破烂捡回来的？"

"其实吧，话也不能这么说，这种东西就算是我们需要，人家还不能随便给呢，最后想了一个折中的办法，通过捐赠的方式把这东西转让给我们卫生站了。"

卢江说得很是随意，但是韩乐乐知道，想要"空手套白狼"，那几乎是不可能的，为了这一批设备，卢江肯定是付出了不少的辛苦。想到这里，韩乐乐的眼中更是冒出了崇拜的光芒。

"你，太厉害了！"

卢江毫不客气地照单全收，"那是必须的，哦，对了，我还想要问呢，乡民怎么把我们家给围起来了？发生了什么事儿吗？"

韩乐乐直接对着卢江翻了一个白眼，没好气地说道："还说，你和你那女朋友不辞而别，不知道怎么让全镇的乡民知道了，把你们家围起来讨要说法呢。幸亏卢爷爷拿自己大半辈子的清誉做担保，这才没事了。"

听到这里，卢江沉默起来，过了许久，幽幽地叹了一口气，"其实吧，这还是大家被弄怕了。发生这样的事情，对于我们来说也算是一种鞭策，至少让我们记住自己来这里的使命。"

"你能这么想实在是太好了，我还怕你知道了之后有什么想不开的呢！"韩乐乐露出一副松了一口气的样子。

卢江点点头，"这也算是一种压力吧，别人能跑，那是因为他们只不过是匆匆而来、匆匆而去的过客，但是我不能跑，这里是我的家，我还能跑到哪里去？乡民都是朴实的，你对他们好，他们才会对你好。"

"好啦，卢大夫的觉悟就是不一般。我看林书记的位置应该让给你。"韩乐乐也打趣地说道。

卢江笑了笑，并没有说什么，看着这摆得满满当当的设备，有吸痰器、小型雾化器、健康一体机、理疗仪等等，他的心里盘算着，是时候向镇上打报告，把卫生站给扩一扩了。

卢江这里正盘算着，在镇政府，肖丰饶则是被林建国给训斥着，而在看起来挺简陋的沙发上坐着的是谭富民。

肖丰饶总算是回来了，这让林书记的心也落了地。

"小肖副镇长，希望你以后能够注意组织纪律，有事的话可以向我请假，就算是不好意思说具体的事情，最起码也得让我知道你在哪里吧？记住，这样的事情仅此一次，下不为例！"林建国苦口婆心地说道。

肖丰饶也没想到林书记会有这么大的反应，不过她认错的态度还是很诚恳的，"请林书记放心，我下次要是有事出去，一定会和林书记报备的。"

"嗯，这才像话嘛。哦，对了，这位是？"

林建国对谭富民很是好奇，不是说肖丰饶和卢江正在谈恋爱吗？怎么还领回来这么一位年轻的帅哥啊？

肖丰饶赶紧介绍道："林书记，这位是我在省城的朋友，是康民药业的董事长，这一次来咱们这里呢，是要对咱们这里是否适合种植中药材进行考察和调研，如果能够满足种植中药材的条件，谭董将会在我们这里进行投资。"

听到这里，林建国的眼前一亮，脸上的笑容也渐渐地浓了不少，"哟，原来是'财神爷'啊！对不起，怠慢了你啊，你好你好！我是咱们石城镇的党委书记，我姓林。"

"林书记，您好！"

谭富民站了起来，恭恭敬敬地和林建国握了手，然后谦和地说道"这次来的目的也就是先看一看，至于能不能投资，还要看调研的结果，一切都要以事实和科学来说话。"

谭富民表明了自己的立场，他不反对投资，不反对支农建设，但是他反对盲目，一切以事实和科学为依据是谭富民的原则和底线，这是不能突破的。而且自己之所以这么说，也算是提前给林建国和石城镇打了一支"预防针"。

谭富民看着年轻，却很老练，处事也比较符合林建国的风格。

林建国点了点头，脸上的笑容越来越盛，肖丰饶这个女娃娃果然是不一般，这么短的时间内就拉回来一个投资人，年轻人确实是有魄力啊。

"小肖镇长，一定要好好地把我们的客人招待好了。"林建国乐呵呵地说道，"晚上我们举办个欢迎会，欢迎谭董来我们这里进行考察调研。"

"这个就不用麻烦了。"

二十五

　　林建国摇摇头，"我们石城人民可是很热情的，谭董就不要拒绝了，至于投资的事情您放心，我们不会强人所难，谭董也不必有负担。"

　　谭富民的目光望向了肖丰饶，想要询问一下肖丰饶的看法，肖丰饶直接笑着说道："既然林书记这么安排了，那就听林书记的好了，正好表达一下我们石城镇欢迎谭董的莅临。"

　　听到肖丰饶没有反对的意思，谭富民这才应承了下来。

　　林建国离开了，谭富民满脸不情愿地对肖丰饶说道："我说，整得这么形式主义做什么，你知道的，我可不喜欢那种应酬的场面。"

　　"盛情难却啊。石城镇穷了这么多年，大家的心里面可是迫切地想要改变一下呢，你到时候就能够体会到大家的心情了。老谭，我也是来了这里才慢慢地体会到的，想要建设社会主义新农村，有多么难，刚才进村的那段路你也看到了，很难走。为官一任，就要造福一方，总是要让咱们改变点儿什么的，你说是吧？"

肖丰饶一本正经地说道。

谭富民笑着说："从小说不过你这家伙。哦，对了，有个事我可得跟你说一下，田阿姨对你突然间辞掉工作很是不满呢，天天跟我老妈那里诉苦。田阿姨对卢江那个可怜的家伙现在可是恨之入骨了，你可得好好地做一做田阿姨的思想工作。"

谭富民口中说的田阿姨就是肖丰饶的母亲。想到这，肖丰饶就发愁，自己这次回家，老妈看自己鼻子不是鼻子，脸不是脸的，就差点儿把自己给禁足了。

肖丰饶皱起了眉头，神色间略微有些不悦，"这个就不用你来瞎操心了。哦，对了，还有个事情你得帮我一下，卢江那里的药材短缺，看看能不能走走你的路子，先把一些基础的药品备齐全了。"

"这是小事，我打个电话就成。"谭富民随口说道，马上掏出电话打了起来，安排好之后，谭富民才对肖丰饶说道："好了，解决了，我说肖大镇长，你对你这男朋友可是挺上心的啊。"

"羡慕吧？要不你也找一个女朋友得了，天天在外面单着，身边没人管你，也不是个事儿啊！"

"得得得，这件事我家里有一个天天烦我也就算了，我可不想你也来烦我。你说也奇怪，我妈怎么就相中你了呢，天天在我耳朵边儿说你这好那好的，我倒是没看出来你好在哪儿了！"谭富民打量着肖丰饶，调侃道。

肖丰饶气得直接瞪了一眼谭富民，"老人家一厢情愿了，咱俩不来电，凑不到一起。"

谭富民听完，心里隐隐地有些苦涩，其实他对肖丰饶也挺中意的，只不过自己这可是剃头的挑子——一头热，肖丰饶对自己压根儿就没感觉，谭富民深知什么是"强扭的瓜不甜"，所以对肖丰饶也就失去了追求的动力。

晚上。

镇上的食堂，一桌丰盛的菜早就摆好了，林建国专门邀请了卢汉清这位镇上名望最高的长辈，卢江也被拉来作陪了。

菜和粮食是自家菜园里种出来的，酒是自家酿的米酒，几个人围坐在一起。林建国直接举起了杯子，对在座的诸人说道："今天呢，首先要欢迎谭董事长能够莅临咱们石城镇，酒菜呢都是乡下自家种的，摆不上大席面上，而且今天的花销都由我个人来掏腰包，不算是吃公餐。"

林建国将杯中的米酒一饮而尽，然后又斟满了第二杯酒，接着说道："这二来嘛，是要感谢小卢大夫，为咱们镇上弄回来一批医疗设备，以后咱们镇上的百姓看病也就方便了不少，这可是大功一件啊，值得庆贺！"

再饮再斟，已经是第三杯酒了，林建国笑着说道："这第三杯酒，是我敬卢老爷子的，今天幸亏卢老爷子把人给镇住了，才没有造成大的恶劣影响，事后我得知了此事，惊出了一身的冷汗，所以这杯酒，有一小部分是我自己来压惊的。"

所有人都笑了起来。

酒过三巡，菜过五味，渐渐地众人也放开了，谭富民也喜欢上了乡下的这种米酒的味道。一听说谭富民是准备来石城进行投资的大老板，所有人都热情地敬着酒，谭富民也是来者不拒，喝着喝着，便有些喝高了。

肖丰饶知道谭富民的量，所以也就不加劝阻了。谭富民的这酒量把一旁的卢江给看呆了。卢家有家规，不能喝酒。作为医生，卢家人必须得时时刻刻保持着清醒，喝酒最容易耽误事儿了。

"丰饶，这么喝下去不成啊，咱们自酿的这米酒后劲儿可是不小啊，一般好酒量的也就顶多五两的量，我看这老谭可是喝了有七八两了，真要是喝多了，一会儿可就不好收场了。"卢江好意提醒着肖丰饶。

肖丰饶听闻之后，狠狠地瞪了卢江一眼，"你这家伙也太坏了吧，都什么时候了还小心眼儿，我和老谭可是好哥们儿，你这个时候才提醒我，是不是想要看老谭的笑话？"

卢江赶紧摆摆手，无奈地说道："这你可是误会我了，我不喝酒，是我爷爷刚才跟我说的，你还是劝大家收收手吧，真要是把老谭给灌跑了，到时候可就麻烦了。"

肖丰饶使劲在卢江的腰间一掐，不过心里面还是甜甜的，听得出卢江的话，是因为在乎自己。

"好了，大家停一停吧，谭董已经感受到了大家的热情了。"

有肖副镇长发了话，所有人也停止向谭董敬酒，谁知谭富民却直接站了起来，端着杯中的酒，豪气地说道："我没事，肖副镇长说得对，我现在算是彻底地感受到了大家的热情，我保证，只要能够帮到石城镇，我一定会尽力而为！"

欢迎宴在大家的欢声笑语中结束了，卢江和肖丰饶负责把谭富民送到镇上为年轻干部建的集体宿舍之中。

"你没事吧？"肖丰饶关心地问道。

谭富民直接比了一个放心的手势，踉踉跄跄地就往屋里走，没想到刚进屋，就听到屋里面传来一个女孩子刺耳的尖叫声！

二十六

　　缘分是个很奇妙的东西，它能硬生生地将两个看似毫不相干的人牵系在一起。相遇，相识，相知……兜兜转转，一切的一切，都是因缘使然。若是有缘，那个时光彼岸的人，不管是暮雪千山，还是沟壑万里，终有一天会跨越万水千山相遇。缘分，说不清道不明，世人皆有情，若无情，便是没有遇到对的人。

　　谭富民绝对想不到，他的缘分居然是因为一场误会造成的。日后两人再提起来，都觉得这是一段极其有趣的回忆。

　　事情的经过是这样子的。

　　谭富民在欢迎宴上喝了不少酒，镇里直接安排他在镇上单身年轻干部的集体宿舍中暂住。

　　被卢江和肖丰饶架着往回走的谭富民已经喝得有些昏昏沉沉了。

　　"我说卢江，这可真的是到了你的地盘了，谭富民喝得这么醉，你跟我老实坦白，是不是故意的？"肖丰饶很不客气地说道。

卢江无奈，"真不是，你是知道我的，我就算是再怎么任性，也不可能把咱们的财神爷给赶跑吧？只怕到时候林书记也一定不会放过我的。话又说回来了，是他自己要喝那么多的，我可没劝他。"

肖丰饶想想，卢江说得也不是没有道理。

"这和卢江没有任何关系，还是咱们这乡下自酿的米酒好喝啊，实在是太美味了，如果给我一壶，我都能干喽！"

谭富民醉醺醺地说道，肖丰饶看了他一眼，无奈地摇了摇头。

"咱们乡下人实在啊，而这家伙也是爽快，酒到杯干。不过啊，咱们自家酿的米酒，就有一个好处，那就是第二天照常，不会上头，不头晕也不反胃，不会影响第二天的工作。"

卢江费力地架着谭富民，对肖丰饶解释道。

谭富民喝得稀里糊涂，但是还没醉过去，此时的他抬起头，对着卢江说道："是吗？这、这酒、果、果然是好、好东西，卢江，等我走的时候，别忘了给我捎两瓶回去。"

"行行行，到时候喝不死你！"肖丰饶不客气地说道。

"怕、怕什么，酒、酒这是个好东西啊，况且，我又没喝醉，只不过是喝多了而已，你看看，我现在还能走直线，走 S 线，甚至还能给你走个 W 线！"

谭富民费力地挣脱了卢江和肖丰饶，在镇子的路上开始了自己的"表演"，只不过他的表演实在是太蹩脚了，S 线走成了 L 线，W 线走成了 Z 线，他的表现只能证明自己确实是喝高了。

"好了好了，老谭，这几天就委屈一下你了，先在集体宿舍住一晚上吧，条件虽然是有些简陋，但是还请你放心，床单和被罩都是换过的，干干净净的。"

到了地方，谭富民直接将两人推开，非要让两人先回去，他自己一个人绝对没问题。

肖丰饶还有些担心，看谭富民的样子，她还是等了一会儿之后才放心离开，只不过刚走没几步，就从集体宿舍那里传来了一个女生刺耳的尖叫声。

两人对视一眼，立刻朝集体宿舍跑了过去。

映入眼帘的是一个打开门的房间，房间里面，一个女孩儿穿着薄薄的睡衣，惊慌失措地拿着一根擀面杖，瑟瑟发抖，门里面的床上，一个人已经趴在了床上一动不动，后脑勺看得到鲜血流出来，却有轻轻的鼾声传来。

"怎么了？"

卢江被眼前的这一切直接给惊到了，还没等他反应过来，那个女孩儿突然间扔掉了擀面杖，不由分说扑进了他的怀里面。这个时候卢江才发现女孩儿居然是韩乐乐，韩乐乐扑进了卢江的怀里不停地抽噎着。

一旁的肖丰饶气得那张精致的俏脸都变形了，自己这个女朋友还在场呢，卢江就胆敢这么做，这也太嚣张、太明目张胆了！

"乐乐，这到底是怎么回事？"

卢江赶紧问道。

韩乐乐在卢江的怀里抬起了头，梨花带雨地对卢江说道："我不知道，我刚备完课，准备洗漱一下就睡觉呀，这个喝得醉醺醺的家伙不知道怎么一回事就闯了进来，然后不管不顾地就倒在我的床上。我还以为是进了坏人，所以、所以我就抄起擀面杖直接砸了下去。他、他流血了！我是不是杀人了？"

卢江尴尬，早知道有这么一出，他还不如乖乖地把谭富民给送进屋里去。

肖丰饶在一旁气得是干瞪眼，果然，那句老话说得极对，苍蝇不叮无缝的蛋，看来自己的直觉是完全对的，韩乐乐对卢江，是真的有那层意思。

"喂喂喂，你们准备抱到什么时候？"

终于，肖丰饶忍不住了，只不过这话说出来，却是满满的老陈醋的味道。

韩乐乐看到了肖丰饶，脸上忍不住飞上了两片霞云，放开了抱着卢江腰的手，有些不好意思地说道："对、对不起，肖副镇长，别介意啊！"

当着自己的面吃男朋友的"豆腐"，肖丰饶已经到了要暴走的边缘了，而此时的老谭则是一动不动地趴在床上，鲜血从头皮下面不停地渗出，染红了干净的床单。

卢江此时哪里还敢看自己女朋友一眼，他走到床边，查看谭富民的伤口，所幸只是破了个口子，人并无大碍，只要上点儿药，简单包扎一下就可以了。

卢江从卫生站取回了药和纱布，给谭富民简单地包扎了一下，这才顾得上理会韩乐乐，此时的韩乐乐已经找了件外衣披上了，而肖丰饶把韩乐乐给带到了隔壁，也就是给谭富民准备的那间屋子。

"他，没事吧？"

知道自己打的家伙就是准备要来投资的大老板之后，韩乐乐的心里面也是有些忐忑的，石城镇已经穷了这么多年了，好不容易盼来了一丁点儿的希望，没想到自己居然给这点儿希望来了一擀面杖，要是把这希望给打灭了，她韩乐乐到时候可就真的成了千古罪人了。

二十七

卢江点点头，"没什么大碍。"

看着倒在韩乐乐的床上醉得不省人事的谭富民，卢江叹了一口气，对韩乐乐说道："看来今天晚上你们只能先换房间睡了。"

一场虚惊之后，卢江和肖丰饶终于从镇上的集体宿舍出来了。

卢江看着肖丰饶那如同刺猬一样的气场，瞬间就变得蔫巴了，"其实吧，当时事发突然，我也不知道是怎么一回事！"

"不用找借口，我根本就没当回事儿！"肖丰饶冷冷地说道。

不当回事儿才怪！卢江在心里直接反驳道，肖丰饶的语气和神态无一不在向卢江说明，这事儿大了去了，要是换了是另外一个女人的话，肖丰饶或许不会吃这么大的醋，但是韩乐乐，对卢江可是有好感啊。

"我错了！我是真的错了，我检讨，我自责，我不应该长得这么帅，会让别的女人对我产生遐想，我不该这么善良，所以总而言之，是我错了！"

卢江和肖丰饶相处的时间很长，所以在这么长的时间里卢江也总结出了应对肖丰饶的方案 ABCDEFG，反正总纲领就是在肖丰饶面前，无论正确与否，一定要清醒地认识到自己的错误所在。

只不过这招已经用过了，有点儿不新鲜了。

看到肖丰饶还是一副闷闷不乐的样子，卢江继续表忠心，"我之后一定和女的、母的、雌性的所有生物保持非常安全的距离，请老婆大人监督。"

扑哧！

终于，警报已经解除，卢江也在心里面略微地松了一口气。

"记住你说过的话，不要让我再看到下一次！"肖丰饶故意板着脸，装作一副不开心的样子说道，只不过这话一出，卢江便知道这次的危机，自己公关处理得很到位。

一夜无话。

第二天一大早，谭富民幽幽地醒来，只觉得涌入鼻子里的是一股淡淡的芬芳，更明显的感觉则是头痛欲裂。

骗子！

此时的谭富民忍不住腹诽道，卢江那个家伙完全就是在骗人嘛，为了推销自己的家乡牛皮吹得那叫一个天花乱坠啊，还说他们这里自酿的米酒喝完不上头呢，现在自己就感觉头痛得厉害。

谭富民记不清自己是怎么回来的，艰难地从床上爬了起来，有些口渴的他想要找些水喝，毕竟宿醉带来的后遗症还是有的，只是当谭富民看清楚眼前一切的时候，他又觉得这里怎么看也不像是镇上临时给自己安排的住处。

淡粉色的床单和被罩，还有摆在窗台前的那两盆被精心照料的花，开着淡蓝色的花朵，阳光透过窗户照进来，窗前是一张桌子，上面工工整整地放着一厚摞的本子，尽管房间看上去很是简陋，但是干净又温馨。

而此时床头放着一本书，是张爱玲的《倾城之恋》，谭富民翻开书页，上面娟秀的文字写着这间房间主人的名字：韩乐乐。

看到这个名字的时候，谭富民突然间心生警觉，难不成自己是被安排了？

不过，他很快就从惊讶中回过了神，这个时候房间的门突然间打开了，走进来一个女孩儿，两人四目相对。谭富民看到这个女孩儿的时候，大脑突然间直接就短路了，谭富民知道这是自己第一次见到这个女孩儿，但是在他的脑海中又觉得这个女孩儿非常熟悉。

谭富民知道，对于这个女孩儿自己并不是真的熟悉，而是他脑海中一直幻化出来的自己未来爱人的模样，和眼前的这个眼神清澈的女孩儿简直如出一辙。渐渐地，谭富民脑海中的完美爱人形象和眼前的这个女孩儿完全重合在了一起。

"你、你好！"

谭富民不知道为什么，突然间变得有些结巴了。

韩乐乐没想到谭富民已经醒了，有些不知所措地看着他，昨天晚上自己下意识地打出了那一闷棍，并没有看到谭富民长什么样子。

而此时的谭富民头上缠着纱布，样子看上去确实是稍微有些滑稽。

"你醒了啊，醒了就赶紧离开吧，把我的家弄得又脏又乱的，我还得打扫呢！"谭富民留给韩乐乐的第一印象实在是太差了，所以对于这个举止看上去很轻浮又显得有些很痴呆的家伙更是不屑一顾。

"啊，这、这里是你的房间，我明明记得我回屋了啊，怎么会在你的屋子里面醒来啊？"谭富民傻眼了，后脑勺处又传来一阵剧痛，谭富民伸手一摸，更是痛得龇牙咧嘴，怎么回事？

"那个，只是一个误会！"

韩乐乐有些尴尬，在知晓了谭富民的身份之后，她就一直提心吊胆的。

"咝！"

谭富民因为痛又倒吸了一口凉气，突然间意识到了什么，同样有些担心地说道："这里是你的房间？那就是说我昨天晚上走错房间了？我这后脑勺的伤，也是你弄的？"

韩乐乐赶紧打断谭富民的话，壮着胆子说道："这也不能怪我，我正准备休息，你突然间就闯进来了，然后不管不顾地直接就往我的床上一躺，我还以为是坏人呢，所以……所以……"

说到这里，韩乐乐有些说不下去了，虽然谭富民突然闯进来，有他的不对，但是动手的是自己，受伤的是谭富民，韩乐乐的心里面还是有一丝丝的不安。

"你叫韩乐乐是吧？我喝醉了闯了进来，然后你就直接打伤了我？我说姑娘，看你文文弱弱的样子，没想到你这下手也太重了一些吧？而且你说你打哪里不好，怎么偏偏要打脑袋呢？万一我被你打成了植物人怎么办？"谭富民有些埋怨地说道。

韩乐乐就怕这个家伙"秋后算账"，还真是怕什么来什么，看来这个家伙是真的准备不依不饶了。

二十八

"没错，昨天晚上的事情，我觉得我没做错什么，你一个男人跑进我的房间里来，我那可是正当防卫，没报警抓你就已经很不错了。"韩乐乐心虚地说道。

谭富民心里只觉得这个女孩儿实在是太有意思了，越看心里面越是觉得喜欢，不过此时谭富民的脸上依然是一副淡定的神情，既然演戏，那就要演全套的。

"对不起啊，昨天晚上是我唐突了。"

谭富民心里有些不忍再逗这个女孩儿了，他直接道歉，然后就要离开。昨天晚上净顾着喝酒了，饭菜也没吃两口，而且今天还答应了要到石城镇的各个地方进行考察，所以也就不再开玩笑了。

在韩乐乐那愤怒得快要喷火的眼神中，谭富民像是个没事儿人一样离开了。

"什么人啊，简直就是'恶人先告状'，把我的房间都弄脏了，真是一个没礼貌的家伙。"韩乐乐的心里面有些不痛快，这个叫谭富民的家伙怎么越看越不靠谱，他真的能够帮助石城镇改变现在贫穷落后的局面吗？

头上包着纱布的谭富民在镇上的早餐摊上吃了一点儿东西垫了垫肚子，然后就来到了镇政府，林建国看到谭富民的这副造型，忍不住问道："谭董，您这头是怎么一回事？"

谭富民不好意思说是被人打的，而且还是被女人打的，甚至是因为自己进错了房间被女人打的，这要是传开了，自己这人可就丢大发了。听到林书记切的问候，谭富民有些尴尬地说道："昨天晚上喝多了，走路没注意，磕破了头。"

"呵呵！"

林建国的心里面一直在犯嘀咕，走路摔了一跤，怎么能够磕到后脑勺呢？谭董这是什么诡异的姿势跌倒的？

看到林建国起了疑心，谭富民直接说道："林书记，我今天就要开展调研和考察了，您看能不能给我安排个向导。"

"哦，没问题！"

林建国心里还在推想他跌倒的姿势，听到谭富民的话之后才回过神来，赶紧说道："我让镇上的干事陪你一起吧。既然谭董这么尽心尽责，那我就不打扰你了，不过谭董还要多支持支持我们镇上的工作啊。我很期待我们之间的合作。"

"请林书记放心，如果能够帮到镇里，我一定会不遗余力的。"

谭富民离开了镇政府，在镇上干事的陪同下开始了对全镇的考察，原本这些是不用他这个董事长亲力亲为的，但是一来呢，这件事是肖丰饶的嘱托，他必须得尽心尽力；二来呢，家里人天天催他赶紧结婚生孩子，谭富民也是为了躲清静，才决定亲自上阵的。

天气渐渐地转凉，由初秋走到了深秋，在石城镇的村子里待了三天之后，谭富民便因为公司的事务回到了省城，接替谭富民的是一支专业的团队，在石城镇的山里继续进行着考察和调研。

这些天，镇里的卫生站清静了不少，卢江此时正坐在自己的办公室里面忙碌着梳理全镇的健康档案，他答应了黄教授要写一篇关于农村医疗建设的论文，卢江刚梳理完思路，正要动笔，卫生站的门开了，肖丰饶一副气鼓鼓的样子走了进来，二话不说直接就在卢江的对面坐了下来。

"倒水！"

肖丰饶满脸写着不开心、不高兴，仿佛谁要是敢在这个时候触她老人家的霉头，那么她心中的怒火铁定会毫不留情地全部发泄到这人的身上。

所以，肖丰饶认为自己发火的对象只能是自己人，如果发在别人身上，对自己这个副镇长的形象也不是很好。

所以，卢江作为"自己人"，被肖丰饶锁死在了"出气筒"的位置上。

卢江才不会傻到这个时候去触肖丰饶的"霉头"呢，卢江给肖丰饶倒了一杯水，小心翼翼问道："怎么了，发这么大的火？"

"还不是因为修路的事情，今天去县里的交通局了，局里的办事员告诉我，想要修好路就必须得有规划才行。我整了个规划报告递了上去，想要申请一些资金，没想到县里的那帮人告诉我想要修路可以，必须得自己掏钱修，县里急着要用钱的地方还有很多，让我自己想办法。"肖丰饶气哼哼地说道。

卢江看着肖丰饶那一副被气坏了的样子，只是笑着点了点头，"可以理解，毕竟咱们县也是个贫困县，国家给的财政资金又有限，县里像咱们这么贫困的镇就有七八个，石城在这些贫困镇里面算是比较好的了。"

"还有比咱们镇条件差的？"肖丰饶有些惊讶。

卢江点点头，有些无奈地说道："你也看到了，到咱们镇上最起码还有条路，县里有一个叫常裕的镇，连条路都没有，那个镇就像是被困在了大山里面一样，山清水秀，但是交通太不便利了，一条羊肠道要走两天才能走出大山，有的人甚至一辈子都没有出过山！"

肖丰饶听到这里，怒气也消了一大半，"那你说，现在该怎么办吧？争取不到启动资金，路就修不好，修不好路，就算是能拉来投资，出资方看到这种条件和环境，也一定会被吓跑的。"

卢江笑着说道："我可是记得某人说过什么挂壁公路和红旗渠的。"

"你怎么这么招人烦呢？我倒是也想动员镇上的人一起来修路，但是我才刚来没几天，大哥，你觉得我凭什么号召大家去修路，一没钱二没人的，就连个希望都没有。"肖丰饶此时就像是泄了气的皮球一样。

卢江喝了一口水，靠在了椅子上，微微地闭上了眼睛，过了一会儿，卢江才缓缓地说道："嗯，你说的也有道理，路不能不修，虽然上面没有给咱们政策，那咱们也不能干等着啊，现在看来，能够动员大家起来修路的人啊，就只有一个人了。"

肖丰饶眼前一亮，"卢爷爷！"

二十九

卢江摇摇头，"我说肖丰饶镇长同志，我可是听说女人都是天生的戏精啊，你居然把这些小手段用到我这里来了啊，只怕是你在来之前就已经想好了吧。"

肖丰饶被男朋友识破自己的用心，并没有感觉到有什么尴尬，反倒是有些理直气壮地说道："是又怎么了，你说说你，我可是你的女朋友，你说你不帮我谁帮我？再说了，我来这里可是冲着你，要不然我早就是省城大医院的大夫了，还用得着跑到这山沟沟里面来跟你耍心眼子吗？"

肖丰饶的眼泪仿佛是排练过的一样，唰唰唰地就掉了下来。

"得得得，我服了行不行，我一会儿就去找爷爷，赶紧停下你的表演，还有把你的眼泪给我擦干净了，省得别人说我欺负你。"

卢江彻底地服气了，女人的善变，他总算是从肖丰饶这里领教到了，自己是被治理得服服帖帖的。

肖丰饶立刻就换上了另外一副面孔，对卢江说道："那行，我先去布置会场，咱们俩分工协作，你去说服卢爷爷，我去安排人参会，到时候有了卢爷爷的号召力，我想这条路一定能够修好的。"

卢江苦涩地笑了笑，肖丰饶在这条路上是越走越远了，他总感觉眼前的肖丰饶开始有点儿像一个人了，那个胖胖的戴着眼镜整天笑眯眯的石城镇党委书记林建国。想到这里，卢江忍不住打了一个寒战。

卢江回到家，把肖丰饶的打算和卢汉清一说，卢汉清二话不说就同意了，老爷子的原话是这样的，"人老了，就想着能够看到身边的人和自己一辈子住过的地方越来越好。现在能够有机会为石城镇做点儿贡献，也算是回报了生养自己的这片故土，不枉自己这一世投胎，不敢求能够名留青史，却也能求个心安理得。"

"听说你在县里吃了'闭门羹'了？"电话是谭富民在省城打过来的，肖丰饶正在布置会场。

肖丰饶点了点头，有些无奈地说道："还真的是好事不出门，坏事传千里啊，您谭董耳目众多啊，远在省城就能够知悉天下，运筹帷幄得不错嘛！"

"哪里哪里，只不过是听一个朋友说了而已。怎么着，为钱犯愁了？"谭富民直言道。

既然话都已经挑明了，肖丰饶也就不藏着掖着了，她无奈地说道："是啊，那些衙门的大爷说了，县里面的资金很紧张，也不能顾此失彼，所以给我的答复就是修路可以，但是没钱，让我自己想办法。"

"说吧，大概缺多少钱，我看看我在这边能不能替你想点儿办法。"

谭富民也不废话，直言道。

"我们镇要修的路大概是 4 公里多，不到 5 公里，算 5 公里吧，想要硬化成水泥路，只是简单地把泥路挖平，先铺一层石灰粉煤灰土，再铺一层二灰碎石，然后用水泥稳定碎石，这三层的厚度差不多是每层 18 厘米，石灰粉煤灰土好说，二灰碎石村子里也有，这样可以节约不少成本，最后就是水泥和沥青了，其他的都不怎么花钱，就是这水泥和沥青的钱，不好解决，这么算下来的话，大概呢是需要50 万吧！"

肖丰饶说得头头是道，这些天她如同"土财主"一般抠抠搜搜地做着道路工程预算，50 万其实已经是很保守的一个数字了，而且这还是所有的人工费用等等都没有算进去。

那边的谭富民听完之后，沉思了片刻，这才对肖丰饶说道："这样好了，钱的话我这边来出，我还有一个做工程的哥们儿，看他能不能借你们两台压路机，这样也快一些，只不过这费用得由你们来承担。"

肖丰饶听完立刻露出了喜出望外的神情，她没想到谭富民那边居然能够帮自己解决大问题，50 万对于谭富民的公司来说不算什么，对于肖丰饶来说，却是能够解决天大的问题。

"你先别高兴得太早了，我这 50 万可不是白给的，我的人已经回来了，调研和考察报告我也已经看到了，不得不说，咱们镇子的条件可以称得上是得天独厚，无论是光照时间、温度、水分都适合几种中药材的种植，需要董事会开会商量一下就可以决定是否进行投资。药苗的话我只收个成本价，但是鉴于咱们是合作关系，所以我希望到时候药材加工厂也能够设在咱们镇上，只是在修建加工厂的时候，希望镇上给一些优惠政策。"

肖丰饶并没有急着答应下来，"这个嘛，我还要和林书记商量一下才能给你答复。"

"行，我可以等，我希望我们之间能够合作成功。"谭富民也知道这并不是某个人或者是某位领导就能够直接拍板的。

挂掉了电话，肖丰饶立刻找到了林建国，将谭富民的合作意图和合作方式汇报给林书记，肖丰饶直接给出了自己的看法，"虽然从短期来说，我们吃了一些亏，但是从长远来看，对石城的发展还是有利的。"

"嗯，确实是个好消息啊，人家开公司的本来就是要赚钱的，现在咱们修路缺钱，人家给钱不说，还帮着咱联系压路机，这就已经表明了人家是愿意合作的态度。咱们也得有自己的让步才行，目的是为了争取合作共赢。"

有了林建国的首肯，肖丰饶突然间觉得所有摆在眼前的困难一下子就迎刃而解了，"林书记，咱们石城镇马上就要大变样了！"

林建国的脸上也露出了笑容，"别松劲儿，咱们还得好好干呢，不说远的，就说今天这个动员会吧，只怕不那么容易开下去的。干活给工钱，这可是天经地义的，只怕是咱们镇上的老乡们没那么高的觉悟吧？"

肖丰饶笑着说道："这个嘛就请林书记放心，我都已经安排好了。"

三十

看着肖丰饶一脸自信的样子，林建国的脸上也露出了一抹轻松的笑容，等路修好了，上了中药材加工的项目，落后已久的石城镇可就要奔跑起来了，朝着小康社会全面加速了。

镇上的大会议室，坐满了来开动员会的人，各村的村干部也都已经聚集在了一起，而让所有人都感到意外的是，竟然邀请了卢汉清老先生，所有参会人员都有些摸不着头脑了，他们不清楚镇里领导的"葫芦"里面卖的是什么"药"。

卢江和韩乐乐也到了会场，他们坐在最后一排。韩乐乐看着卢江，心中思绪万千。

有时候得不到的才是最美好的，越是得不到，心里面越想得到，韩乐乐这些日子只要一闭眼睛，脑海里面全是卢江的模样。只不过韩乐乐并没有机会表达自己的爱意，因为卢江已经找到了属于他的幸福。

君子不夺人所爱。韩乐乐深知这个道理。

"好了，安静，现在开始开会！"林建国主持会议，"其实想必大家都已经猜到了，这次会议的目的只有一个，那就是动员大会。咱们镇通往外面的路确实需要修一修了，在肖副镇长的努力之下，也拉到了一些投资，今天呢，咱们就先在这里合计合计，这条路要怎么修！"

林建国的话音刚落，就已经有人开始抢着发问了："修路，那条路不应该是县道吗？应该是县里面出钱修路才对啊！"

林建国脸上的笑容立刻就减少了两分，肖丰饶也微微地皱起了眉头，她的心里面也有些恼火，她没想到一开始就会受到阻力，而且这股阻力还是来自于内部。

"就是啊，县里不修，难不成还要让我们镇上自己修啊？"

"林书记，肖副镇长，我这个人心直口快，说错了什么话还希望二位不要见怪，咱们镇要修路，我是支持的，可是我想问一问，要是让咱们修路，工钱怎么算？"

"就是啊，总得有个说法吧！"

……

底下坐着的人开始议论纷纷，林建国的脸色越来越难看了。

"大家先静一静，这是我们石城镇想要修路，想必也不用我在这里和大家再说明修路的好处了吧？修路可是一件功利千秋的大好事，而且只有路修通了，咱们石城镇才能够发展得起来。"

林建国当了这么多年的镇党委书记，各种各样的大场面、大阵仗他还是见过的，涵养很高的林书记用很平和的语气说道："当然，县里是什么情况想必大家也是知道的，钱肯定是拿不出来，也指望不上，所以咱们自己的问题需要咱们自己来解决。"

"对，我支持林书记的话，光是想着等靠求，还不如让我们自己来做，幸福是奋斗出来的，所以这次开会的目的就是要动员大家一起来修路。"肖丰饶补充道。

所有人都安静了下来。

"那意思就是说，修路不给工钱了？"已经有人毫不客气地挑明了矛盾，在场的所有人都知道，这个家伙是清泉村的支书范彪，在村里很有影响力的一位支书，早些年间在市里面包了几项小工程，赚了不少钱，回到村里就竞选成功当了村支书。

"咳咳！"

这个时候，卢汉清轻咳了两声，他被卢江求着来开会的目的自然就是为了镇住场子的，而且卢汉清是镇里最有威望的人，他的一句话可以顶林建国、肖丰饶说一火车的话，卢汉清并没有急于开口，而是四下望了望。

"今天呢，本来是没我什么事的，但是呢林书记和肖副镇长让我来听听，既然这样的话，那我就说些倚老卖老的话。修路呢，本来是一件好事，也许是老汉我耳背，我怎么听着大家的意思是要挣钱呢啊？"

卢汉清一开口，会场立刻鸦雀无声了。

"本来我是不想说的，不过既然已经说了，那咱们今天就把这件事说透了吧。想必大家都知道郭亮村的挂壁公路吧，要是人人都想着挣钱，那条路能修通？修红旗渠的时候，人人都想要工钱，那也就别修了，干脆都渴死、饿死、旱死算了。现在啊，所有人都在谈钱，很少有人谈奉献了，老汉我在想，是社会变了，还是人心变了？"

卢汉清的一席话让在座的几个人低下了头，卢江的心里面早就已经对自己的爷爷竖起了大拇哥，老爷子实在是太厉害了，三言两语就把场面给镇住了。

"既然话都已经说到这份儿上了，那咱们就来说道说道吧，我孙子卢江是省医科大的毕业生，能够进大医院工作的，钱不少挣，前途无量，肖副镇长呢同样也是家境优越，工作和收入也都是吃穿不愁，韩乐乐是我看着长大的，就算在市里上学，那么留在市里打份工也比在镇上学校挣得多，那么他们为什么还要回到这里来呢？"

"为了钱？如果开口谈钱，闭口谈钱的话，那咱们石城镇这辈子都甭想再发展了，前面林书记也说了，修路是一件功利千秋的大事，啥叫功利千秋，说得再直白一点儿，那就是前人栽树，后人乘凉，好，想要钱也可以，谁乘凉跟谁要钱去，难不成我们还要管我们的儿孙后代要钱？好好想想吧。"

卢汉清说完，便又坐了回去，一言不发。

有了卢老爷子的这番话，便没了再敢提钱的人。就在这个时候，龙门村的支书祁富云站了起来，语气平静地说道："我举双手赞同并支持镇里的决定，我会回去动员我们村的劳力来修路，工钱不要，饭钱也不用管，我们自带干粮，吃苦我们不怕，还有什么可怕的。"

既然有了第一个站出来表态的，那么就会有第二个，第三个，很多村支书都站出来表态了，只有清泉村的范彪，到散会之后依旧是一言不发，并没有做出表态。

散了会，肖丰饶看了看手机，上面有十几个未接电话，都是谭富民打来的，肖丰饶赶紧回了过去，"怎么了？"

"大事不好了，田阿姨杀过去了！"

三十一

肖丰饶有些慌乱了，她的老妈田静可不是一个善茬儿，并不看好自己和卢江的这段感情，尤其是自己离开医科大附属医院后，更是对自己横挑鼻子竖挑眼了，听到谭富民打来的"报警"电话，肖丰饶第一次感觉到了什么叫"天塌地陷"。

知道是福不是祸，是祸躲不过！

肖丰饶叫住了正准备回镇上卫生站的卢江，把自己老妈要过来的消息告诉了他。卢江听到之后同样忍不住倒吸了一口凉气，田阿姨的性格他是很清楚的，本来对自己就看不上眼，现在更好了，只怕是田阿姨对自己那就是"不共戴天"了。

"怎么办？"肖丰饶急得像是热锅上的蚂蚁，直接把这个棘手的问题抛给了男朋友。

卢江的反应倒是很冷静，平静地说道："其实就只能实话实说了。"

"要是实话实说的话，咱们俩这关系肯定吹，我妈那可是眼里揉不得一粒沙子的人，她对我的要求很高，这次把工作调到石城来，我妈气得在家里高血压直接犯了，幸好有我爸在，我才能回来的。"

肖丰饶一脸的无奈，母亲对于她到一个贫困地方工作本身就很是不满意，母亲这次来的用意，肖丰饶不用猜也能知道，无非是想尽一切办法把自己给劝回去，而且母亲可是一个执着的人，说得再直白一点儿，那就是不达目的绝对不罢休。

肖丰饶自然是领教过母亲的本事，所以对于母亲的恐惧，那是到了骨子里的。

"怎么办？"肖丰饶第二次问道，整个人都已经开始变得紧张起来。

卢江安慰道："要不然我们主动坦白？而且现在木已成舟了，她总不可能让你主动请辞吧？你的任命可是上过县党委会的，这可不是过家家，更不是儿戏，如果这个时候提出辞职，那可是会写进你的档案的。"

"我知道，不过我妈什么事儿都能干得出来，真要是把她给逼急了，别说是背处分了，就算是把我开除了她也在所不惜的。"肖丰饶恐惧地说道。

唑！

这个时候的卢江直接倒吸了一口凉气，要是这样的话，那事情就真的有些难办了。卢江眼珠子一转，一副欲言又止的样子，吞吞吐吐对肖丰饶说道："要不试一试躲一躲，说不定能够躲得了初一也躲得了十五呢！"

肖丰饶直接朝着卢江狠狠地瞪了两眼，然后没好气地说道："学你当个缩头乌龟，我那个老妈可不吃这一套，你是没领教过她的恐怖，真的要是让她生气了，别说是躲了，就算是上天入地，她都能够给你揪出来，你信不信？"

卢江尴尬地笑了起来，无奈地说道："信，这个我信！"

果然，有句话说得非常对，有其母必有其女，卢江只不过是不打招呼离开，肖丰饶就直接来了个"千里走单骑"，硬生生地把自己给堵到了。

卢江摇了摇头，看来躲这个办法对肖丰饶的老妈不好使。

"你说，现在怎么办？想要阻止我妈来是根本不可能的，她这次来肯定会想尽一切办法把我弄回去的，我老妈可是那种不达目的不罢休的人，真的要是闹起来，我可就在石城镇待不下去了。"

肖丰饶满脸的无奈，那担惊受怕的模样仿佛是一只"惊弓之鸟"。

"看来田阿姨是 SSR 级别的式神啊！"卢江自顾自地喃喃道，"说真话不行，说假话又怕被识破，这么高等级的咖位我们这些 N 级别的小式神们根本就抵抗不了啊，这主意我还真的是想不出来啊！"

肖丰饶直接对着卢江翻了个白眼，"虽然你的这个比喻很荒诞，但是很贴切。啊，我都快要烦死了！"

这个时候的肖丰饶终于表现出了小女生的模样，卢江眼珠子一转，然后认真地说道："丰饶，你帮我分析分析。"

"都什么时候了还有工夫帮你分析？"肖丰饶独自一个人蹲在角落里，拿手画着圈圈，看来田阿姨要过来的这个消息确实把她打击得不轻，都已经开始对着墙自闭起来了。卢江直接把肖丰饶拉了起来。

"你说，既然田阿姨是 SSR 级别的式神，那么我们是不是应该召唤一个比 SSR 更高级别的式神，比如说是 SP 级别的式神来应对呢？"

卢江意味深长地说道。

话音未落，卢江的胸膛就受到了一通粉拳的暴击，肖丰饶不客气地对卢江说道："都什么时候了，你还有心思讨论游戏？"

"不不不，你先告诉我，你觉得我说的有没有道理吧？"卢江一本正经地问她。

肖丰饶瞬间就反应了过来，"你的意思是找一个更高等级的来对付我老妈？对啊，我怎么没想到啊！"

肖丰饶立刻眼前一亮，不过瞬间她的眼睛又黯淡下来，"可是咱们石城哪里找个比我老妈还厉害的人呢？"

卢江晃了晃头，故作神秘地对女朋友说道："我爷爷啊。"

"卢爷爷？"肖丰饶的思绪仿佛被卢江这一提醒给打开了一扇大门，还真的是，好像应该是没什么问题。不过，想到卢汉清的威严，肖丰饶又担心了起来，"不过，卢爷爷能够答应吗？毕竟，卢爷爷和我妈是两个路数的，况且我妈那个人可是很难对付的，我怕到时候卢爷爷可能会被气着。"

卢江摇摇头，一本正经地对肖丰饶说道："没事儿，我爷爷可是见过大风大浪的人，你以为医闹是近几年才有的吗？我爷爷处理起这种事儿来，比你我有经验得多了。而且，如果我们俩人去应对这年龄上有劣势啊，但是你想想，我爷爷可是比田阿姨大多了，也差着辈儿呢，就算是田阿姨生气，也不敢找我爷爷的茬儿吧？"

肖丰饶想了想，好像还真的是这个道理。

"知道这叫什么吗？这叫卤水点豆腐——一物降一物！"卢江胸有成竹地说道。

三十二

肖丰饶用一种很是异样的眼光看着卢江，不客气地说道："卢江，我怎么没发现，之前的你可是一个很老实的人，怎么现在变得这么阴险呢？这么损的主意你也能够想得出来，实在是太恶毒了！"

卢江二话不说，直接接过话头，说道："既然这个主意既恶毒又阴损，就算了！"

肖丰饶赶紧拉住卢江，"好了好了，我只不过是跟你开个小玩笑，别当真，既然现在没有更好的办法，那就只能先按照你的这个办法来了。"

两人又坐在一起商量了起来，大方向已定，接下来就是细节的问题了。两人再抬头的时候天已经擦黑了。肖丰饶直接给谭富民打电话，在电话里面交代了一番，然后像是放下了包袱一样和卢江回到了家。

"爷爷，麻烦您个事情！"卢江放下碗筷，对卢汉清说道。

卢汉清瞥了一眼肖丰饶，然后对卢江说："说吧，什么事儿？"

"丰饶的老妈要过来一趟，应该是兴师问罪的，肖丰饶来石城工作的事情，没有和家里人商量妥当，她妈妈的脾气又不太好，只怕会不顾一切地把她弄回去，爷爷您是知道的，现在咱们村子刚刚定下来要准备修路，如果这个时候把肖丰饶给弄回去了，咱们村的路可就修不起来了。"

卢汉清点好了烟袋锅子，看上去很随和的眼神在卢江和肖丰饶两人之间游走了一下，对卢江说道："闺女的老妈很难对付？"

卢江也没想到自己和肖丰饶的把戏被卢汉清一眼就给看穿了，肖丰饶却是眼前一亮，卢爷爷果然是老江湖，只一眼就能够看穿他们打的"如意算盘"，肖丰饶更坚信他老人家就是自己的"救世主"。

肖丰饶知道自己和卢江的伎俩全都露馅儿了，直接挑明了说道："我老妈很反对我来咱们石城当扶贫干部，她觉得这里的条件太苦，环境太差，所以希望我能够跟着她回省城去发展。"

"你的意见呢？"卢汉清一本正经地问道。

"我自然是想要留下来的，卢爷爷，我也不怕您笑话，这辈子我就准备和卢江这家伙死磕啦，俗话说得好，嫁鸡随鸡，嫁狗随狗，所以说他在哪儿，我就在哪儿。"肖丰饶说完之后，俏脸上直接飞起了红霞，一不小心把自己的真心话全都说了出来。

卢江偷偷地拉住了肖丰饶的手。

卢汉清用力地嘬了两口烟袋锅子，然后在鞋底上轻轻地磕了磕烟灰，对肖丰饶说道："闺女，给我点锅烟吧！"

肖丰饶不解。只见卢江伏在肖丰饶的耳边对她说道："爷爷认下你了，这是咱们石城的规矩，老人要是相中了儿孙辈的准媳妇，就会让准媳妇给点烟袋锅子。"

"哦！"

肖丰饶应了下来，然后有些笨拙地替卢汉清点好了烟袋锅子。

"既然是咱们卢家的事儿，那我就没什么说的了，卢江，你以后要好好地对待丰饶，人家闺女为你牺牲了那么多，你可千万不能负了人家，你听明白了没有？"

卢江重重地点了点头。

第二天，在谭富民的带领下，肖丰饶的母亲田静来到了石城镇，按照当初的计划，田静一到石城镇就被谭富民直接带到了卢家。

"你是卢江的爷爷？"田静看着这镇上唯一一处像样的院落，四进的大院，即使是田静见过，那也是在旅游区，在石城这么偏远的地方还能见到这么大的古院落，而且看样子卢家还一直住在这里，田静的心里也略微有些发虚。

"鄙人卢汉清！"卢汉清随和地说道。

此话一出，田静本来想要大闹一场的心思一下子被打消得无影无踪了。田静本来是想要当面和女儿对质，当然了还有卢家的家人，现在碰到这么一位看上去书卷气浓厚的老人家，田静只感觉到自己所有的力气就像一拳打到了棉花上面。

"那个，我女儿现在是不是住在你这里，这个是不是有些不太合适？"田静开门见山地说道。

卢汉清点了点头，"没错，确实是住在我们卢家，至于你说的不合适，我是比较理解的，毕竟两人现在还没有成婚，为了怕孩子们做出什么影响不好的事情来，所以我就让他们住在我眼皮子底下，到时候我也能监督他俩。"

果然，卢爷爷出招就是不一般，只不过三言两语，就把肖丰饶的妈妈说得哑口无言。

……

当然了，当初在卢家 SSR 级式神肖丰饶的老妈和 SP 级式神卢江的爷爷的那场对决，只有谭富民一个人知晓，毕竟他是唯一的见证人。

后来，肖丰饶的老妈连肖丰饶的面都没见，直接悻悻然走了，自那之后，年轻一辈中的适龄男女已经把卢爷爷给神化了，甚至在背地里给卢爷爷取了一个很霸气的昵称：石城月老。当然这是后话了。

肖丰饶的危机已经解除了，接下来的一段时间，她全身心地投入到了修路的事务中去，每天风餐露宿，幸好肖丰饶的身边有卢江这位镇卫生站的医生，而且卢江还有另外一个身份，那就是肖丰饶的私人护理。

"肖副镇长，你又来监工啊？"

在修路的工地上，肖丰饶带着谭富民等几个人来看工程进度，这几个人是谭富民特意从省城里请来的投资商，肖丰饶为了展现石城镇发展的宏伟蓝图，也让这些投资者感受到石城镇人民迫切想要脱掉贫困帽子的决心，便把投资商带到了工地上。

看到大家热火朝天地工作着，肖丰饶也有些被触动了，听到有人在叫自己，肖丰饶赶紧望了过去，来人抬起头，满脸的汗水下面是龙门村祁富云支书那憨厚的笑容。

"是祁支书啊！"肖丰饶兴奋地说道。

"没错，听说修好路，咱们就能够引来金凤凰，所以大家的积极性都特别高，自发地带着干粮、带着水就来了。"祁富云笑呵呵地说道。

"辛苦了。"肖丰饶诚恳地说。

三十三

随行的投资商中一位女士忍不住问道："你们这里一天的工钱怎么算啊？"

"工钱，哪有什么工钱？咱们是义务出工的，听村里的林书记说过，这修路可是功利千秋的大好事，是造福子孙后代的事，咱们跟谁要工钱啊，难不成跟咱们百年之后儿孙们要？到时候也来不及啊！"祁支书笑呵呵地说道。

祁富云的话音刚落，所有人都忍不住轰然笑了起来。

肖丰饶笑了笑，对那位提出问题的女士说道："不好意思，周女士，实在是让您见笑了，乡下人说得比较实在，您别介意。"

那位周女士笑着摇了摇头，"果然如肖副镇长所说，石城镇的乡民都是最纯朴的人，肖副镇长，只要咱们这里有适合我们投资的，我一定会不遗余力地对咱们石城镇进行投资。"

"谢谢您！"肖丰饶的目的达到了。

就在这个时候，祁富云拉着肖丰饶走到了一边，对肖丰饶说："肖副镇长，不是我告状啊，清泉村的人也太不像话了，尤其是他们村的那个支书范彪，不仅没有动员村民来修路，反而是处处阻挠，四处联络人到他们村的厂子里面上班，今天咱们修路的人里头又少了七八个青年壮劳力啊。这可不是个好兆头啊！"

肖丰饶听闻之后只是微微点了点头。

其实，肖丰饶的心里面也窝着火呢，范彪这么做，明显是在搞不团结，而且分明就是在林建国和肖丰饶面前搞"个人主义"和"山头主义"，要是放在平时的话，镇上一定会进行处理的，性质实在是太恶劣了。

但是林建国有言在先，这修路本就是自愿的，而且还开了动员会。

"不管他，祁支书，我们不能因为有几个人扯我们的后腿，就赖在原地不前进了。没有这个道理，不是吗？"肖丰饶平静地说道。

"是，肖副镇长果然是喝过墨水的人，这话说出来就是有学问，看来以后我还得让我们家的那两个孩子好好学习，千万别和他爹一样，是个大老粗。"

肖丰饶笑了起来，这个祁支书是个有趣的人。

送走了那些投资商，谭富民却很意外地留了下来，看着他那一副蔫儿了的样子，肖丰饶忍不住问道："老谭，这离过年也没两天了，你怎么不回家过年啊？难不成要留在这里过年？"

谭富民认真地点了点头，缓缓地说道："没错。"

"啥？"肖丰饶吓了一大跳，有些不可思议地看着谭富民。

"别这么看我，我也很为难啊，田阿姨好像和我老妈达成一致了，非要让我在这里和你一起过年，不过我是想好了，强扭的瓜不甜，强求的姻缘不圆，她们这样做，压根儿就没什么意义！"

肖丰饶自然知道谭富民说的是什么意思，不过看谭富民的样子好像有些敷衍啊，不对，很不对劲儿，这个家伙分明就是在掩盖什么。

"老谭，你确定你留下来是老妈她们给你布置的任务？而不是因为别的？"肖丰饶此时一副狐疑的样子，谭富民的神情很不自然，这里面肯定有猫儿腻。

"当然了！"

"嘿嘿，你刚才说强扭的瓜是不甜，但是有时候我其实并不在乎它甜不甜，而我只想把它给扭下来，只要扭下来我就高兴了！"肖丰饶露出了一丝邪魅的笑容，这段时间谭富民往石城跑的次数实在是太多了，多得让肖丰饶和卢江都以为这家伙一直没离开过石城镇一样。

"现在机会可是已经摆在你面前了，是要坦白从宽呢，还是准备负隅顽抗呢？"肖丰饶的眼神里面冒着火，是熊熊的"八卦"之火。

谭富民摇摇头，不肯吐露半点儿风声。

"嘿嘿，其实吧，就算你不说我也能够猜得出来，石城镇小学最近可是有人经常向我们反映某人已经扰乱了正常的学校秩序了，老谭，你说那个人会不会就是你呢？"肖丰饶意味深长地说道。

谭富民一看这阵势，立刻败下阵来，对肖丰饶坦白道："好吧，我说我说，其实吧，我来这里还真的不是为了你，所以你也就别自作多情了，真要是和卢江抢老婆的话，我一定不是他的对手，因为你的心里面就只能放得下一个卢江了！"

"嗯，这话说得有道理。"肖丰饶点点头，不过很快她就回过神来了，对着谭富民狠狠地瞪了两眼，不客气地说道："少岔开话题，继续说你的。"

"是韩乐乐。"谭富民直接把牙一咬，郑重地说道。

肖丰饶并不意外，从谭富民频频出现在石城镇的时候，她就已经知道老谭的心思了，肖丰饶淡淡地说道："嗯，原来如此，你这《孙子兵法》学得可是很不错啊，这招'明修栈道、暗度陈仓'的计谋使得贼溜！"

"可是看她的样子，对我并没有感觉。"谭富民就像是一个泄了气的皮球一样。

肖丰饶踮起了脚尖，拍了拍谭富民的胳膊，装出一副很是义气的样子对谭富民说道："别泄气啊，喜欢就去追，你放心，我和卢江一直会坚定不移地站在你的身后支持你的。"

老谭点了点头。

"哦，对了，既然你不回了，那三十那天就一起吃火锅吧，正好上次我朋友从重庆给我们邮了两袋牛油火锅料，你赶得巧了，大家聚在一起乐呵乐呵，放心，到时候我让卢江把韩乐乐约上，怎么样？"

老谭直接一竖大拇指，"还是兄弟你最仗义了！"

三十四

很快，年关临近，转眼间到了大年三十,四个年轻人聚在一起，在镇卫生站架起了火锅，牛羊肉都是现切的，新鲜而且还滑嫩。

世界上没有什么事是一顿火锅解决不了的，如果有的话，那就两顿！无论南方还是北方，火锅永远都是大家最优的选择，屋外寒风凛冽，屋内却热气腾腾，形成了非常鲜明的对比，无论是卢江还是肖丰饶都很喜欢这种氛围。

"乐乐，你今年怎么也不回家了？"

吃着吃着，谭富民忍不住问道，自己的那点儿小心思被肖丰饶点破之后，也就意味着卢江肯定会知道，而今天攒的这个局，多半就是为了能够撮合自己和韩乐乐两人，只不过谭富民很好奇的是，他们是怎么劝韩乐乐留下来的。

韩乐乐对于谭富民的印象还停留在闯入自己房间的那个醉鬼形象，一直都没有扭转过来，听到谭富民的问题，韩乐乐冷冷地有些不耐烦地回道："我喜欢在这里过年，你管得着吗？还有，你在这里做什么？"

老谭很是尴尬，虽然韩乐乐对待自己的态度已经表明了她是不会喜欢自己的，但是老谭是一个不达目的绝不罢休的人，这份执着还是必须要有的，老谭的嘴角微微一扬，无奈地说道："我留下来陪大家一起过年啊！"

韩乐乐对老谭直接翻了一个白眼，没好气地说道："哼，臭流氓。"

卢江和肖丰饶看着两人拌嘴的样子，对视了一眼，这两人一致觉得老谭和乐乐绝对是天造地设的一对，虽然现在看上去是那么的针锋相对、水火不容，但是越是这种天生的冤家，往往在最后是能够走到一起的。

四个人正在品尝着美味火锅，大年三十，这样的美食才是过年应有的享受。

突然间卫生站的电话急促地响了起来，卢江的脸色立刻变了几许，这个时候打这个电话。

卢江跑过去，接起了电话，电话那头传来了焦急的声音："是镇上的卢大夫吗？我是清泉村的张二民，村里有一半以上的人都生病了，全都发烧了，而且大家都觉得肚子痛，还恶心想吐，还有人上吐下泻的。"

"是整个村子吗？"卢江皱起了眉头。

张二民急急地说道："没错，就是整个村子，村里的长辈说这是诅咒，卢大夫，我不信那一套，你还是赶紧来吧。"

"好，你在那里等着我，我马上就到！"

卢江挂了电话，赶紧穿上了外套，肖丰饶看到卢江的动作忍不住问道："怎么了这是？"

卢江边准备药箱边焦急地说："清泉村出事了，全村上下大部分的村民都出现了一些症状，通过打电话那个村民的描述，我怀疑，是中毒了！"

中毒？

卢江此话一出，在场的其他人都被吓了一大跳，要真是这样的话，那就是大事件了，肖丰饶一听脸色立刻变得凝重了起来，也套上了外套，说："我也和你一起去看看，一来我也是医生，二来我得弄清楚是怎么一回事，赶紧向林书记和县里面进行汇报。"

韩乐乐和谭富民也站了起来，韩乐乐说道："那就一起吧，说不定我能帮上你们俩呢。"

"对，我和乐乐一起。"老谭赶紧说道。

韩乐乐还是有些嫌弃地把头扭向了老谭这边，对老谭翻了一个白眼，没好气地说道："跟你有什么关系？你去添什么乱，人生地不熟的，你还是赶紧回省城得了，别在我眼前天天地晃来晃去，太招人烦了！"

"老谭毕竟是个男同志，有好多事情他出面比我们方便得多，时间不等人，我们现在就出发。"肖丰饶一本正经地说道。

卢江点了点头。

大年三十的晚上，四个年轻人摸着黑走着山路，清泉村离镇上有二十多里的山路，一路上所有人一言不发，事情实在是发生得太突然了，卢江的心里面无比焦急，在这熟悉的山路上，他的速度是最快的。

走了有近三个小时，快要到午夜的时候，卢江和肖丰饶等人才到了清泉村，映入眼帘的是一副让人唏嘘不已的惨相，卢江二话不说，直接就扑了上去开始了检查工作，肖丰饶也上了手。谭富民和韩乐乐这两个"门外汉"，识趣地给两人打起了下手。

卢江给三五个人做了一番检查之后，他的脸色愈发难看了。

"棘手了！"卢江趁着空和肖丰饶说道。

"确实是挺棘手的，你判断的没错，确实是中毒了，而且还是流行性病毒，如果我没判断错的话，这些症状完全符合诺如病毒。"肖丰饶的柳叶细眉紧紧地蹙在了一起，这件事已经是很严重了。

"是的！"卢江沉声说道，"现在我们必须要做的是两件事，一是我来负责救人，二是现在立刻要向林书记和县里面报告。"

肖丰饶点了点头，关键时刻卢江还是很沉稳冷静的，这种病毒的传播可是全世界范围内的流行性病毒，而且感染时间长，感染对象主要是成人和学龄儿童，尤其是在寒冷季节呈现高发。

因为卢江深知这种病毒的危害，所以才会如此慎重。

"还有，等村民的病情控制住了，还必须要找到病毒源，做好灭活措施，哦，对了，出了这么大的事情，村里的支书呢？"

张二民一脸愤愤地说道："你说范彪范支书吗？人家到城里过年去了，现在大年三十的，人家怎么可能往回赶呢？"

"范彪？"

听到这个名字，肖丰饶的脸色立刻罩上一层寒霜，她的心已经沉了下去，这个村支书当得实在是太不尽职尽责了！

三十五

卢江的脸色一直都不太好看，诸如病毒感染的主要症状是感染性腹泻，属于一种自限性疾病，没有疫苗和特效药物，预防这种病毒感染的最主要方法，就是搞好个人卫生、食品卫生和饮水卫生。

"卢大夫，村里人这都是怎么了啊，大家之前还好好的，怎么一下子全都生病了呢？"张二民有些慌张地问道。

卢江不慌不忙地说道："哦，这是一种病毒，叫诺如病毒，看来我猜得确实是没错，大家确实是中毒了。"

"中毒？中什么毒？"张二民吓了一大跳。

"一种因为卫生安全而传播的病毒。不过你不用大惊小怪的，治还是可以治的，只是有些麻烦而已，老谭，还得麻烦你从省城弄些口服补液盐回来，这种药可以用于轻症患者。肖丰饶，要重点关注那些重症患者，防止他们出现脱水反应，进行输液或者是补充口服补液盐以纠正电解质紊乱。最后就是要营养治疗了，这段时间村民必须要停止进食高脂肪和难以消化的食物，减轻胃肠负担，逐渐恢复消化功能，同时要补充维生素和电解质，用来对症治疗。"

所有人忙碌了一夜，那些病症重的村民才脱离了危险，而此时卢江他们几个拖着疲惫的身子坐在一起，虽然村民已经脱离了危险，但是病毒源还没找到，如果不进行调查的话，那么很有可能还会有下一次传播。

治病，必须既治标又治本。

卢江拿起一个热乎的烤红薯，一边剥皮一边平静地说道："据我的初步推测，应该是食物或者是水源的问题，村里人有没有在一起吃过饭啊，比如说是红白喜事、年夜饭之类的，就是那种人员聚集性的吃饭。"

"没有，临近年关了，家家户户都忙着过年，而且咱们这里的规矩是腊月和正月不办红事，白事从简。"

卢江点了点头，"嗯，看来多半是水源的问题了。"

说到这里，张二民的神情微微一变，他的这个细微的神情被肖丰饶抓住了，肖丰饶认真地问道："张二民，你是不是知道是怎么一回事啊？"

张二民纠结了半天，然后才说道："这个嘛，其实我也不知道是不是因为水源的问题造成村民们中毒，应该没有那么巧的事情吧，而且之前大家也经常喝啊，没见大家出什么大问题啊！"

"什么水源？"卢江赶紧追问道，只有了解了病毒源头，他才能想到应对的办法。

"这个……"

肖丰饶厉声说道："人命关天的大事，你还犹豫什么，还不赶紧说！"

"是是是，我说，我说，咱们村里的造纸厂这段时间经常在晚上往河里面排污水，排污口排出来的水很臭，大家一直都没当回事。这也不应该啊，大家喝的水都是山上的清泉水，不应该出问题的啊？"

　　卢江摇摇头，"多长时间了？人不喝，不代表动物也不喝，我现在怀疑有可能是村里的动物喝了有毒的水，然后入口感染的。"

　　"对对对，前两天村里的张老六家里杀了两头猪，大家都分着买了一些猪肉回家，卢大夫，不会是因为这个吧？"

　　卢江让张二民拿了些剩下的猪肉，通过简单的检测，卢江在里面发现了病毒样本，卢江的脸色有些难看起来。

　　"看来我的分析和判断是没有错的，应该就是水源出了问题，原因十有八九是那个造纸厂排出来的污水。"卢江坚定决然地说道。

　　张二民此时表现得有些焦急，他忍不住说道："其实吧，我觉得排点儿污水也没什么大不了的，咱们村民的收入可是大大地增加了啊！"

　　"胡闹！"

　　肖丰饶终于忍不住爆发了，此时的她已经是怒不可遏，她没想到这样的事情居然就发生在自己的眼皮子底下，国家已经三令五申了，到现在这里居然还有这样的事情，为了金山银山，宁可不要绿水青山。

　　"这可是违法乱纪的事情。那个造纸厂必须得关了，要不然到时候就不仅是一个村子受影响了，甚至还要搭上我们整个石城镇。"

　　"不行！村里的人是绝对不会答应的。"

　　看着张二民那副"护食"的模样，本来老实巴交的他此刻突然间换了一副面容，卢江也忍不住皱起了眉头。

　　"好了好了，这个问题咱们暂时先不进行讨论了，现在的首要任

154

务是查清病毒的来源，先控制住病情再说。"卢江缓缓地说道。

等张二民走了之后，肖丰饶一脸气愤地对卢江说："你这个人怎么这么没有原则，还是不是党员？"

"我觉得卢江做得没错。"一旁的谭富民开口了。

韩乐乐这个时候也难得地帮腔道："你现在就要关闭造纸厂，无疑是在从他们口袋里抢钱，咱们必须得有策略才行。我说肖大镇长，你不会连这个都看不出来吧！"

眼看着两个女人之间又要燃起纷争的战火，卢江一脸无奈地说道："好了好了，大家都消停消停吧。这样吧，丰饶，你和老谭先回去，把这个情况向林书记和县里面做个汇报，到时候看看县里面的态度，然后我们再做决定。我呢，和韩乐乐两个人是本地人，他们也不会拿我们怎么样的。我们呢就负责调查他们的排污口，形成调查报告。"

肖丰饶无奈地说道："现如今也只能这个样子了。"

肖丰饶和谭富民回到了镇上。谭富民先去解决口服补液盐的药品。肖丰饶也没有闲着，刚到镇政府就立刻把这个事情向林建国做了详细汇报，林建国听闻之后同样气愤不已，两人立刻决定向县里汇报情况。

等肖丰饶和林建国二人汇报完回到镇上，却看到韩乐乐一个人哭哭啼啼地站在门口，脸上满满的都是害怕的神色。

肖丰饶立刻意识到事情有些不对劲，"乐乐，这是怎么了？你不是和卢江在一起吗？他现在人呢？"

韩乐乐抽噎着说道："卢江被范彪的人给扣住了。"

三十六

肖丰饶和谭富民两人离开了。

卢江一直呆坐在那里，有句老话说得好："身病好医，心病难医。"
这次的突发事件卢江能够及时解决，那是因为发现得及时，但是治标不治本，如果不能够扭转清泉村村民这种为了挣钱可以不顾环境保护的观念，那么对于卢江来说，这次的治疗就是失败的。

这次，卢江要治的不仅仅是某个人的病，而是整个村子人的心病。

"卢江，想什么呢？"韩乐乐看着卢江呆坐在那里，想事情想得出神。

韩乐乐又叫了两声，"想什么呢，想得这么入神？"卢江这才反应过来。

"没什么，好了，休息得差不多了，我们先去看一看大家的病情吧！"卢江淡淡地说道，不过此时他的心里面已经打定了主意，这里的事情必须得调查清楚，那个造纸厂实在是太明目张胆了。

156

韩乐乐有些摸不着头脑，不明白卢江的葫芦里面卖的是什么药。

大部分的村民都已经脱离了生命危险，卢江很仔细地询问着大家的情况，不得不说，谭富民的那批药来得很快，只一个晚上的时间，就已经运了过来，卢江给那些症状较严重的村民打上了点滴，忙完了之后也就到了傍晚了。

自始至终，清泉村的支书范彪都没有露过面。

"卢大夫，谢谢你，如果不是你的话，我们村子这次可就是凶多吉少了。"张二民再一次出现了。

卢江摇摇头，淡淡地说道："这是我应该做的。"

"卢家人高风亮节，真的不愧是姓卢啊！"张二民说着一些奉承的话。

对于这些奉承话，卢江只是一笑了之，根本就没放在心上，"咱们清泉村现在的收入情况如何？"

说到这里，张二民立刻兴奋起来，笑呵呵地说道："还可以吧，别的不敢说，有了那个造纸厂之后，咱们村家家户户的日子都好过了起来，虽然范支书平日里的做派有些'大家长'，但是他还是为咱们清泉村的村民考虑的，大家还是都念着范支书的好的。"

卢江的心里冷笑了起来。张二民的态度来了个一百八十度的"大转弯"，昨天晚上还在抱怨范彪不顾村子里面的百姓死活，对范彪还是一肚子的牢骚，今天却在卢江的面前说着范彪的好话。

对于张二民如此大的态度转变，卢江已经大概弄明白是怎么回事了。

"看来昨天确实有些误会范支书了，张二民，看来范支书在村里

157

面的威望很高啊！"卢江有一搭没一搭地说道。

张二民苦笑着说："那是自然，昨天是我犯糊涂了。"

卢江没有再说什么，再聊下去也没有意义了，卢江就找了个借口走开了，而张二民望着卢江的背影，怔怔地出神。

卢江一个人站在村口，而他的身边就是韩乐乐。

"刚才那个张二民实在是太奇怪了，昨天还对范彪满口抱怨，今天就替范彪说好话，这人原来是个'两面派'啊！"韩乐乐愤愤然说道。

卢江摇摇头，"其实吧，我是能理解张二民的，范彪给了村里人实惠，以为这样可以让村里的人跟他一条心。虽然我不得不承认这么做是有些效果，但是造纸厂建在这么一个山清水秀的地方，绝对是让人很揪心的，而且我也绝对不允许这么做。"

"那你怎么办，现在张二民已经对你起了疑心，而且你现在可是和整个清泉村为敌了，要是和范彪闹翻脸，到时候只怕是会有危险的。我可是听镇里的人说了，范彪可是养了一群打手呢，他在村子里面横行霸道惯了，整个村没人敢和他作对。"韩乐乐望着卢江，满脸担心地说道。

"放心吧，我没事。"卢江神色凝重地点了点头，"乐乐，现在清泉村的人已经对我起了疑心，他们害怕我断了他们的财路，到时候要是情况不对的话，你赶紧回镇上，让镇上派人来，我的安全你不用担心，他们还不敢对我怎么样的。"

韩乐乐有些犹豫地点了点头。

清泉村，之所以被称为清泉村，是因为山上有大大小小的泉眼近百个，从这些泉眼里面涌出来的泉水汇成几条小溪，最后又汇成一条小河，而这条河就是卢江面前的这条河。

造纸厂一般都建在河边，只要顺着这条河，应该就能找到那个造纸厂排污口。

韩乐乐待在村里迷惑张二民他们，而卢江则暗查起了那个排污口，清泉村不算太大，卢江很快找到了那个排污口的位置所在。

卢江并没有立刻动手，而是叫上韩乐乐替自己远远地放风。万一卢江出事了，韩乐乐也不会被发现，到时候她就可以到镇上去报信，那些家伙肯定不会想到，其实卢江只不过是一个幌子，也只是那只用来当诱饵的"蝉"。

卢江提取了一些残留液，小心翼翼地放到一个试管里，只要对这个试管里的东西进行化验，就能够弄清楚清泉村村民感染诺如病毒的具体原因了。

谁知卢江正准备起身的时候，只感觉到后脑勺传来一阵剧痛，然后整个人就晕了过去。

韩乐乐看到卢江被打晕之后抬进了造纸厂，她又等了十来分钟才跑过去装了一些留在排污口的残留液体，立刻就朝着镇上飞跑回去。

等卢江醒来的时候，他已经被绑在了一张椅子上面，而此时坐在他面前的是一个梳着大背头、穿着西装的中年男人，中年男人看到卢江醒了过来，露出了一丝不屑的笑容。

"卢大夫，你好，我叫范彪，是清泉村的支书！实在是不好意思，用这种方式把你给请来，让你受苦了。"

范彪皮笑肉不笑，满脸的不屑，直接搬了一把椅子坐在卢江的对面，"卢大夫，你是个明白人，说个数，只要是我范彪能够拿得出来的，我一定毫不吝啬。"

卢江撇了撇嘴，只是狠狠地啐了一口。

三十七

"对不起，你的钱太脏，我拿着烫手！"

范彪脸上的笑容更浓了，眼中却闪过了两道凶残之光，"看来卢大夫是不准备和我好好地合作了，有句老话是怎么说来着，哦，对了，'断人财路犹如杀人父母'，而我呢，只信奉一句话，那就是永远都不要挡我的财路，否则的话我就会断了他的生路。"

卢江微微摇了摇头，不客气地说道："发生了这么大的事情，你觉得你还能够瞒得住吗？整个村子几乎都感染了诺如病毒，这祸你闯得太大了，就算是有天大的盖子都遮盖不住的。"

范彪同样狠狠地啐了一口，"看来你还真的是一只煮熟的鸭子，就剩下嘴硬了。"

"你真当你们卢家在石城镇就没人敢惹了吗？给我好好地收拾收拾他！"说着，范彪站了起来，头也不回地离开了，而卢江则被那几个保安装扮的家伙拳打脚踢……

韩乐乐一路紧赶慢赶回到镇上，看到林建国和肖丰饶，眼泪一下子忍不住流了下来。

"啪！"

脾气出奇好的林建国第一次当着所有人的面狠狠地拍了桌子，林建国无比愤怒地说道："无法无天，简直是太无法无天了！"

肖丰饶起初听到卢江被打晕过去也挺着急，但是这个时候她反而是冷静了下来。肖丰饶分析道："清泉村的事件处理起来很是棘手，范彪用眼前的利益把村民给蛊惑住了，现在清泉村可以说是铁板一块，针插不进，水泼不进。"

林建国平日里是一个和蔼的人，是出了名的好脾气，但是今天范彪的事情直接触及了林建国的底线，林建国恼火地说道："他范彪这是要把清泉村弄成他的'个人王国'了啊！还养了一帮打手，哼，这家伙就是盘踞在我们石城镇的一个'毒瘤'，现在全国都在扫黑除恶，我看他范彪是吃了熊心豹子胆了，敢顶风犯案，真的是不知好歹！"

韩乐乐急急地说道："林书记，现在怎么办？卢江还在范彪的手上扣着呢！"

林建国没有说话，而是把目光转向了肖丰饶，林建国的态度已经摆明了，这件事由肖丰饶全权处理。

肖丰饶缓缓地说道："林书记，我觉得清泉村这件事的性质已经变了，而对于范彪这样的恶霸村支书，我的态度是决不姑息，而那个对环境重度污染的造纸厂，我建议由镇里向县委县政府提出申请进行查封！"

162

林建国点点头，郑重其事地说道："我没意见。肖副镇长，这次你去清泉村带上我们的人，还有，一定要把卢江同志给救出来。"

肖丰饶没说什么，带上人直奔清泉村。

在造纸厂的豪华办公室里，范彪的脸色一直都很难看，虽然卢江现在在自己的手上，但是卢江的身份实在是太棘手了，他不仅仅是石城镇副镇长肖丰饶的男朋友，还是石城镇威望最高的卢汉清的孙子。

"老板，那个家伙一直都不松口！"范彪手底下的打手头头二胖无奈地向他报告。

范彪冷哼了一声，神色间很是不屑，"那是因为钱砸得还不够。二胖，你让村里的会计给我准备五十万，我要现金，我就不相信了，还真的有人不爱钱！"

五十万？

二胖愣了愣，他没想到自己的老板出手居然如此阔绰，要是自己，只怕五万就已经迫不及待开口了。

"还愣着干什么，还不快去？"

二胖讪讪地说道："老板，现在村民收了咱们的好处，就算是那个家伙胡乱说些什么，也不会有人相信的。我们没必要非得让他闭上嘴吧？"

范彪的笑容很冷，冷得就像是把透着寒光的刀子一样，"你懂个屁，赶紧去办事！"

在那间小黑屋里面，卢江也不知道被关了多长时间。当他再一次被拎到范彪面前的时候，第一眼就看到了摆在范彪身边那厚厚的一堆未拆封的百元大钞。

"卢大夫，只要你不说，再让肖副镇长和林书记睁一只眼闭一只眼，那么摆在这桌子上面的钱就都是你的了，怎么样？"范彪脸上挂着笑容，眼中则露出了期许的神色。

卢江笑了起来，虽然一笑就剧烈地咳嗽，但是卢江确实在笑，等他笑得差不多了，才缓缓地说道："范支书，想要收买我，只怕你的这些钱还远远不够，实话跟你说，现在这事儿，已经不是用钱能够解决的了。"

范彪脸上的笑容渐渐地消失，他没想到卢江这个家伙还真的是油盐不进。

"哼，现在是我养活了整个村子，要是你坏了我的生意，不用我出面，只怕清泉村的村民早就把你给打出去了，你信不信？"

"我信，你的这些手段确实不错，让那些受了点儿小恩小惠的村民来充当你的'保护伞'，不得不说，你的手段还是挺高明的，但是没用，在法律和政策面前，你的任何抵抗都是无用的。范彪，劝你一句，乖乖到公安局自首吧，或许看在你主动认罪的态度上，还能对你进行宽大处理呢！"

范彪脸色阴沉得可怕，可是接下来他突然歇斯底里地笑了起来，"嘿嘿，我又没做错什么，我借机敛财或者是贪污了吗？没有，钱是清泉村村民分的，我有什么罪，就算是我开了一家造纸厂，那又怎么样，我也是为了清泉村的发展。你能告我什么？"

"告你组织黑恶势力，告你违法违规经营。"

"给我把他弄下去！"

范彪再也忍不住了，此时此刻他的心里已经非常恼火了，而就在这个时候，电话铃声响了起来，范彪看了一眼，这是村里的耳目给自己打来的。范彪接完电话之后，脸色又阴沉了几分，肖丰饶这一次是带着人来的。

三十八

肖丰饶知道卢江被困，直接带着人来到了清泉村。

看到肖丰饶，村里的男男女女、老老少少都挤了上来，他们的目的其实很简单，那就是要保护自己的厂子。

"肖副镇长！"

范彪出现在肖丰饶的面前，只不过此时他摆出了一副六亲不认的姿态，对肖丰饶说道："肖副镇长摆出这么大的架势来是做什么啊？是要对谁兴师问罪吗？我们清泉村可都是奉公守法的公民。"

"卢江在哪里？"肖丰饶也懒得跟范彪废话了，直接说道。

"你说卢大夫啊，我们清泉村的村民实在是太热情了，卢大夫喝了不少，这会儿恐怕正在我的住处休息呢。"范彪幽幽地说道。

肖丰饶知道这家伙绝对是在胡说八道，"那就实在是太谢谢范支书了，不过我找他还有事儿，卢江就不麻烦你来照顾了。"

"那多不好，我还没尽地主之谊呢，卢大夫可是为我们清泉村做出过贡献的人，作为村里的支书，我可得好好地感谢感谢他。"

肖丰饶也懒得和这个家伙多费口舌，"我看不用了，卢大夫事务繁忙，就不叨扰范支书！哦，对了，还有，范支书应该知道了，前两天我们在村子里面发现大部分的村民都感染了诸如病毒，我想应该是和村里的水源有关系，正好咱们村子里面开着一家造纸厂，按照相关规定的要求，所有的造纸厂都必须要经过环境检测部门的认定，达到排污标准了才能进行生产，不知道范支书村里的造纸厂是否已经具备了这些资格？"

"各位村民们，肖副镇长要停掉我们的造纸厂，大家同意不？"范彪看着肖丰饶，冷笑了一声，然后直接冲着人群大吼起来。

"不同意！"清泉村的村民齐刷刷地回答。

范彪得意地笑了笑，缓缓地对肖丰饶说道："肖副镇长，你也看到了，大家不答应，这就是群众的呼声。"

"造纸厂就是咱们清泉村的命根子，绝对不能让人给咱封了！"

"就是，别说是镇长来了，就算是县长、市长、省长来了都不行，我们要生活，我们要吃饭，我们要赚钱。"

"一群闲得屁事不管的家伙，见不得穷人过年啊，见不得我们过好日子啊？就这样还当什么镇长，赶紧回家抱娃娃去得了！"

……

村里人文化水平有限，所说的话更是有些污秽不堪的，肖丰饶自动将这些话全部都过滤掉了，只是毫不畏惧望着范彪，面对这种近乎暴乱的场面，镇定自若地说道："范彪，看来你是准备顽抗到底了吧？"

"我又没有错，我只不过是想要领着大家过上好日子，有错吗？

肖副镇长，官大一级压死人啊，我这心里很不理解啊，虽然我是清泉村的村支书，但是现在这种场面我完全无法控制，肖副镇长，你处理干群矛盾太过于粗糙、太过于激进，你这样做是要闯大祸的。"

范彪把自己标榜成了一个为人民尽职尽责的好村支书的形象，殊不知他正是利用了清泉村全体村民不想断了收入的这种心理，所以才有恃无恐地在肖丰饶面前如此地放肆。

"肖副镇长，造纸厂不能封啊，全村人可是指着它活命呢啊！"

范彪这一煽风点火，激动的村民们就把肖丰饶他们给团团围住了，全然忘了在两天前，正是卢江和肖丰饶他从诺如病毒感染中把他们给救了下来。看着激动的村民和得意的范彪，肖丰饶的脸色自始至终都未曾有过哪怕一丝的慌乱，肖丰饶淡淡地说道："范彪，你别后悔。"

肖丰饶也被愤怒的村民给扣下来了，她见到了卢江，此时的卢江已经被打得遍体鳞伤了。看到卢江的一刹那，肖丰饶的眼泪忍不住流了下来。

卢江满脸心疼地问："你怎么也被扣了下来？"

"你怎么样？伤得重不重，是不是他们打的？"肖丰饶仔细地替卢江检查身体。

卢江一副无所谓的样子，对肖丰饶说道："我可是学医的，护着自己的要害部位呢，他们踢打的都是皮糙肉厚的地方，我是一点儿问题都没有。"

"到这会儿了你还这么油嘴滑舌。"

肖丰饶检查了一番，确实如卢江所说，并无大碍，那颗悬着的心才总算放了下来。

"正好，现在咱们被扣在这里，其他事情也干不成了，终于有大把的时间谈谈情、说说爱了！"卢江笑呵呵地说道。

从学校出来，两人前后脚地来到了石城，两个人都很忙，少了许多温存的时间，正如卢江所说，现在两人都被扣起来了，正好有大把的时间来聊些风花雪月的事情。

"啪！"

又是拍桌子，而且拍桌子的人还是林建国。

此时的林建国脸上丝毫看不到平时的和善，因为已经有人带回来一个更差劲的消息，肖丰饶也被扣住了。

林建国气得脖子上的青筋都能看得一清二楚，这种恶劣的事情在石城镇是第一次，而且还是在他林建国的领导下，林建国觉得组织上考虑免自己的职都是轻的。

"林书记！"

这个时候，韩乐乐跑到林建国的办公室，看到满地的狼藉，韩乐乐选择视而不见，对林建国说道："林书记，清泉村的范彪已经是公然在蔑视党纪国法了，这件事的影响很大，我们必须要及时向县里进行汇报，争取县里的支持和协助。"

林建国重重地点了点头，一本正经地说道："你说得没错，必须要向上级进行汇报。"

三十九

　　韩乐乐听到肖丰饶也被扣留的消息之后很是震惊，立刻就给谭富民打了电话，谭富民给韩乐乐出了主意，这件事情的性质愈发严重了，必须得通过县里才能够解决，在谭富民的提醒之下，韩乐乐便出现在了林建国的办公室。

　　林建国立刻向县里面汇报了这件事情，县里面高度重视，很快就派了干警前往清泉村。

　　肖副镇长和卢大夫都被扣了。

　　卢汉清听闻卢江和肖丰饶被扣在清泉村之后，连一丝丝波动的神色都没有，只不过老人家已经准备动身前往清泉村了。

　　清泉村，造纸厂的一间很不起眼的小黑屋里面。

　　卢江紧紧地抱着自己的女朋友。大冬天的实在是太寒冷了，卢江只得将已经冻得有些瑟瑟发抖的肖丰饶抱在怀里面。

　　"这次我们能不能被救出去？"肖丰饶有些担忧地说道。

卢江笑了笑，"这个不需要担心，邪不胜正，其实吧就算我们暂时没有被救出去，咱们俩也能够在这里安静地待上一段时间，正好趁着这段时间好好地思考一下清泉村在造纸厂取缔后如何发展。"

"我们必须帮助清泉村的村民找到一条正确的发家致富的道路。堵不如疏啊，这才是我们党员干部应该做的，处理事情不能一味地封杀压制，而是应该采取疏泄引导，将清泉村的发展带入正轨，避免因为暴力压堵所引起的清泉村的强烈反弹，这才是咱们现在要考虑的。而且咱们的发展思路得比范彪的造纸厂要科学、安全、合法，更贴合既要保护环境又要发展的理念。咱们得既要绿水青山又要金山银山。"

肖丰饶听得很认真，她也在认真地吸取教训，自己被扣押的事情，从另外一方面也印证了一个结论，那就是人民日益增长的美好生活需要和不平衡不充分发展之间的矛盾是现今社会的主要矛盾。

"看你的样子，脑子里面肯定已经有了好主意，反正现在咱们俩闲着也是闲着，要不咱俩好好地聊一聊？"肖丰饶很感兴趣地说道。

卢江也不准备卖关子了，乐呵呵地说："其实吧，这清泉村的村名，你有没有其他别的想法？"

"一个村子名能有什么想法？"肖丰饶对着卢江直接翻了一个白眼，没好气地说道。

卢江也不恼，而是笑着继续说："好好想想，清泉村为什么叫清泉村，而不叫什么石头村、树村之类的。"

被卢江这样点拨了一下，肖丰饶的眼前突然一亮，脸上也渐渐地多了几丝兴奋的光芒，有些激动地搂着卢江的脖子直接在他的腮上狠狠地亲了一口，笑呵呵地说道："你是准备要打那百十来口泉眼的主意了？"

卢江点了点头，调侃道："孺子可教也！"

"去你的！"肖丰饶娇羞地说道，然后她直接一通粉拳抡上，对卢江说："是啊，只需要考虑好厂房的选址，要做好反渗透水处理，再加上灌装机等设备，差不多下来需要一百万的投资，还得去省城拉投资。"

"是啊，前期投资不算太小，但是相比造纸厂来说，矿泉水厂更加环保，几乎对环境没什么破坏性，既不会对环境造成任何影响，又能够完全弥补清泉村的人均收入。"卢江郑重地说道。

卢江这几天被关押在这里，就一直在思考着这个问题，脱困的事情卢江不考虑，因为他知道范彪从开始对自己进行扣押的那一刻，就已经注定要输了，卢江的眼光更为长远，他考虑的是关了造纸厂之后，清泉村的村民应该怎么办。

"发展不能盲目，必须得因地制宜。"卢江淡淡地说道。

小医医人，大医医国。卢江虽然只不过是一个再普通不过的乡村医生，谈不到医国的程度，但是为了生养自己的小镇能够繁荣富强起来，作为家乡的一分子，他有责任献力献策。

"嗯，卢大夫说得有道理，不过现在我们是不是应该考虑考虑怎么样才能脱身，卢爷爷要是知道你被扣了，只怕会着急的吧？"肖丰饶有些担心地说道。

卢江笑着摇了摇头，眼中流露出自信满满的目光，"不会的，老爷子什么大风大浪没见过，这些事情，对于他老人家来说，都只不过是小儿科，他老人家只要一出手，那必定能够马到功成。"

卢江说得没错，此时的卢汉清精神矍铄地出现在清泉村的村口，而他的身边跟着的是韩乐乐，林建国一脸凝重地站在最中间，他的面前就是挡成人墙的清泉村的村民，而他的身后就是自己从县里面抽调来的干警。

"我是石城镇党委书记林建国，范彪呢，让他出来说话！"林建国脸色阴沉地说道。

"这和我们范支书没关系，是我们自发地要守护造纸厂的，林书记，如果你也是来拆我们造纸厂的，那你不妨听听群众的呼声，我们誓要与造纸厂共存亡。"人群之中已经有人开始鼓动了。

林建国气哼哼地说道："听听，说的这叫什么话，还誓要与造纸厂共存亡？我告诉你们，你们现在这么做是在做违法乱纪的事情，是要受法律制裁的，造纸厂必须得拆，上次大家中毒都不吸取教训的吗？"

"林书记，你说这些花言巧语都没什么用，我告诉你，别拿法律的事儿来吓唬人，法还不责众呢，只要我们清泉村合心合力，一定能够保住我们的造纸厂。"

眼看局面越来越不可控了，只听卢汉清轻轻地咳嗽了两声，来到林建国的面前，对所有人说道："怎么着，听清泉村的意思，是要对抗政府了，那也就是说清泉村要准备造反了？"

四十

沉默。

卢汉清在石城镇有着极高的声望，村民们可以不给林建国这个镇党委书记面子，可以把肖丰饶这个副镇长和卢江这个镇卫生站的大夫都扣下来，但是面对卢汉清，此时村里的男男女女、老老少少多少心里面都有些畏惧的。

"怎么了？怎么一个个的不言语了，不吱声儿了呢？刚才不是挺能耐的吗？要是真想当个英雄好汉就给老汉我站出来让我瞅瞅，也让我见识见识你这位大英雄！"

卢汉清的声音不高，但是威慑力足够强大。

"一个个都是猪油蒙了心，咱们在这地方活了多少年了，为了一点点眼前的利润，一个个的都吃了熊心豹子胆了？顶撞政府，清泉村什么时候成法外之地了？别人都说穷山恶水出刁民，你看看你们现在一个个的样子，还讲不讲党纪国法了？"

"可是卢老爷子，这造纸厂要是没了，我们可就要喝西北风了。"人群中有人壮着胆子反驳道。

"一派胡言，好，村里的河要是污染了，山上的树要是砍光了，你们到时候连西北风都喝不上，老话都说靠山吃山，靠水吃水，你把你自己住的山水都破坏了，你还能吃什么，你还想给你的子孙后代留点儿什么？这叫什么，竭泽而渔！"

"那总得给我们留一条活路吧？"人群中又开始吵嚷起来。

"幸福是奋斗出来的，光是等着靠着怎么能创造幸福？林书记和肖副镇长正在联系省里的投资商来咱们镇上考察，一个村一个村挨着考察，能不能投资、怎么投资、投资什么这些咱们都得听镇政府的安排，别让人家投资商来了，看到咱们村的山秃了，河黑了，人家凭什么要投资咱们这里？"

卢汉清的一席话，让在场的所有人都无法反驳，卢汉清在人群中扫了一眼，不客气地说道："我们都得听镇里的统一安排部署，好了，老汉我话就说这么多了，现在大家都散了，要是还阻碍执法，那就别怪党纪国法无情了！"

有卢汉清出面，人群开始渐渐地散去。

躲在人群中的范彪脸色变得铁青，现在自己村里的村民就是他的"保护罩"，真要是没了这层"保护罩"，范彪也得意不起来。

"范彪！"

林建国看到了范彪，厉声叫道。

对于这个屡次对抗镇政府的村支书，林建国此时更是气恼不已，这家伙现在已经是穷途末路了，他这么做完全就是垂死挣扎。

"林书记，你好你好啊！"范彪装作没事人一样走了过来，脸上挂起了笑容。

"肖副镇长和卢大夫呢？赶紧放了他们！"林建国也不和这个家伙客气，直接开门见山地说道。

"我不知道啊，林书记你说的什么话？我可是一向奉公守法的啊，这肖副镇长和卢大夫是一对小情侣，说不定这个时候跑到没人的地方钻山林子也说不定啊！"范彪装出了一副毫不知情的样子。

林建国没想到这家伙居然死硬到底，他十分担心肖丰饶和卢江的安危，这个时候也顾不了这么多了，"别装糊涂了，现在赶紧给我放人！"

"彪子，你怎么和林书记说话呢？"

这个时候，一个老太太从人群中走了出来，直接一巴掌就甩在了范彪的后脑勺上，老太太岁数大了，没多大的力道，范彪一回头，刚才的那股子神气劲儿一下子全都消失了，冲着老太太喊道："妈！"

"原来这一切都是你搞的鬼啊，你让我以后还怎么在村里面见人？"老太太气不打一处来，对着范彪又甩了一巴掌，范彪杵在原地愣是没敢动。

"要不是小卢大夫和肖副镇长，就连你妈也被你毒死了，你看看你做的好事！真是要气死我了！"老太太是清泉村中毒比较深的几个人之一，卢江和肖丰饶费了不少劲儿才把老人家给抢救过来，现在明白了自己中毒的罪魁祸首就是这个儿子，老太太更是气得直接动起了手。

"妈，我没做错什么！"

176

“还嘴硬，我告诉你，现在赶紧给我放人，还有，把你的那个什么造纸厂给我关了，你看看你现在的样子，以后我怎么到地下和你爸交代？现在回头还来得及。”

老太太的两个巴掌，直接将范彪给打醒了。

“妈，放人可以，没问题，不过咱们村还都指着这造纸厂活命呢。”

“糊涂，那种断子绝孙的买卖你干得也心安理得？我告诉你，想要让你妈过得安生，你就乖乖地听候发落，别再惹事啦！”

卢江和肖丰饶两个人被找到的时候，两人正在规划着如何发展清泉村。韩乐乐看到两人依偎在一起，小嘴直接就噘了起来，随后匆匆赶来的林建国看到两人，顿时所有的担心全都消失了。

“好啊，我们几个在外面都替你们担心呢，你们倒好，在这里谈起情说起爱来了，看来我们是白担心你们了。”林建国打趣道。

肖丰饶被人撞见之后，罕见地脸上泛起了羞红，卢江在肖丰饶的搀扶下才站了起来，却大大方方地说道：“看，我说对了吧，林书记一定会来救我们的。”

“要不你们继续，我们再等一会儿？”林建国乐呵呵地说道。

“真是的，害得我还替你们俩担心呢，这狗粮撒的，太让人绝望了。”韩乐乐此时在一旁愤愤然说道。

卢江笑着说道：“没事，没事，你会有机会给我们撒狗粮的。”

所有人的心里面都松了一口气。突然间一个干事跑了进来，对林建国慌慌张张地说道：“林书记，不好了，大家又把村口给堵住了，说是非要跟咱们镇政府要个说法，这造纸厂没了，以后大家要怎么活，他们要让咱们镇政府给他们找条活路。”

林建国的眉头皱了起来。

这个时候，卢江接过了话头，"正好，我们也正准备和村民们好好地聊一聊。丰饶，你先联系老谭，看看他那里有没有什么门路，咱们也好给村民一个交代。"

四十一

卢江出现在清泉村所有村民面前时，所有人都感觉很意外。

"对不起，卢大夫，我张二民猪油蒙了心。"张二民脸上满是懊恼的神情，为了能够保住自己那点儿可怜的分红，张二民在最关键的时刻没有选择和卢江站在一起，这也是间接导致卢江被范彪给扣留的原因。

对于这件事情，卢江丝毫没有放在心上，"没关系，事情都已经过去了，就不要再提了。"

林建国这时候清咳了两声，当着清泉村全体村民的面说道："大家呢，少安毋躁，我也能够理解大家想要脱贫致富的心情，但是这饭呢要一口一口地吃，路要一步一步地走才行。"

"林书记，其实吧我们也不是故意要为难镇里的领导，只不过我们的范支书现在被羁押了，我们这里连个主心骨都没有，大家的心里很慌啊，我们也是没办法才这么做的，还希望林书记能够体谅。"

张二民在村子里面算是能说会道的人，而且看样子也应该是被大家推举出来代表发言的人选。

林建国此时又恢复了之前那副慈眉善目的样子，对清泉村全村的老少爷们儿说道："其实我明白大家的心情，也能够体谅大家的困难，虽然说时间很仓促，但是卢大夫和肖副镇长呢在被扣押的这段时间里，也想出了一个点子，今天难得咱们大家聚到了一起，大家也可以集思广益的嘛！"

众人你看看我，我又看看你，不明白林建国的意思。

林建国把目光转向了肖丰饶和卢江，那意思就是在说：接下来就交给你们了。

卢江站了起来，缓缓地说道："其实嘛，这只不过是我的一个构思，具体的还没有太成熟，我觉得咱们清泉村之所以叫清泉村，那是因为咱们这里的泉眼多而且水质好，泉水清冽不说，还有益寿延年的功效，如果我没有记错的话，咱们清泉村应该是县里面评出来的'长寿村'吧？"

大多数的村民听到这里纷纷点头认可。

"我有一个想法，其实我们可以在咱们清泉村这泉水上面做些文章。"

卢江的话音刚落，张二民有些不解地问道："卢大夫，做什么文章？"

"当然是矿泉水的文章了啊，这个嘛，接下来还需要进行论证，不过我觉得是大有可为。"卢江信心满满地说道，"不过嘛，还有一个棘手的问题。"

"这个问题就是，我们拉来了投资商，而大家也提高了环保意识，但是如何把我们的东西卖出去呢？"卢江顿了顿，然后自问自答："所以我们就要先修路，修路其实在咱们这穷乡僻壤可不仅仅是赚钱这么一丁点儿的眼前利益，大家可以往后想想，以后咱们清泉村要是真的建起了矿泉水生产基地，那我们的东西怎么卖出去？"

张二民很快就反应了过来，"卢大夫的意思我明白了，千言万语最终都是要汇成一句话，那就是修路！"

"对，修路！"

"这个请镇里的领导和卢大夫放心，我们清泉村也不是没有觉悟的，更不是什么唯利是图的主儿，大家干的都是卖力气的活儿，不怕再多干一点儿的，我们清泉村在这方面已经落后了，但是我们争取后来居上。"

有了张二民替全村人做出保证，所有人的心里面就踏实多了。

接下来两三个月的时间，大家一直干劲十足修着路，工地上的村民是越来越多，而且进度也是非常地快，刚春暖花开，镇上的路已经是焕然一新了，一条崭新的柏油马路更是直通镇里，捎带着通往各村的路也趁机翻修了一下。

清泉村成立矿泉水公司生产基地的项目也已经确定下来，这一次当然也是在谭富民的牵线搭桥下才完成的，而范彪也被判了刑。

今天，卢江的身边跟着张二民，现在的张二民已经被清泉村党员选举为村支书了，张二民在看到卢江的时候显得特别地热情。

卢江今天来主要是检测河水水质的，经过卢江耐心而又细致的检测之后，终于得出了结论。卢江用平静的口吻说道："好了，张支书，你不用担心了，咱们这水源没问题了。"

张二民激动地抱住了卢江，卢江手里面拿着试管，想放下都难，只能就这样接受了张二民的感谢。

"卢大夫，实在是太谢谢你了，如果不是你的话，我们清泉村说不定就真的铸成大错了。"张二民说得很诚恳，事实确实如此，这也是他们后来才知道的，他们的这种行为是违法的，而且现在全国各地都要求取缔这种不正规的小造纸厂和作坊，清泉村这么做，无疑是在"顶风作案"。

"矿泉水厂投资商也已经来过了，他们做了认真细致的调查，甭说，卢大夫您还真的是有眼光，您的判断是正确的，咱们清泉村的水是全省乃至全国最优质的水，他们已经和我们村里面签署了意向合作书，项目也马上就要上了。"

张二民自豪地说道，自从他当上村支书之后，范彪就是他的"前车之鉴"，所以无论大小事务都很谨慎，而且处理得也相当圆满。

"那就好，其实这些都是我应该做的，只要能够帮到咱们村里的百姓就好。"卢江谦虚地说道。

"卢大夫，省里矿泉水公司的老董还亲自到咱们这个小村庄来考察，我代表清泉村签下了生产矿泉水的项目，这个项目再过两天就要动工了，如果一切顺利的话，到了今年十月，咱们村就能够拿到第一笔分红了！"

四十二

看到张二民那乐呵呵的样子，卢江的心里面也满满的是一阵欢喜。

"哦，对了，下午可就是咱们的路正式通车的仪式了，你现在怎么还待在这里呢？"

张二民突然间想到了什么，拍了下脑门子，吃惊地说道："坏了坏了，我差点儿把这么重要的事情给忘了，卢大夫，我就不在这里陪你了！"

卢江赶回到镇上，此时的肖丰饶已经等得有些急了。

"你跑哪儿去了，怎么现在才回来，都几点了，我可告诉你，县里面的领导可是来了好几个呢。"肖丰饶此时那张俏丽的小脸蛋上布满了紧张之色。

卢江上气不接下气地对肖丰饶说道："到清泉村检查水源问题了，差点儿耽误了大事，不过还好，最终还是让我给赶上了。"

"你这家伙现在怎么变得这么粗心啦？"肖丰饶下意识地对着卢江翻了一个白眼。

卢江也有好长时间没逗自己的女朋友了，一时兴起，"怎么，现在就已经有些看不上我这样的啦？可惜，现在你就是想要退货也来不及了，我生是你的人，死是你的鬼！"卢江一边洗着脸，整理着自己的发型和衣服，一边对肖丰饶说道。

"臭美！"

"那就对了，我的媳妇是副镇长，我骄傲啊！"插科打诨了几句，卢江和肖丰饶两人便匆匆地赶往了仪式的现场。

下午的春光和煦而又明媚，在这条通往石城镇的道路起点，彩旗飘飘，那威风锣鼓则是敲得震天响，而此时横跨道路两旁的是一个巨大的充气拱门，拱门上面写着"石城镇通路仪式"几个大字。

在敲锣打鼓的人群中，卢江和肖丰饶看到了镇党委书记林建国，此时的林建国甩着膀子使劲地敲着鼓，高兴得就像是一个孩子。

几辆小轿车在路口停了下来，肖丰饶主动走上前去，刚刚"玩得尽兴"的林建国也一起迎了上去，卢江则远远地站在一边看着。从车上下来的十几位穿着西装的领导，应该就是县里面的主要领导了。

当那些领导在欢迎的人群中看到卢汉清的时候，走在正中间的县委书记任南波忽然停下了脚步，快步来到人群中，把卢汉清直接给请了出来，卢汉清虽有些意外，但是经历过风风雨雨的他并不怯场，和县里面的领导一起走到了主席台前坐下。

卢江正准备找个地方坐下，他的肩膀被拍了一下，卢江扭头一看，居然是谭富民，此时谭富民脸上满是开心，笑着对卢江说道："你也来参加通车仪式啊？"

"当然了，肖丰饶的脾气你也是知道的，我已经用自己的亲身经历证明过了，要是不顺着她的意，她一定会想尽一切办法把你搅和得鸡犬不宁，为了我自己身边能够有一个安安静静的女朋友，你觉得我能不来参加吗？"

卢江和老谭后来也是渐渐地熟悉了，所以说话也就随意了许多。谭富民听了卢江的话，若有所思地说道："怪不得就连钱钟书老先生都说呢，婚姻是一座围城，城外的人想进去，城里的人想出来。钱老的话确实是有深刻的见地啊！"

卢江越听越觉得这个家伙说的话实在不是个滋味儿，卢江瞥了一眼谭富民，"老谭，你怎么在这儿啊？"

"嘿嘿，我来看看，你说咱们镇上发生了这么大的事情，我都不能来瞅一瞅啊？当然了，我来这里其实还有其他事情，那就是关于药苗的事情。我觉得这几年种三七是最合适的。不过，我还是建议多种药材穿插开来种，一是为了土地中的营养被均衡地吸收，二来嘛，是为了避免因为市场饱和带来销售的压力。"

卢江默默地点头赞许，不得不承认，谭富民考虑得确实很全面，毕竟第一年只不过是推广，所有的一切成效还都必须得看市场。

不过能有个好的开端，总是不错的。

"就因为这个，就把你喊来的？镇上是不是有点儿太小题大做了？"卢江忍不住疑惑。

谭富民笑呵呵地说道："还有一个长期合作意向的协议要签，而且县里面也准备要给我颁发'支农'建设的荣誉。"

卢江笑了起来，怪不得这个家伙会这么开心呢，原来如此。不过这是好事，卢江还是很真诚地祝福了这家伙。

很快地，仪式开始了。

整个仪式对于卢江来说已经不重要了，重要的是自己必须得像模像样地在这里给自己媳妇撑撑场面，正当卢江听得有些昏昏欲睡的时候，被突然间凑到自己身边的一个中年人给惊醒了。

这个中年人的脸上一直都挂着职业的笑容，而且这笑容和卢江的笑容几乎完美地一致，就好像是一个模子里面刻出来的一样，中年人留着精干的板寸头，眼睛很小，看着卢江的样子很是兴奋。

"你就是卢江？师父的关门弟子，我未曾谋面的小师弟？"中年人笑呵呵地伸出了手，一把拽过了卢江的手，紧紧地握在了一起，"师父可是说了，出门在外，咱们可都是一家人要互相帮助。"

这个时候，卢江也确认了对方的身份，他就是自己的师兄，师父黄鹤替自己介绍过的县医院的院长——荣树贤！

"荣师兄，初次见面，请多多关照。"卢江因为是"关门弟子"的原因最受师父疼爱，但是这些师兄师姐们，卢江几乎都没怎么见过，荣树贤也就是其中的一位。

荣树贤笑呵呵地说道："没什么，互相关照。你说你，都回来这么长时间了，也不说到县城来看看我，师父可是从去年就一直打电话，让我一定要关照你，不能让你受了气，也不能让你受了罪，说真的，我还从来没见过师父这么关心过谁呢，你小子还是第一个。唉，师父他老人家偏心啊！"

荣树贤话里话外那一股子酸味儿往外蹿。

四十三

卢江知道自己师兄师姐们是绝对不会嫉妒自己的，这句话只不过是在调侃而已，于是笑着说道："师兄，你刚才说的话，我其实都录下来了！"

"啥？"

卢江就直接打开了自己随身携带的录音笔，按下了播放键："唉，师父他老人家偏心啊！"

恰到好处而又清晰的最后一句话，不得不承认，荣树贤这个师兄的声音实在是有很高的辨识度，只怕要是听到师父黄鹤耳朵里，第一个音节刚起，就能够猜到说这句话的是谁。

"小师弟，你这也太阴险了吧？"荣树贤只不过是想要过来和自己这个小师弟打个招呼，然后再寒暄几句，就算完成师父交代给自己的任务了，但是这个小师弟，好像并不按常理出牌啊。

"师兄，能商量商量吗？"卢江笑呵呵地说。

荣树贤无奈地笑着回答："小师弟，有话好说，有事好商量，咱们可是亲亲的师兄弟！"

"那是，我可得挺我师哥呢！"卢江的脸上一直都挂着自信的笑容，尤其是现在，自己的这个师兄只不过是和自己打了个招呼，就感觉好像是掉进了自己的陷阱一般，别的不说，自家这位师兄才刚一交手，直接在气势上就输掉了。

卢江经过深思熟虑之后才说道："其实吧，我主要还是希望县医院能够考虑支持一下我们这里，哦，对了，如果医院里面有替换下来的单人病床、老旧设备，还有那个消毒柜和冷柜我这里也是需要的。"

"小师弟，你这可是典型的'雁过拔毛'啊，你在省城咱们学校和医院的事情我们几个可是全都知道了，能够从学校淘出东西来而且还不花一分钱，你是咱们学校建校以来的第一人。你这本事可是厉害得很啊，现在你可是他们的偶像！"

卢江笑了起来，经过了上次的事件之后，卢江想要"算计"点儿同行这东西那东西的，都快要养成职业习惯了。

"师兄，上面拨下来的款项能不能尽量多分给我们镇卫生站，现在乡村医生不好干啊。"卢江又摆出了一副"哭穷"的样子。

荣树贤也没想到，自己居然搭上的是这么一位爷！

"好好好，师父让我全力帮助你，我一定会不遗余力的，小师弟啊，我得回我的位置上去了，咱们以后有时间再聊。"

"好的，师兄！"卢江装出一副乖巧听话的迷弟样子。

荣树贤觉得脊背一直在发凉，他知道肯定是卢江那小子一直在盯着他。

"那人是谁？"

荣树贤刚走，谭富民就凑了过来，好奇地问卢江，那个家伙刚走过来的时候昂首挺胸的，离开的时候却一副无精打采的样子，仿佛感觉身体被掏空。

"我师兄荣树贤，是我们县医院的院长。"

"他怎么走了，不会出什么事吧？"谭富民关心地问道。

卢江云淡风轻地说："没事，就是被我连诓带骗地讨要了些医用物资和设备。都是自己人，知根知底的。"

谭富民的身子微微地颤了颤，"他可是你大师兄啊，你这算是欺负人你知道吗？"

"知道啊，陌生人不好下手，熟人才最好欺负，又不会跟你动真格的，你说不找熟人解决问题，难不成还要找陌生人啊？"

谭富民心里面有些害怕，原来最恐怖的人不是肖丰饶，而是肖丰饶的这个男朋友啊，专找熟人下手，而且还秉承"杀熟不杀生"这条基本原则和职业操守，谭富民看着一脸无辜的卢江，身体却是很诚实地离这个家伙远了一些。

通车仪式结束后，县里面的领导并没有急着离开，而是专门查看了镇上"三支一扶"工作的开展情况，除了要看肖丰饶的扶贫工作讲展，还要看韩乐乐的支教工作、卢江的支医工作，甚至就连谭富民那个家伙都被推举为支农代表。

一群人来到镇卫生站，镇党委书记林建国带着县委书记任南波一行人直接走进卫生站，这里的环境十分整洁，各种各样的设备摆放得井井有条，整个卫生站看上去完全就像是一个小型的医院。

"小卢的工作做得很到位啊！"任南波书记笑呵呵地说道，"我可没少听荣院长提起，说你把你们医科大和医院更新换代的很多医疗设备搬到了这里，嗯，不错，倒是做得有模有样的，值得表扬。"

林建国笑呵呵地说道："小卢大夫是卢汉清老爷子的孙子，他们家世世代代都替我们石城镇的百姓看病，而肖副镇长就是小卢大夫的女朋友，小卢不仅自己积极主动地回来，还把我们的肖副镇长也给带回来了。"

"哦，是吗？还有这一段佳话？好，好啊，实在是太好了，现在我们农村的发展真的很缺像小卢大夫、肖副镇长、韩老师和谭董这样的年轻人了，你们做的事业是最伟大的事业，所以我绝对不会吝惜自己的赞美，感谢你们。"

任书记的话很是鼓舞人心，让所有人听得心里面都暖暖的。

石城镇到外面的路通了，现在各村正热火朝天地组织大家整修村与村之间的道路，尤其是清泉村，对于修路的积极性更是空前高涨。

时间过得很快，不知不觉就已经到了阳春三月。这一天，在风雨交加的晚上，正在写论文的卢江突然间就接到了一个电话，是石城最远的行政村，离镇上有三十多里地的白村打来的。卢江接起了电话，眉头越皱越紧，望着窗外恶劣的天气，卢江又说了两句，然后挂断了电话，穿好雨鞋，带好雨伞和手电筒，急忙朝着白村出发了。

三十多里的路程，卢江深一脚浅一脚，他要翻过青石山，才能到达白村。

四十四

路上，只能够听见夜的沉闷，雨的滂沱。

黑暗中的山路越发崎岖，卢江的手电筒在浓浓的黑暗中放射着微弱的光芒。

青石山，本就是一座险峻的山，卢江在翻山的时候滑了几脚，衣服上沾满了雨水和泥渍，不过此时的他心里面只惦记着白村的那位患者，就连擦破了皮都没有发觉到，卢江只想尽快赶到白村，进行救治。

平时需要两个小时的路程，卢江走了三个多小时，当卢江赶到白村的时候，俨然成了一只"落汤鸡"。全然不顾这些的卢江马上开始了检查，检查结果很不理想，是冠心病引发的心绞痛，直到现在变成了急性心肌梗死。

最终，老人还是没能够救得回来，一来是病的时间太长，二来就是发现得比较晚，导致了治疗的延误，诸多因素的作用之下，老人的身体已经不堪重负了，卢江就算是真的神医，面对这种绝症依然显得手足无措。

屋子里响起了家属失去亲人的号哭声，声音无比凄惨。

此时的卢江只是呆呆地站在逝者家院子前的屋檐下，此时的他心里面有的只是无奈和懊悔，毕竟看着生命在自己眼前消失，而自己作为医生却无能为力，这种失落感和挫败感是无比真实的。

雨水落在屋檐下，落在卢江的面前，卢江只觉得这雨滴仿佛敲在自己的心坎上面。不知过了多长时间，逝者的儿子走了出来，恭恭敬敬地对着卢江磕了一个头，卢江想要拦却并没能拦得住。

"对不住了，我没能把你母亲救回来。"卢江失落地说道。

"小卢大夫，还是要谢谢你，我们一家子人都知道您已经尽力了，从镇里到我们白村，平时也需要两个多小时，而今天还下着这么大的雨，看您身上就知道您是怎么跑过来的，您的这份恩情我们这一辈子都不会忘记。"

逝者家属的感激是真诚的。乡下的村民，还是很质朴的，没有太多的虚伪和贪婪，而且善良本分，眼神中虽然满含着痛苦，但是却依旧清澈。

"这是我应该做的，再次抱歉。"

"小卢大夫，生死有命，本就是我们平日对母亲的病没放在心上，早知道的话我们就早把您给请过来了。"

听着逝者儿子的话，卢江的心情更加沉重了，他的使命就是救死扶伤，在石城镇这一方土地，他就是这里的"守护神"。

等雨停了，太阳出来了，卢江失魂落魄地回到了镇卫生站。

从白村回来之后，卢江就把自己关了起来，人就死在了自己的面前，对于卢江来说，这是最残忍最无法接受的事情，一来是因为淋雨受了凉，二来是因为面对患者死亡的打击，卢江生病了。

"怎么了？"

一个熟悉的声音从门口传来，卢江吸溜着鼻子，抬起眼皮看向了门口，然后拿起桌子上的纸巾，开始擦起了鼻涕，声音听上去闷闷的，而且还是一副无精打采的样子。

"病了！"

虚弱中仿佛还夹杂着一丝丝泄了所有的精气神的感觉，肖丰饶帮卢江倒了一杯热水，放到他面前，看了看卢江，淡淡地说道："嗯，只不过是受凉的感冒而已，吃上三五天的药就会好。不过我怎么感觉你好像是丢了魂儿一样，说吧，心病还得心药医！"

卢江知道，无论如何都瞒不过她，只好缓缓地把自己在白村的感觉全都倒了出来，向肖丰饶倾诉完之后，卢江感觉自己的心情也好了一些。

肖丰饶沉思片刻，然后认真地说道："其实吧，我觉得你大可不必，作为医生，别人都说我们冷血，但其实是我们看惯了太多的人在我们的面前去世，那毕竟是活生生的生命。人都是有同情心的，但是作为医生，却必须要将这份同情心收起来。就像这世界上没有一种药能够药到病除，这世界上也没有一个医生能够做到百分之百治好患者。"

"可是我们的职责难道不是救死扶伤吗？"

"是，你说得没错，我们的职责是救死扶伤，可是人一旦生下来，就要经历生老病死，我们只是医生，不是'救世主'，我们只能医病，却不能救人。"

肖丰饶柔声劝解，她的话让卢江陷入了沉默。

"卢江，你就是把这个镇卫生站大夫的责任看得太重了。我知道你的身上承担着卢家的重担，还承担着卢爷爷、林书记的期望，不过你要记好了，你只不过是一个乡村医生，你不是'救世主'，你的职责只是医病救人，把心态放平，别因为心结而耽误了自己应该做的事。"

肖丰饶的话如同是一记闷棍直接把卢江给敲醒了，卢江仿佛是醍醐灌顶一般，他抬起头，望着肖丰饶，有些动容地说道："丰饶，谢谢你！"

"其实，你最应该感谢的是爷爷而不是我，是爷爷看出来这几天你的精神状态不太对劲儿，所以派我来开导开导你，老人家还是洞悉世事，和他老人家这么一比，我们还是小孩子心性。"肖丰饶满脸都是钦佩的神色。

卢江的心底涌上一丝丝的暖流，他用双手搓了搓自己的脸，然后打起精神说道："好了，总之要谢谢你们了，你们说得对，我只要把自己的事情做好就可以了，这些天我一直在反思，通过这次的事情，我觉得现在非常有必要建立'全镇村民健康档案，定期进村体检'的机制，这样也能够让我们及时了解村民的健康状况，提高村民的健康意识，学会一些简单的急救方法，尽量减少因为时间的原因导致病情的延误。"

四十五

肖丰饶赞许地看着卢江，她最欣赏的就是卢江这一点，这个家伙当然也有情绪低落的时候，也有不开心的时候，但是他总是能够在思考中进步，而且还能够尽快地调整自己的状态，打起精神继续前行。

卢江的想法还是比较成熟的，而且实施起来也较为容易，肖丰饶这个副镇长当然是全力以赴支持的。

肖丰饶的脸上露出了笑容，突然间直接朝卢江"偷袭"过来，在他的嘴上轻轻地一啄，然后飞快地逃走了。

卢江急道："我还感冒着呢，别传染了你！"

肖丰饶早就已经跑远了，也不知道听到了没有。

"啧啧啧，撒狗粮啊，真是饱汉子不知饿汉子饥啊！"韩乐乐不知道什么时候出现在了旁边，一股酸酸的老陈醋的味道。

卢江尴尬地挠了挠头，"你今天怎么有空过来了，学校没课啊？"

"还好。我这不是听说有人生病了吗？还打算过来慰问一下呢，结果没想到居然碰到了你们两个人在这里卿卿我我的，看来你这病啊，已经有人给你治过了，应该是不需要我了，那我就先撤了！"韩乐乐噘着嘴，一脸的不开心。

卢江觉得自己应该被肖丰饶给套路了，只怕肖丰饶早就已经知道韩乐乐来了，所以才在她面前故意宣示主权的，果然，女人心，海底针，深不可测啊！

"别别别，找你还有事呢！"卢江赶紧叫住了韩乐乐。

"啥事？"韩乐乐立刻换上了一副笑颜，"有什么事情还必须得背着肖丰饶和我聊啊？"

如果此时有动画特效的话，卢江肯定会在自己的额头上画几条黑线的，这现代的女人怎么这般奔放了，什么话都敢说，什么事都敢想啊！

"没什么，只是觉得这件事让你帮我一起弄最合适了，现在咱们镇卫生站的人手就我一个，资料又太多，我一个人整理不过来，所以希望你能帮我整理一下。我准备给咱们全镇的人建立健康档案，怎么样，有工夫就帮我整理整理？"

韩乐乐脸上笑开了花儿，"当然有空了！"

接下来的一段时间，韩乐乐每天抽时间过来帮卢江一起整理健康档案，全镇有近六万人，这份档案整理起来确实是需要时间的。

随着健康档案的建立，卢江对于整个镇子所有居民的情况也有所了解了。

望着整整齐齐的档案室，卢江和韩乐乐两人终于长长地舒了一口气，这份档案是纸质要保存的，如果以后有人来镇卫生站工作的话，就不需要天天跑到各个村子去了解情况了，只要通过这些档案就能够掌握每个人的健康情况，但是有一点，这些档案需要定期地更新，卢江也把这份档案的电子版存在了自己的笔记本电脑里面，需要时调出来就可以了。

"一个月的时间，终于把它整理完了！"韩乐乐开心地说道。

卢江点点头，对于他来说，这可是完成了一件了不得的大事。

"是啊，有了这份档案，我们日后的工作开展就顺利多了，至少不需要再进行重复性的检查，而且大家什么时候需要复检，我们也可以有根据地安排到各个村定期出诊，把事情都做在前面，总要比遇到事才开始做准备好！"

"我去把卢爷爷请来，他看到我们的成果，一定会很满意的。"韩乐乐不等卢江点头同意，就朝着卢家的方向奔了过去。

没过一会儿，卢汉清来了。

看到那分类摆放、整齐划一的档案，卢汉清的心底涌起了一丝的欣慰，这是对自己孙子的欣慰。

"嗯，不错，看来林书记把你找回来，果然是找对人了，卢江，这些档案必须要保存好，而且还要定期对档案信息进行更新，有了这些东西，以后我们就是有备而战，不再是仓促应战了。好，好，好！"

卢汉清一连说了三个好，卢江也像吃了一颗"定心丸"一般，露出了笑颜。

当天下午，卢江就背上了自己的药箱，现在他给村民看病的模式也发生了变化，由原来的坐等出诊变成了现在的主动出诊，今天他要去的村子是后梁村，村子离石城镇不算太远，走了有一个小时，卢江就已经来到了后梁村那户姓曲的人家。

曲吉玉是村子里最年长的一位老人，八十多岁了，身体还算不错，但是通过卢江给曲吉玉建立起来的健康档案得知，老人在十三年前患有类风湿病后就已经逐渐瘫痪了，曲吉玉老人的一对儿女都在外地打工，家里只有老伴在照料。

看到卢江，曲吉玉老人的脸上露出了灿烂的笑容，今天卢江来是给曲爷爷进行足疗和肌肉按摩的，老人的四肢关节压迫血管，用汉清特制的药汤来泡脚，可以促进局部血液循环。老人之前就是因为治疗不及时才病情加重以致卧床的，现在只有定期进行治疗，病情才不会进一步恶化。

"曲爷爷，今天你感觉怎么样？"

曲吉玉老人笑着说道："感觉好多了，小卢啊，我还怕你今天事情多，来不了了呢，没想到你倒是记得清楚。"

卢江正在准备着药汤，听到曲吉玉老人的话之后露出了灿烂的笑容，"曲爷爷你放心，我以后会按时来给你按摩的，你的腿现在有没有知觉了？"

"好像有了点儿，你爷爷之前帮我看的，说我要是能够坚持下去的话，就有希望站起来，七老八十的人了，这样都已经习惯了。"曲吉玉乐呵呵地说道，"前几天我感觉我的腿有点儿知觉了，你猜怎么着，我试着拄拐杖在地上走了三步，可惜，后来坚持不住摔倒了。"

卢江听了之后又做了进一步检查，脸上的笑容逐渐地减少，眉头却是突然间皱了起来，老人的腿患上了深部脓肿。

四十六

卢江抬起头，笑着对曲吉玉老人说道："曲爷爷，你这病得到省城的大医院治啊。"

"什么？"曲吉玉有些不可思议地看着卢江，而此时王奶奶走了进来，拽着卢江的袖子问道："小卢，这是怎么回事，不是已经快好了吗？怎么又重了啊？"

卢江神色凝重地点了点头，"是的，二位老人家你们先不要着急，幸亏这病发现得及时，不过要是这么放任不治的话，到时候想要再治恐怕就难了。王奶奶，这样，你先帮我找一辆车，这病不能拖，要是拖得久了，恐怕会有生命危险！"

"小卢大夫，不就是蹭破了皮，开了个小口子吗，真的有你说的这么严重吗？"曲吉玉着急地说道。

卢江知道这位老爷子在担心什么，但这是人命关天的大事，卢江自然是马虎不得的，只好耐着性子对曲吉玉说道："曲爷爷，放心，是什么病就是什么病，这么大的事儿，我是绝对不敢含糊的。"

听到卢江的话，曲吉玉的脸色瞬间就变得有些苦涩起来，刚才一直还挂着的笑容彻底地消失了，良久，他长长地叹了一口气，无奈地说道："唉，算了，活了八十多了，也算是够本了，别给儿女添负担了！"

王奶奶用袖子擦了擦干涸的眼睛，忍不住哽咽起来。

卢江彻底愣在了那里，有些不可思议地看着两人，他不敢相信自己耳朵听到的，"曲爷爷，这病是能治好的，只不过咱们这里的医疗条件有点儿差，咱们得到省城才能治好呢。"

王奶奶抽噎的声音越来越大。

曲吉玉老爷爷苦笑着说道："小卢大夫，你也不是外人，当着你的面我也算是豁出去这张老脸不怕你笑话了。本来我这瘫痪在床十几年，就已经是家里的负担了，我的那个儿子在外地打工也不容易，挣的钱全都给我看病了，这病，我们是真的看不起了！"

卢江感觉有什么撞上了自己的胸口，那是一种无能为力，看着这一家现在过着的日子，卢江知道这家人应该是没什么积蓄的。

卢江被深深地震撼到了，他没想到，对于自己或者许多人来说，只不过是一场小病而已，但是在曲家爷爷这里，却成了要人命的大病，不是不愿意看病，而是看不起、没钱看，卢江感觉到自己还有许多的工作要做。

卢江看着曲吉玉那一脸的痛苦与纠结，终于忍不住了，对曲爷爷说道："曲爷爷，你别急，钱的事情我来给你想办法，你只要安心治病就好了。"

200

"不不不，这怎么能行呢？"曲吉玉当场就拒绝了卢江的建议。

卢江很诚恳地说道："曲爷爷，治病要紧，我作为一名医生，不能看到我的病人有病治不了。王奶奶，赶紧联系一辆拖拉机，我马上就和曲爷爷出发，你放心好了，省城一定能够治好曲爷爷的病的。"

看到老两口还在犹豫，卢江笑着说道："曲爷爷，您别忘了，我可是从省医科大学毕业的医生啊，我的导师就是医科大学附属医院的普外主任医师。到了他老人家那里，你这只不过是一个小手术，花销不大的。"

"真的？"曲吉玉还是有些不相信。

卢江直接掏出自己的手机，然后搜了两张照片，直接递到了曲吉玉的面前，笑呵呵地说道："曲爷爷，您看，这就是我和我师父照的相，这下您应该相信了吧？"

曲吉玉看到照片，终于相信了，他点点头，对卢江说道："好孩子，好孩子啊，怪不得卢家在咱们石城镇最受尊敬啊。"说着说着，曲吉玉老爷爷直接落下了两行清泪。

王奶奶找了一辆拖拉机，卢江和那个拖拉机的司机一起把曲爷爷抬上车，卢江临走时安慰了王奶奶两句，叫王奶奶不要担心，他们过一段时间就回来了。

卢江带着曲爷爷到了石城镇，在路上他便打电话联系了谭富民，从谭富民那里借了一辆小轿车，载上曲爷爷直奔省城。

早上八点钟左右的时候，一脸疲惫的卢江终于带着曲爷爷来到了省城，回到了医科大附属医院。

卢江把车子停好，找了一部轮椅，让曲爷爷坐在轮椅上，推着往里面走，没想到两人刚刚走到急诊楼的楼下就被保安给拦住了，保安看到曲爷爷穿着土气，还有一天一夜都没有闭过眼略显疲惫的卢江问道："不好意思，老先生，您认识他吗？"保安很客气，还时不时地朝卢江瞟两眼，弄得卢江心里有些不痛快。这里是医院，又不是什么酒店和高档小区，要是因为着装可疑或者是长相可疑就不停地盘问，又怎么能保证需要急救的患者能够及时地得到治疗呢？要知道，在医生眼里面，每一秒钟都是在为生命赛跑，多少无法挽回的生命都是毁在了耽误时间上面。

曲爷爷点点头，"小伙子，我认识，他是卢大夫！"

"卢大夫？"

保安又仔细地朝着卢江打量了两眼，然后摇了摇头，"老大爷，我想你应该是上当了，我在这里当保安一年了，医院里面各科室的大夫我也已经认得七七八八了，可是我从来都没有听说过有一个姓卢的大夫。"

"哦，他是我们镇上的大夫，他是个好人，他是来送我治病的。"曲爷爷急道，可是看那保安怀疑的样子，很明显丝毫就没有把他的话听进去。

四十七

这个保安甚至直接在对讲机里面呼叫了保安队队长。

卢江和曲爷爷被带到了保卫科，此时的卢江心里面莫名地腾起了一股怒火，本来农民看病就难，现在倒好，不仅是看病难的问题，甚至根本就看不上病！卢江真的希望这种现象只不过是一次个例，但是谁能保证，这仅仅是个例呢，现在能够出现这样的事情，那这件事就绝对不仅仅是个例了。

"你说你叫卢江，还是咱们医科大学毕业的？"保安队长狐疑地问道。

卢江点了点头，"没错，我的导师是黄鹤黄教授！"

"黄大夫的名头在省里很大，多少人都想要冒充黄教授的徒弟。今年我们就已经抓了三个冒充黄教授徒弟的家伙，你是第四个。"那个保安队长同样地谨慎，而且对卢江的警惕性特别地高。

卢江苦笑，果然是人怕出名猪怕壮，而且人家如此警惕其实也是有原因的，想到这里，卢江也就能够理解了，他笑着说道："那好吧，二位，能不能让我打个电话，我请黄教授亲自来接我，怎么样？"

"好，没问题！"

对于这个合理的要求，保安队长也答应了。

卢江打了一个电话，没过一会儿，黄教授走了进来，看到卢江，脸上的笑容完全绽开了，"卢江，我还以为你在和我开玩笑呢，没想到还真的是你，怎么着，回来了也不提前给我打个电话？"

"师父，我们走得急。哦，对了，我来介绍一下，这位是我们镇上一个村的老人家，他现在患有深部脓肿，必须马上做手术，为了防止二次感染，必须得准备无菌病房，想了想，也只有咱们医院才有这种病房，所以我就把人给带来了！"

卢江轻描淡写地说道，只不过从他那布满血丝的眼睛、深深的黑眼圈和略略有些沙哑的声音就能够知道，卢江是连夜赶过来的。

"好，那就马上送急诊，先做一些必要的常规检查。"黄鹤一听，雷厉风行地安排起来。

卢江尴尬地笑着说道："师父，有个事儿还得求你，这些常规的检查能少做就尽量少做吧，毕竟村里的人，家里条件不是太好，钱也拿不出来多少。"

黄鹤一听哈哈一笑，"我说你小子什么时候也学会这一套了，放心，咱们医院是有规定的，不能让患者花冤枉钱，该做的检查对下一步的手术来说是非常必要的，这些你也懂，我就不多说了。"

"好！"

卢江重重地点了点头，在卢江的心里，师父就像是他父亲一般的存在，卢江从小就没有体会到父爱，他缺失的这一块却在黄鹤这里得到了弥补。

这次再进入医院的急诊楼，自然没人阻拦，卢江的身边可是还站着黄鹤教授呢，"好了，你先把人安顿好，完了之后到我的办公室，给我汇报一下你最近的情况，看看你有没有懈怠！"

"好嘞！"卢江痛快地答应下来。

卢江在这里可以说是轻车熟路，他很快办好了入院手续，当然，所有的钱都是卢江代垫的，忙前忙后了大半天，才把曲爷爷给安顿进了普外的病房。

"这位老同志，您的孙子很孝顺啊！"同病房的人忍不住夸赞道，"我们在这里待了有两三个月了，就没见过这么勤快的孩子，老人家，你真有福。"

曲爷爷的眼泪在这一刻终于忍不住直接涌了出来。

"他可不是我的孙子，我要是有这么一个孙子可就好了，他是我们镇卫生站的大夫，他是个好孩子啊！我家里孩子在外地打工，卢大夫发现了我的病，二话不说，就带着我来到了省城大医院，老汉我何德何能啊，我上辈子肯定是积了德、行了善，要不然怎么就能遇到这么好的人呢？"

趁着卢江跑出去办手续，曲爷爷一边哽咽一边对病房所有人说道，两行老泪更是止不住地流下来。

"那您老有福了啊！"

病房里的人交口称赞，曲爷爷却是一直都泪流不止。

此时，在医院的收费口，卢江排了一会儿队便排到了他。"姓名？

医保卡号？"那位收银的小姐姐连头都没有抬起来，公事公办地说道。

"哦，曲吉玉，农村的，没有医保卡号。"

那个收银的小姐姐戴着口罩，看不清样子，但是侧脸让卢江觉得有些熟悉，正在思索的时候，小姐姐有些不耐烦地说道："别磨磨蹭蹭的了，没看到后面还有人排队吗？要是没有医保卡号，刷你的卡也行！"

"哦，哦，好的！"

卢江没有丝毫犹豫，直接掏出了自己的银行卡递了进去，当那位收银的小姐姐看到名字的时候，很明显地愣了愣，然后抬起头，看到了卢江那张平静的脸，忍不住叫了起来："卢江，怎么是你？"

"你是？"

那位收银员小姐姐直接摘下了口罩，卢江一下子乐开了花儿，他笑着说道："杨苗，怎么是你？不在护理科好好地工作，跑到这里来客串了啊？"

"有个好朋友今天有事请假，让我来代她半天的班。还真的是巧了，不是听说你和你们家肖丰饶都到小山村里面扶贫支医去了吗？怎么又跑回来了，是不是受不了村里面的苦啊，你可千万不能当逃兵啊！"

杨苗是卢江和肖丰饶的同学，更是肖丰饶的好闺蜜，再加上现在已经是自己一个寝室的好兄弟马海正式官宣的女朋友了，正是因为这三重关系，让原本就相处得挺好的几个人现在算是某种意义上的"亲上加亲"了吧！

四十八

杨苗看到卢江，找了个人替自己一会儿，然后就和卢江到另外一边聊了起来。"怎么样，乡下的日子很苦的吧，肖肖能不能受得了啊？我可是经常听我那好闺蜜的抱怨啊。你说说你们俩，放着大医院这么好的条件不干，偏要一个接一个地跑到那么偏远的小地方，图啥？"

卢江笑了起来，淡淡地说道："我就是图个心安，肖丰饶大概是图我这个人吧！"

"咯咯咯，你也太自恋了，听说肖丰饶在那边当副镇长当得还挺风生水起的啊，你呢，你干得怎么样？"杨苗的性格很开朗，但是思想上来说也就稍微地有那么一点点的跳脱。

"我还好。"

"是你的什么亲戚朋友生病了吗？"杨苗关心地问道。

卢江笑了笑，"是我们镇下边村里的一位老人，也是我的患者，得了深部脓肿，你也知道我们那种小地方是根本治不了的，所以就带到这里来治，只不过老人家里的条件不太好，没办法，人命关天，又不得不救，所以我就先垫上了，以后再说。"

杨苗的眼中立刻多了几颗灿烂的小星星，略带崇拜地对卢江说道："怪不得肖丰饶能对你如此死心塌地呢，要不是让肖丰饶那个小妖精捷足先登，说不定我也会有机会的。"

这话卢江还真的是没法接。

"曲爷爷的住院单我已经给你开好了，有时间的话咱们三个聚一聚吧，马海也时常跟我说，有时间了你们寝室的几个要带着家属一起坐坐的。"杨苗笑着说道。

"没问题！"卢江痛快地回应。

卢江又简单地和杨苗聊了两句，就直接回到病房里面安顿曲爷爷了，不过当他回到病房的时候，看到曲爷爷一直在落泪，不免有些尴尬，尤其是同病房的所有病人和陪护家属全都用一种异样的眼光看着自己，卢江瞬间就有点儿被整蒙了。

"是个好孩子啊，有对象了没有，阿姨给你介绍介绍？"

"是啊是啊，我家有个女儿，学舞蹈的，身材和样貌那是没的说，而且不娇生惯养，是个独生女，小伙子要是中意的话我可以给你牵牵红线！"

"就是工作差点儿，不过没关系，以后想办法往省城里面调就可以了。"

……

"老卢，你这可就不够意思了，回来了也不说一声，还好杨苗刚才给我打电话，说你小子已经回来了，你是不是……"

就在这个时候，一个穿着白大褂的青年医生走了进来，不过看到这阵仗，青年医生又心虚地退了出去，这帮阿姨实在是太厉害了。

"小马大夫，你别跑啊，我们上次跟你聊的那个，你加她微信了吗？有没有抽空聊一聊啊，你觉得怎么样啊？能不能试着相处一下啊？"

已经有眼尖的阿姨看到了他，马海这小子时间赶得巧，总算是替卢江解了围。

"停停停，诸位阿姨和奶奶们，饶了我吧，我已经有女朋友了，她是我的大学同学，也在这家医院工作，我们俩现在的感情基础很稳定很牢固，而且也没出现过任何的危机。（还有他，卢江也是我们的同学，他和他女朋友已经谈了七八年的恋爱了，估计想拆也是拆不开的，人家女朋友已经跟着他到镇上工作去了）。"

卢江尴尬地笑了笑，这个马海还是和之前一样。

好不容易从老阿姨们那里出来，卢江这才笑着说道："马大夫，看来你还是挺受欢迎的嘛！"

"谁知道工作了之后居然是花花世界啊，只怕自己处对象处得有点儿早了。"马海露出了一副无比悔恨和懊恼的神色，不过很快他就收起了自己轻浮的笑容，"卢江，镇上的工作怎么样，是不是不太好开展啊？"

卢江点点头，认真地说道："确实是挺难的。条件和设施都挺落后的，有的甚至连落后都谈不上，只能说是很原始的。"

"要是受不了的话，可以回来，肖丰饶给你和她办了停职手续，只要你们想回来，想想，每天可以和这么多阿姨们在一起，多开心！"马海正经了没两句又开始用他那不着调的语气调侃起来。

卢江笑着摇摇头，"别，阿姨就交给你了，我找小妹妹去！"

"好了，不开玩笑了，我今天接的就是你带来的那位爷爷。他的情况我想你应该比我更清楚，这种情况之下，想要根治的话就必须得进行至少两次手术。刚才杨苗跟我说了，一次手术的费用大概在两万块左右，两次再加上其他零零散散的，至少得需要五万块钱才行，钱是你垫的，你能垫得起吗？"

马海一本正经地对卢江说道。

卢江只不过是一个穷学生，自己才刚刚毕业，本身就没有多少积蓄，五万块钱又不是个小数目，卢江一时间确实拿不出那么多来。

"五万块钱？"

卢江就算是再省吃俭用，也只攒了三万多块钱，听到治疗曲爷爷的费用这么高，卢江也傻眼了。

"看你现在的表情我就知道，你是拿不出来那么多钱的。"马海认真地说道。

卢江点点头，算是默认了。

"我给你想一个办法吧。有多大力使多大劲儿，你已经是全力以赴了，剩下的部分你可以要求他的孩子出一些，毕竟是他们的父亲，一分钱不出有些说不过去，也不太合适！"

卢江苦笑着说道："唉，一言难尽啊，老人儿子的条件不太好，估计这一万多块钱根本就拿不出来，实在不行还是我来想想办法吧。"

"我就知道你这人心善，算了，手术费我也不要了，就当是替你解决一部分的问题好了。"马海看着卢江，一本正经地说道。

卢江感激地说道："谢了，哥们儿！"

四十九

"当然了，这事儿你可得给我证明，不然杨苗要是问起来的话，大额资金去向不明，我是一定会被当场处刑的。"马海刚说了两句话，瞬间就又变得不正经起来。

"我知道！"卢江拍着胸脯向自己的好兄弟保证着。

回到了病房，又安慰了几句曲爷爷接下来的空闲时间，卢江来到了师父黄鹤的办公室，今天师父不用坐诊，此时的他正翻着一本医学杂志，好像是在等着卢江。

卢江敲开了师父的门，笑着打了招呼，"师父，您不忙？"

"正好今天没什么事儿，在等你呢！"黄鹤将手上的杂志一合，然后从咖啡机接了杯浓咖啡出来，直接递到了徒弟面前，依旧是那种熟悉的慈祥的微笑，对卢江说："怎么样，看你的样子应该是好长时间没休息好了吧？"

卢江赶紧汇报了自己这段时间在镇上的工作。黄鹤认真地听着，时不时还提笔记录着什么，等卢江大概介绍完了之后，黄鹤这才点点头，沉思了一会儿，缓缓地说道："嗯，你做得很好，建立全镇村民健康档案、定期进村体检的机制，这样可以有效地在最短的时间内对突发事件做出及时的应对。嗯，实践是检验真理的唯一标准。"

卢江认真地说道："自从这种机制建立后，我会制定时间表格来安排需要检查的路线，这样就能够做到未雨绸缪，就像是这次我带过来的患者就是如此，如果不是我发现及时，只怕曲爷爷会凶多吉少。"

"嗯，你这个做法可以写进你的论文中。卢江，可以这么说，你在乡下待了这么长时间，并没有把你的热情磨掉，反倒是让你在那里干出了一番了不起的成就。卢江，其实师父对你挺有信心的，相信你一定能够把农村医疗这个课题做好。"

卢江郑重地点了点头，认真地说道："师父您放心好了。"

"我自然是放心的。"黄鹤停了停，然后才继续说道："不过这段时间我可是没少听你那个师兄荣树贤说你的坏话啊，说你这小子就是个'捡破烂儿'的，什么东西你都能瞧得上，第一次和你见面，你就熊了人家一些老设备和病床。"

卢江笑了起来，毫不介意地说道："没办法，师父，农村的医疗条件实在是太差了，不然我也不会出此下策了，毁了您的名声不说，还让师兄在背地里说我的坏话。"

"哈哈哈哈，你小子鬼得很啊，这是你们俩的事情，别把我给牵扯进去，你们的事情还得你们自己解决。不过，有一点可是要提醒你，小心点儿，别在你那群师兄师姐那里吃了亏，到时候我可不管的！"

黄鹤乐呵呵地说道，现在的他可谓是桃李满天下。

"那您大可放心，我是绝对不会吃亏的！"卢江自信满满地说道。

从师父那里出来，卢江在马海那里找了个地方就休息了，昨天一天一夜的折腾，压根儿就没合过眼。现在曲爷爷那里有值班护士管着，又有马海替自己盯着，卢江很快就沉沉地睡过去了。

等他再醒来的时候，手机上有好几个未接电话，几乎全是肖丰饶打过来的，卢江赶紧回过去电话，"不好意思，刚才睡着了，现在刚醒，才看到。"

"知道了，我听杨苗说了，你给曲爷爷看病垫钱了？"肖丰饶问道。

卢江知道这事儿是瞒不住的，"是啊，没办法，现在只能是先紧着救人了。"

"我一会儿给你先转两万过去应急，实在不够了，你和我说，好歹我才是你的'正宫娘娘'，别什么事儿都让我从别人的嘴里面听说。"肖丰饶说得很直白，而且也没什么废话，听得卢江很是感动。

"行，到时候还你！"卢江没有感谢女朋友，他知道这个时候客气反而生分了。

"那你可要好好地攒钱，虽说你娶我不用花钱，什么彩礼钱之类的现在也不需要给了，但是如果你连一分钱的积蓄都没有的话，我怎么会嫁给你呢，到时候让我和你去喝西北风？那可不成！所以说，年轻人，好好干吧，赚了钱才能娶到媳妇呢。我可是可怜巴巴地在等着你来娶我哦！"

很难得的，肖丰饶和自己甜言蜜语了几句。

又甜蜜地聊了两句，卢江这才依依不舍地挂断了电话，虽然他们俩现在都在一个镇里工作，但是两人各自忙各自的，能够待在一起的时间很少。现在卢江的心里面更加愧疚了，肖丰饶为了自己牺牲了不少，卢江暗暗地发誓自己绝对不能辜负了她。

卢江起了身，然后伸了个懒腰，在卫生间洗了把脸，便朝着曲吉玉爷爷的病房走去，曲爷爷看到卢江，脸上露出了一丝丝为难的神色。等卢江坐在他身边，他有些迫不及待地抓住了卢江的袖子，紧张地问道："卢大夫，听说我这还要两次手术才行，这动手术要花不少钱的吧？"

卢江并没有隐瞒，而是直接点了点头，"确实需要不少，不过钱的事情曲爷爷您不需要担心，我来替您想办法，您老现在就在这里安心地住下，然后等着做手术。哦，曲爷爷，给您老做手术的是我的同学，技术和能力是绝对没有问题的。"

"这个不太好吧？要不这病就别治了，反正我已经活到八十多了，已经活够本了。"曲吉玉犹豫了半天，然后才说出了自己的本意。

卢江知道曲爷爷心里面有负担，他很耐心地开导着曲爷爷，"这个嘛，曲爷爷，人哪里有什么活够本的时候啊，您可得好好地活着。没事，您放宽心，这就是个小手术，这里可是咱们省城最好的大医院，您这点儿病在这里根本就不算什么。"

曲吉玉听到卢江的话之后，两行老泪又涌了出来。

"卢大夫，谢谢您，你和你们卢家人都是活菩萨啊！"曲爷爷哽咽着，此时的他情绪有些激动。

五十

手术室门前。

卢江坐在手术室外的长椅上，神情很是平静，曲吉玉爷爷已经推了进去，而且手术都已经进行了一个小时了。卢江什么好担心的，这种没难度的手术几乎是没有什么风险，尤其还是马海在主刀。

"卢江，今天排的是你们镇那位老人的手术？"这个时候，黄鹤拿了一个纸杯子，里面水上漂着几片茶叶，来到卢江的身边，将纸杯子递到了自己爱徒的手里。

卢江点点头。

"那位老人的家人呢？"黄鹤忍不住问道。

"出门打工去了，家里只有两个老人，都已经是七八十岁了。师父，这就是农村的现状，年富力强的劳动力全都跑到外面打工了，村里留下来的只有老人和留守儿童，这两类群体都是容易得急性病症的年龄段，所以说农村的工作还是很难的。"

"是不是准备打'退堂鼓'了？"黄鹤笑着调侃他。

卢江摇了摇头，"这其实是我应该做的，别人可以找借口不干，我却是不干不行，这是我们家世世代代的职责，而且最困难的地方也最锻炼人，现在我还年轻，还有一腔热血和无限的激情，浪费了可不太好！"

黄鹤赞许地点了点头，然后动容地说道："嗯，你有这样的觉悟是好的，这些年看来是真的没白教你。农村医疗建设要走的路还很长，条件艰苦是可以预想到的，就要有这克服困难的精神，卢江，我一直都相信你能够做好的。"

"谢谢师父！"

卢江的脸上露出了笑容。

"哦，对了，听马海说你现在为钱犯愁呢，这个呢是我的一点儿心意，密码是六个9，别急着拒绝，这也算是师父对你选择的道路的支持吧！"黄鹤拿出一张银行卡，直接塞到了卢江的手里面。

卢江的心里面感觉到了无比的温暖，在他的身边有这么多亲朋、好友、师长在支持着自己，卢江感觉自己充满了无穷的力量，也有了更大的信心。

卢江没有和师父客气，他直接把钱收了下来，只是对师父郑重地说道："师父，这钱我以后会还你的。"

黄鹤笑了起来，摆出了一副认真的面孔，乐呵呵地说道："不用，这钱我是在你师母那里报备过的，你放心地拿去就可以了。"

卢江稍微一愣，然后两人就这么会心地笑了起来。

很快，"手术中"的灯灭了，马海一脸疲惫地走了出来，卢江赶紧上前询问情况，马海朝着卢江微微地点了点头，然后就到手术准备室进行清理了，没过一会儿，曲爷爷被推了出来，由于麻醉的药效还没过，所以并没有醒来。

回到了病房，卢江将曲爷爷直接抬回到病床上，小心翼翼，生怕碰到曲爷爷的伤处，然后打了一盆水，替曲爷爷擦拭了起来。

等曲吉玉幽幽地醒转，卢江已经出去给他打饭了，而这个时候，曲吉玉身边的那个病友和家属则又夸赞起卢江来，"曲叔，这真的不是您的孙子吗？我看他对您照料得可是很周到的啊！"

曲吉玉摇摇头，"我倒是希望他是我的孙子呢，可惜老汉我没那个福分啊，小卢大夫是个好人啊，天大的好人。"

"那还真的是个心地善良的好人。这样的人才是值得托付终身的呢，虽然工作是差了点儿，但是听说只不过是到下面挂职锻炼的，而且还是咱们医院的医生，正儿八经的医科大的毕业生，这些我都已经打听清楚了。"

一个陪护的阿姨故作神秘地说着，而此时的曲吉玉早就已经被大家晾在了一边，没办法，卢江其实才是话题的焦点，大家关注的点都在他身上，这好像是所有阿姨的共同爱好，总是想方设法地替人牵红线。

"瞎说吧，真要是像你说得这么优秀，岂不是早就该名花有主了？还轮得到你来替人家操这份闲心？"另外一个阿姨也笑眯眯地说道。

"那可难说喽！"

两人渐渐地笑着斗起嘴来，而这个时候，曲吉玉则幽幽地说道：

"你们就别替人家瞎操心了，我们小卢大夫啊，早就已经有女朋友了，而且他女朋友还是我们镇的副镇长，听说也是医科大的毕业生，两人已经好了有七八年了。"

这一下，那几个阿姨同时闭上了嘴，有些诧异地看着彼此，突然间又大笑起来，自己这可真是"闲吃萝卜淡操心"了啊，也难怪，像卢江这么优秀的小伙子，肯定早就已经有归属了啊。

这些天，卢江一直都在医院陪着曲吉玉这位老人家，卢江很有耐心，天天被病房的阿姨们一致夸赞着，见了卢江都直夸卢江心地善良。当然，他也没有闲下来，有时间就到学校的图书馆里面看看书，再抽时间和师父黄鹤教授一起交流交流，时间反倒是过得很快。

眼瞅着第二次的手术就要做了，这天卢江一回到病房，就发现曲吉玉不见了。

"阿姨，曲爷爷呢？"卢江有些焦急地问道，老人家这一把年纪了，腿脚又不方便，这个时候怎么可能会突然间消失不见了呢？

那个陪护的阿姨无奈地说道："被他儿子给接走了，今天他儿子匆匆忙忙地赶来了，二话不说直接就拉起老人要走，也不知道是发了什么疯了，说是今天要坐火车回老家，这病不看了！"

曲爷爷的儿子？

卢江听到这里眉头直接皱了起来，心里面更是蹿起了一股子邪火，这可是人命关天的大事儿，而且还是自己最亲的亲人的命，说不要就不要了？卢江脸上一直都挂着的笑容瞬间就收敛了起来。

"这不瞎胡闹吗？"卢江有些气不过地说道，"阿姨，他们是什么时候走的，走了有多长时间了？"

"哦，时间不长，不过这会儿应该快要到火车站了，小卢，大家都知道你是好心，可是人家不愿意治，咱也就不强求了吧？"

"病已经治了一半了，不能说走就走，我这就去把他们给追回来！"说完，卢江已经冲出去了。

五十一

省城的火车站，人来人往。

广播中播报着列车的信息，卢江气喘吁吁地追到火车站，四处寻找着。

省城的火车站并不算太小，想要在这么拥挤杂乱的地方找到一个人，确实是一件比较困难的事情，曲吉玉爷爷行动不便，想要找到他也难度才低了一点。卢江在火车站漫无目的地找着，通往石城的火车一天只有一班，是绿皮火车，也是为了满足本省的人才运行的。

连着找了半个多小时，卢江一无所获。

就在卢江快要放弃的时候，突然间，他看到了还穿着病号服的曲吉玉爷爷，此时的曲爷爷坐在轮椅上，手里面捧着一个塑料袋，是他早上吃剩下的半个馒头和一点儿剩菜。

卢江长长地松了一口气，人终于找到了，这下卢江的心终于放回到了肚子里面。

卢江静静地驻足在原地，并没有急着走上去，他的心里面有些酸楚，这种酸楚让他感觉到了一丝丝的愧疚，农村的生活条件虽然已经有了很大改观，但大家的收入还是太低了，大鱼大肉吃不起，大病大症看不起。

　　卢江突然间感觉自己的身上担子很重，而眼前这令人唏嘘的一幕，让卢江下定决心要改变这一切。

　　"曲爷爷！"

　　踌躇了一会儿之后，卢江来到了曲吉玉的身边，蹲下身子，对曲吉玉柔声地说道："曲爷爷，您怎么在这儿呢，明天咱们可就要做手术了，做完了之后就能够痊愈了。"

　　曲吉玉抬起头，看到是卢江，他明显地愣了愣，曲吉玉没想到卢江居然能够追到这里来，他喃喃着，想要说什么，话到了嘴边却是一句都没有说出来。

　　"好了，咱们回医院吧，做完手术了咱们再一起回去。"

　　卢江站起来，正要推动轮椅，曲吉玉却双手死死地把住了轮椅的手推圈，无奈中夹杂着一丝丝的凄凉，对卢江说道："小卢，我不回去了，就算是能治好还是得躺在床上，这病治得没有意义。"

　　"曲爷爷，是不是因为钱的事情啊，我说过的，这个不用您来操心，您放心地接受治疗就可以了。"卢江心里一直都认为，曲吉玉爷爷不肯继续接受治疗是因为费用的原因。

　　就在这个时候，一个男人突然间来到卢江的面前，不由分说朝着卢江的面门使劲挥了一拳，卢江吃痛松开了轮椅。那个男人正要扑上来的时候，曲吉玉拉住了这个看起来比卢江还要大个十来岁的男人。

"小伟，你干什么？"曲吉玉急急地说道。

这个男人生得魁梧，这一拳砸在卢江的脸上，卢江顿时感觉到自己眼前一黑，剧痛伴随着头晕耳鸣，紧接着站立不稳重重地摔在了地上。突然间挨了这么一拳，卢江感觉到自己都快要窒息了。

"你要干什么？"

男人恶狠狠地对卢江说，正要挥起拳头砸卢江第二拳的时候，曲吉玉的呵斥声传到了男人的耳朵里，"小伟，你住手，你打错人了，他不是坏人！"

不是坏人？

曲伟的脸上露出了一抹疑惑神色，"爸，现在这人是不是坏人你看不出来的，爸，你别管，我一会儿就把他送派出所。"

"他是咱们镇卫生站的小卢大夫，是他送我来看病的，这段时间也是他在照顾我，你气死我了，他可是我的救命恩人！"曲吉玉气得直拍轮椅的扶手，更是忍不住剧烈地咳嗽了起来。

卢江被一拳揍倒在地上，过了好久他才反应过来，只觉得脸颊火辣辣地疼，鼻子和嘴角更是被这一记重拳给打破了，卢江只觉得自己的脸已经不属于自己了，而且脸很快地肿了起来，出现了一大块的瘀青。

"小卢大夫？"

曲伟傻眼了，这鲁莽的一拳下去，自己可是犯了大错了，"爸，你确定他就是小卢大夫，你，会不会认错人了？"

"混蛋，畜生，我就是再老眼昏花，还没到连人都认不出来的份儿，他就是卢江，小卢大夫，你看看你干的好事！”曲吉玉气得浑身哆嗦，不停颤抖着的手指着儿子，怒斥道。

曲伟也知道自己“闯祸”了，他赶紧跑到卢江的身边，将卢江扶了起来，有些担心地对卢江说道：“小卢大夫，你没事吧？”

卢江知道打自己的人就是曲吉玉爷爷的儿子，原本所有的怒气顿时消散得无影无踪，没办法，大水冲了龙王庙而已，要怪的话就只能怪曲伟这个家伙太莽撞了，不问青红皂白就给自己来了一拳，要是早知道会发生这种情况，卢江说什么也不会去动曲吉玉爷爷的轮椅了，或许也能少挨这一拳。

卢江被曲伟给扶了起来，幸好周围的人都在匆匆赶路，几乎没人注意到自己是被一拳打倒在地的，这在拳击和搏斗里面叫 KO。

嘶！嘶！嘶！

卢江倒吸了几口凉气，每动一下都感觉浑身疼得厉害，这一拳卢江挨得实在是太结实了，曲伟的力道又重，卢江强忍着剧痛，对曲伟说道：“带上你爸，跟我回去！”

曲伟知道自己闯了大祸，听到卢江的话之后却摇了摇头，无奈地叹了一口气，带着一丝绝望的语气对卢江说道：“我不能回去，大医院的费用实在是太高了，这病我们真的是治不起！”

卢江喘着粗气，鼻子都被打出血了，不过他还是死死地拽着曲伟，“钱的事情我已经说过了，不用你们来操心，我来替你们想办法。在我这里，人命大于天。别忘了，他可是你老爸，就这么回去了，你就不怕村里的人指着你的鼻子骂你不孝吗？”

五十二

卢江的声音听上去好像是嘴里面含着什么东西一样，其实不然，那是因为他脸被打肿了，说话也有些不利索了。

"这个，卢大夫，我知道你心地善良，可是我们真的不能跟你回去啊，住院一天要花不少钱，就算这钱是你帮着垫付的，但是我这良心不安啊！"曲伟作为七尺男儿，孔武有力，此时在卢江的面前却哭得就像个小孩子一样。

卢江对这个家伙直接翻了一个白眼，没好气地用那跑风兼漏气的声音说道："一个大老爷们，怎么这么婆婆妈妈的呢？明天你爸就要做第二次手术了，现在你却带着人跑了。医院有医院的规矩，花出去的钱是一分钱也不会给你退回去的。"

听了卢江的话，曲伟立刻傻眼了，"那，那怎么办？"

"还能怎么办？现在听我的话，立刻跟我回去！还想着要偷偷跑掉，你们还真的是能想得出来！"

曲伟挠了挠后脑勺，扭头看看老爹，有些犹豫地说道："真得回去吗？"

"病床没退，出院手续没办，就连这轮椅也是医院的，你说你们能走得了吗？"卢江坚定地说道。

曲伟回到老父亲身边，和老父亲低声商量起来，卢江则是轻轻揉了揉自己的脸，刚才曲伟这一拳实在是太重了，他的脸已经肿起了一个大包。

过了一会儿，曲伟来到卢江的面前，对卢江鞠了一个躬，脸上满满的都是歉意，开口说道："小卢大夫，对不起，我和我爸商量过了,这病我们继续治。只是欠你的钱我一时半会儿是还不上了，不过你放心，我一定会给你打借条，这钱我必须得还给你！"

卢江摆了摆手，长长地松了一口气，然后艰难地说道："好了，我知道了，那我们就先回去吧！"

卢江在火车站附近打了一个车，拉上了这爷儿俩和轮椅，回到了医院。

"咦，卢江，你这是怎么了？"

马海看到卢江捂着脸走进来，吓了一大跳，看到那肿得老高的脸颊，忍不住好奇地问道。

卢江翻了一个白眼，没好气地说道："被一头犟驴给踢了一脚。马海，你这里有没有外伤药，给我处理一下！"

"到底是怎么回事？"马海关心地追问。

"没什么，就是我们镇那位老爷子的儿子来了，要把老人家带回去，家里实在是太困难了，治不起病，这不是我追到火车站才给追回来的吗，结果弄了个误会，曲爷爷的儿子二话不说，直接就给我来了这一拳。"

卢江觉得今天出门还真是没看"皇历"，要不然的话自己的点儿也不会这么背，白白地挨了这么一拳。

　　咔嚓！

　　不知道什么时候，马海已经偷偷地掏出了手机，对着卢江那肿起来的脸拍了个特写，马海不动声色地对卢江说道："那你这一拳挨得确实是够冤枉的。"

　　卢江看了马海一眼，不解地问道："你刚才拍什么呢？"

　　马海摇摇头，然后用手指抬了抬卢江的下巴，和平常一样装模作样地查看了半天，"没什么，把你的伤给咱们普外的大夫看一看，一会儿我让他们弄个小型的会诊，让专业的人来给你看一看，然后咱再对症下药。"

　　卢江狠狠地瞪了马海一眼，"你要是敢把这张照片发出去，你就死定了！"

　　"我怎么敢？"

　　马海头也不抬地说道，只不过此时他的手已经娴熟地把刚才的那张照片发到了班级微信群和医院微信群，下面还附了一句话：猜猜这是我们班的谁？猜对有奖！更是不留后路地"艾特"了所有人。

　　卢江压根儿就没看到马海的小动作，自顾自地继续说道："没有就好！快点儿先给我上点儿药，也不知道曲伟那家伙哪里来的那么大力气，这一拳差点儿没把我的脸给打开花！"

　　"给你点冰块，你先敷一敷。"

　　马海找来了一堆冰块，拿毛巾包裹起来，递到了卢江的面前，卢江毫不客气地接了过来，敷在了脸上，有些无奈地说道："要说还是穷啊，不然也不至于看个病都能把人给吓倒了。"

"哦，对了，正好你在，我有个事儿正要找你商量呢。"马海拉了一把椅子，坐在卢江的对面，一本正经地对卢江说道，"第一次给你们镇那位老人家做手术的时候，我发现他的腿不是完全没有知觉，而是有一定恢复知觉的可能性，不过这需要和神外的林主任他们会诊后才能下结论。"

"也就是说，老人家其实以后是可以尝试着走路的？"卢江忍不住追问道。

马海摇摇头，"其实这么说吧，我的建议是只做保守治疗，一来是可以节省大笔的治疗费用；二来嘛，老人家的年纪已经很大了，而这种手术的成功率不高，手术风险也比较大。"

"那么老人家的瘫痪是什么原因造成的？"卢江沉思了半天，神态凝重地问道。

马海一脸苦涩地说道："主要的原因是腰椎受过伤，没有得到及时治疗，而后由于营养没跟上落下的病根。"

卢江点点头。

正在这时，肖丰饶突然间打电话过来，卢江一脸疑惑地接起来，"丰饶，怎么了？是不是家里出事了？"

马海一听是肖丰饶的来电，立刻就明白了是怎么一回事，赶紧站起来，偷偷地朝着门口的方向走了过去，以肉眼可见的速度消失在卢江视线所能触及的范围。

"家里一切都好，没出事，倒是你，你怎么把自己搞得和猪头一样？"肖丰饶电话里面有几分埋怨。

"猪头？"

五十三

此时的卢江突然间从办公室的玻璃上照见了自己的样子，被曲伟那个家伙"全力以赴"地揍了一拳之后，自己的脸也就飞快地肿了起来，而且脸上青一块紫一块的，当然会被人误认为是"猪头"的。

卢江只是稍微地动动脑子就知道这是谁干的好事了，他气得牙根直痒痒，恨恨地说道："丰饶，别提了，我被马海给阴了！"

"先别说这个，说说你吧，你怎么被人打啦，伤得严重不严重？"肖丰饶电话里的声音中充满了关心和担忧，这让卢江的心里稍微地好受了一些，卢江赶紧把今天早上在火车站发生的事情经过和肖丰饶汇报了一下。

"还好，不算太严重，而且有你的安慰，我感觉不是很疼了。"卢江说道。

肖丰饶点了点头，"不严重就好，虽然你办的是好事，但是有一点我还是要提醒你注意一下自己的形象，本来是个玉树临风的小伙子，你看看你现在的样子。现在班里的微信群已经炸了，你想办法消除这件事带来的严重后果和恶劣影响吧，因为已经有人私信问我，说这是不是你了，我到现在也不知道应该如何回答，是？还是不是？"

说到这里，卢江就气不打一处来，他无比赞同地回道："媳妇，放心吧，我一定会给你一个满意的交代的。"

挂断电话，卢江站了起来，在办公室里四处转悠，好像是在找什么东西。

这时，一位正在医院实习的女医生走了进来，看到卢江的样子，关心地问道："卢师哥，你是不是在找什么东西？"

"没错，你们这里有没有什么凶器，能够杀人灭口的那种。"卢江目露凶光，已经肿起来的半张脸让他看上去更加邪恶了。

女医生紧张兮兮地把拖把往门后面藏了藏，拖把的木头棍儿，是这位可怜的女医生能想到的这办公室里面唯一可以与凶器挨得上边的东西了。

暴躁的卢江此时此刻就像是一只发狂的"野猪"，哦，不对，是一只发狂的狮子，没有找到所谓的"凶器"便直接冲出门去，嘴里面还恶狠狠地说道："马海，今天你小子死定了！"

马海有没有死定了，这个不好说，但是谣言这东西嘛，止于智者。第二天马海出现在医院大门口的时候，谣言就不攻自破了。

只不过这家伙刚上班没一个小时，便在他所在的班级和医院的微信群里面发了一万字"深刻反省"的"罪己诏"，从人性的角度反省了自己这种行为所造成的人性扭曲；从科学的角度剖析了自己这种行为所带来的关系破裂；从道德的角度批判了自己这种行为所产生的道德沦陷；从法律的角度……从哲学的角度……从心理学的角度……

一般人都很少能够完整地看完，只有一个人除外，那就是卢江，当天卢江在马海的办公室里面美滋滋地用 A4 纸打印出来，然后逐字逐句地进行着语言上的修饰。

"我说卢大哥，这样是不是就可以让您老消消气啦？"

马海一脸颓废地站在一旁，脸上满是谄媚的神情，没办法啊，谁让人家的师父是自己科室的主任呢？这上头有人就是横啊！马海此时内心是后悔的，他很想要问一问昨天的自己：说说你自己，没事儿惹这家伙干什么？

"嗯，还不错，马马虎虎吧，勉强可以过关了。"卢江脸上挂着满意的笑容。

必须得满意啊！马海感觉自己已经被这个家伙给得无计可施了，要是还不满意，他马海也没有任何的文学才华可以施展了，吐了一晚上的墨水，他早已经到了"油尽灯枯"的地步。

"那咱们这事儿，是不是能一笔勾销了？"马海感觉自己就像是溜须拍马的"大奸臣"一样，而卢江这家伙完完全全就是个"主子爷"。

"差不多可以了！记得下午好好做手术，做得漂亮了，咱们之间的账也就可以彻底地结清喽。"卢江一本正经地说道。

马海把心一横，"好，那咱们就来算一算，你知道我昨天晚上是怎么熬过来的吗？你知道我……"

此时的马海就像是个受了气的小媳妇一样，不过卢江可没工夫搭理这家伙，他来到病房，看到曲吉玉正半倚在病床上，而曲伟则正在细心地照料着自己的老爹，看到卢江进来了，父子俩异口同声地说道："小卢大夫。"

"没事，曲爷爷，手术我已经给您联系好了，您别太紧张，放轻松就好，您的主刀医生是我的同学，他的实力和水平我是清楚的。"卢江笑着给曲吉玉宽心。

看着卢江脸颊上的瘀青，曲伟更是觉得有些过意不去了，他满是歉意地说道："小卢大夫，实在是对不起，你的脸怎么样？您要是不解气的话，可以立刻打我一顿，你放心，我绝对打不还手，骂不还口！"

"算了，没什么，发泄出来就好了。"卢江在这个时候忍不住想到了可怜的马海，这家伙绝对是自作自受，到最后承受了自己一万点的"暴击伤害"，现在已经是"奄奄一息"了。

曲吉玉的手术顺利做完了，不得不承认，马海这家伙的手术做得成功，老人又住院观察了三天，可以出院了。

曲爷爷最终并没有接受神经恢复手术，他的考虑和卢江的考虑无二，一是他的年纪大了，不想再多受一份罪，二来嘛，还是因为钱的问题。

医院门口，马海叮嘱着曲伟和卢江术后护理的注意事项，曲伟一条一条都记到了心里面。

"马医生，感谢你，我们就先走了，咱们青山不改，绿水长流，后会有期！"卢江很客气地说道。

马海这家伙就像是"送瘟神"一样对卢江说道："你这家伙总算是要回去了，我在医院终于要归于平静了。"

五十四

"千言万语抵不过一句谢谢！马海，谢谢你！"卢江脸上的笑容微微地敛了起来，很是正式地对马海说道。马海看到卢江的表情，微微一愣，然后郑重其事地握住了卢江的手，真诚地说道："咱们青山不改，绿水长流，他日江湖再见，自当把酒言欢。"

两人抱了抱，拍了拍彼此的后背。

卢江开着车离开了，马海脸上的笑容也平添了几分伤感。卢江是马海最佩服的人，不仅仅是因为他找了一个"校花"级别的女朋友，还有这个家伙从骨子里面散发出来的那种自信和担当，在学校的时候，卢江虽不是成绩最好的那个，但绝对称得上是最刻苦的那个。毕业之后，他并没有为了一份优越的工作而留在省城，而是选择了坚守自己的本心，回到自己的家乡。有人说过，人之所以伟大，是因为他是一座桥梁，而非目的，在马海的心里面，卢江其实就是这样的人。

卢江先把老人安全送到了家安顿下来，然后就准备独自一个人回到镇上去。

刚走出村口，一道黑影直接追上了卢江，对着卢江"扑通"一声就跪了下去，来人抬起头，卢江看到不是别人，正是曲伟。

"小卢大夫，谢谢您，如果不是您，我爸只怕是早就已经不在人世了。我曲伟什么本事都没有，就连欠您的钱我现在也还不了，不过请小卢大夫放心，我一定会还的。您对我们家的大恩大德，我无以为报，只好先给您磕一个头，您一定要收下，要不然的话，我的心里面会不安的。"

说完，曲伟就要磕头。

卢江直接拦住了，他笑着说道："曲大哥，您的年纪可是比我长十几岁呢，我可是承受不起。"

"小卢大夫，我爸妈说了，您可是菩萨转世，是活菩萨心肠，怎么就受不了我磕的这几个头呢？您是不是瞧不上我们啊？我现在能报答您的也只有这一点点了。"说着，曲伟的眼里面，已经有眼泪在打转了。

卢江叹了一口气，既然话已经说到了这个份儿上，曲伟的这几个头是必须要磕的，但是卢江不能让他给自己磕，想了想，卢江直接从药箱里面拿出一个东西，将药箱放在地上，将那个东西摆在药箱上面，然后对曲伟说道："既然你非要磕，那就对着它磕吧！"

"行！"

曲伟也没有犹豫，直接三个头磕了下去，而在他面前的药箱上面，摆着的正是那一个铜鎏金有人参纹饰的虎撑，这个虎撑，也是卢江的父亲卢海平留下来的唯一遗物，是卢江视若珍宝的宝贝。

肖丰饶此时正在自己的办公室里面工作，卢江蹑手蹑脚地走了进来，肖丰饶仿佛已经知晓了一般，头也不抬地说道："你先坐会儿，等我把这个文件看完。回来了也不知道先到我这里来报备一下。"

"你可是冤枉我了，天地良心啊，我这可是一回来就到你这里来了，镇卫生站我都没来得及去呢。"卢江立刻表明心迹。

"果然是'近朱者赤、近墨者黑'，跟马海那家伙待了一段时间，自己也变得油嘴滑舌起来。你这几天辛苦了，但是你这几天也是懈怠了，你走了这么长时间，镇卫生站可是一直关着门，这么下去可不是办法啊！"肖丰饶柳叶细眉紧紧地锁到了一起，对男朋友说道。

"没办法，现在咱们镇上可就只有我一个医生，人手不够啊，就算是把我劈成两半也忙不过来啊。"卢江叹了一口气，无奈地说道。

"这个谁也没办法，现在咱们的条件就是这个样子的。哦，对了，你上次'讹诈'荣院长的那些设备和病床也都已经到了，你上次打的申请想要再增加四间房，镇上已经通过了你的申请，准备把镇卫生站邻近的四间房子分给你，打通之后应该能够满足镇上的人看病住院了。"

卢江满意地点了点头，"谢谢肖大镇长了！"

"人的问题我替你解决不了，你可以到市里医学院、省里的医科大去招些人回来，不过我总觉得希望不大，毕竟咱们这里太落后了，就算是来了也留不住人。"

肖丰饶揉了揉眉心，脸上的疲惫之色尽显，镇上通往外面的路是修好了，各个村之间的"村村通"工程也在紧锣密鼓地推进着，不光是通路、通电和通水这老"三通"，还要实现硬化路通户、宽带网络通户、网购快递通户这新的"三通"。

肖丰饶尽心尽力地规划着石城镇的未来。卢江看到女朋友如此费神，有些心疼地说道："咱工作归工作，但是也不能过于拼命了，还得保重身体才能为革命事业添砖加瓦呢，你说是不是？"

"我知道。只不过现在老谭那边的药材种苗过两天也就送过来了，我还得紧盯着点儿，而且新老'三通'的工作也必须得抓紧，事关民生幸福的事情，不能有一丝松懈啊！"肖丰饶无奈地叹了一口气，缓缓地说道。

卢江看着女朋友，本应是无忧无虑在省城大医院上班，现在却跑到这穷乡僻壤来陪他一起受罪，卢江的心里突然间就像是被一只巨大的手死死地攥住，然后狠狠地拧了一把。

"丰饶，过段时间，我就上门提亲去！"卢江斩钉截铁地说道。

肖丰饶被卢江这个家伙突如其来的一句话彻底弄蒙了，卢江郑重其事地点了点头，"你为我付出了这么多，我怎么着也得替你考虑考虑，你放心，就算是你爸妈不同意，我也一定会用尽一切办法的。这辈子，我非你不娶！"

"突然间怎么说这么肉麻的话呀？"肖丰饶听了，狠狠地白了卢江一眼，虽然脸上满是羞赧之色，但是心里面如同灌了蜜一般乐开了花儿。

卢江正色道："这是我的誓言。"

五十五

　　"那你可要做好充分的心理准备，我家里人可是不好说服的，尤其是你我现在这样的工作环境和收入水平，想要说服我爸妈可是非常有难度、非常有挑战性的。你真的要去尝试一下吗？到时候可别被打击得灰头土脸的哦！"肖丰饶调侃道。

　　"放心吧，我不会的！现在我的目标只有一个，那就是娶你！"

　　肖丰饶并没说什么，只不过她的脸上漾起了灿烂的笑容，自己辛辛苦苦甚至是不顾一切地跑到石城镇这个小地方，最主要的原因就是爱的人在这里，说句掏心窝子的实话，肖丰饶之所以来这里，那是因为卢江在这里，就冲着这一点，卢江觉得自己应该给肖丰饶一个承诺。

　　至少，在肖丰饶这里，卢江应该给她吃一颗"定心丸"。

　　"那今年过年，你跟我回去，我跟家里人正式宣布！"肖丰饶平静地说道。

卢江看了一眼肖丰饶，"就这么简单？"

"还需要怎么复杂吗？这是我的事情，而且是我自己做出的决定，还需要征得他们的同意吗？只要我愿意、我喜欢，就可以了！"肖丰饶淡淡地说道，卢江听完之后忍不住对女朋友竖起了大拇指。

"佩服！"

"好了，你赶紧回卫生站吧，那边还有一堆的事情等着你呢，我一会儿还得到下面村子里转一转。"肖丰饶朝耳边将了将散落的头发，俏丽的脸上和开心的笑容中藏不住的都是疲惫之色。

卢江点点头，然后提醒道："好，别太拼了，身体才是革命的本钱！"

"好了，明白了，你赶紧走吧！"肖丰饶站了起来，来到卢江的面前，在卢江的嘴唇上蜻蜓点水般轻轻一啄。对于卢江来说这一点点的亲昵怎么能够，二话不说直接搂住了女朋友的腰，被占了便宜的他这一次要把"场子"找回来。

哐当！

两个人正在亲昵呢，没想到突然从门口传来了一声惊慌失措的响动。两人吓得赶紧分开，肖丰饶脸上已经满是胭脂红，卢江看到来人，也一下子尴尬起来。林建国戴着黑框眼镜，手里面的搪瓷缸子已经因为惊讶万分直接掉在了地上，而林建国的身后，还有谭富民和韩乐乐。

"呀，都来了啊！"卢江硬着头皮说道。

肖丰饶也被吓了一大跳，等她看清楚眼前的状况，脸上的红晕更加浓了。

"卢江，知道你这几天忙，不过也别这么猴急嘛，毕竟这里是镇政府，丰饶又是副镇长，要注意场合，还要注意影响。"林建国的脸上挂着笑容，虽然说的是提醒的话，但是脸上露出的笑容让在场的所有人都知道林书记是在调侃。

卢江笑呵呵地说道："知道了，林书记！那我就先走了，你们先忙啊！"

卢江转身想要逃，没想到却被林书记给叫住了，"别急着走，既然你已经回来了，正好，谭董的药材种苗马上就要送到了，你们来看看，这药苗要如何播种，你们先学会了，咱们才能向各村宣传推广嘛！"

看到林建国后面的人，赫然就是镇上学校的老师，而且也是镇上宣传队的成员，卢江就知道，只怕到不了晚上，刚才自己和肖丰饶两人之间的那点儿小尴尬就会被大家给知道了，农村嘛，没有不透风的墙！

谭富民请来的专家讲得大家云里雾里的，肖丰饶也没有往村里去了，而是和大家一起接受培训，毕竟她好歹也是专业人士。

接下来的几天，卢江他们一直在接受培训，却效果甚微。

卢江从镇政府接管了另外的四间房屋，镇卫生站的基础设施提升了许多，现在不仅能够看个头痛脑热的，还把三房间给简单装修了一下，设置成了病房，病人家属可以在镇卫生站里面做饭，照顾病人的日常饮食和起居。

卢江白天在镇卫生站工作，晚上也一起参加培训。让卢江有些担心的是，肖丰饶的身体状况越来越糟糕，卢江知道这是因为长时间的休息不好再加上营养不良造成的，卢江劝肖丰饶别那么拼命地工作，可是肖丰饶并没有把卢江的话放在心上。

这天，卢江正在镇卫生站工作，整理着药材种苗种植的笔记，这是卢江在上学时养成的一个好习惯。

镇上的一个干事突然间急急忙忙地跑了进来，对卢江说道："卢大夫，不好了，肖副镇长晕倒了！"

听了这话，卢江直接站了起来，脸上露出了紧张的神色，"怎么回事？"

"好像是发烧了，而且烧得还不低，卢大夫你快过去看一看吧！"

卢江还没等那个干事说完，整个人就冲了出去，飞快地跑到镇政府。只见肖丰饶脸色苍白，浑身发颤，汗珠不停地从额头和鼻尖渗出来，卢江赶紧上前给她做检查。

卢江的脸色变得越来越难看。肖丰饶的病他可以说是已经有了一个大概的判断，这是累的，过度疲劳，不注意休息，引发的内分泌失调，免疫力下降，再加上最近她受凉感冒，所以才会成了现在这个样子。

"小卢，丰饶怎么样？"林建国有些慌乱地问道。

卢江苦笑着摇了摇头，"我早就提醒过别这么拼，她就是不听，现在好了，把自己给累倒了吧？林书记，我替丰饶向您请个假，我想带她回省城治病，如果在这里，只怕她刚好一点点就硬要工作，到时候我们都拦不住她。"

林建国听说只是受凉感冒，身体并无大碍之后，才松了一口气。当下派了辆车，让卢江陪着肖丰饶回省城的医科大附属医院治病。

五十六

肖丰饶幽幽地醒转，眼前是整洁的病房，和煦的阳光透过窗户洒进来，还有非常熟悉的医院的消毒水味道在病房中弥漫着，肖丰饶扭头看了看，卢江趴在自己的身边睡着了。

肖丰饶的嘴角泛起了一丝丝的甜意，安静的病房，肖丰饶轻轻地摸了摸卢江的头发，抬头望着天花板，回忆着和男朋友在大学时的点点滴滴，只不过现在的两人各自忙着各自的事情，能够待在一起的时间实在是太少了，短到了每天几乎只能说上两三句话，然后就回各自的房间去了。

今天，肖丰饶总算有时间和卢江待在一起了，可惜这种安谧是短暂的。

很快地，或许是感觉到了异样，趴在肖丰饶床边的卢江醒了过来。卢江睁开惺忪的眼睛，看到肖丰饶已经醒了，他揉了揉眼睛，然后使劲地搓了搓脸，对女朋友说道："你醒了？"

肖丰饶点点头，"刚醒，你把我送回省城来了？镇上还有那么多的事情要做，回来实在是太浪费时间了。"

　　"早就提醒过你，别太拼了，可是你根本就没听，现在好了，病倒了吧？你又不是铁人，像你那么拼命怎么能够吃得消啊？"卢江有些埋怨，肖丰饶确实是很拼，一忙起来就忘了其他事情了。"回省城，你还能够休息一段时间，把身体养好了再回去也来得及。放心吧，镇上还有林书记呢。"

　　肖丰饶有些不耐烦地点了点头，"明白了，婆婆妈妈的，都快赶上我妈了！"

　　肖丰饶没等卢江回答，直接对他说道："好了，我这边你就不用操心了，你还是回去吧，老谭的那一批药苗还需要有人帮着给大家普及种植技术呢，这可是咱们石城镇新的产业，一定要把它给做好了。"

　　卢江给女朋友倒了一杯开水，递到她面前，"这个嘛，你就放心好了，趁着这段时间在家好好地休息休息，其他事情什么都不需要去想。"

　　"嗯！"

　　肖丰饶乖巧地点了点头。

　　卢江走之前，特意地去拜访了一下师父黄鹤。卢江这一次找上师父，其实只有一个目的，那就是向师父来求援了。

　　"师父，我需要跟你借个人！"卢江问候了师父之后，便开门见山地说道。

　　黄鹤笑了笑，"你小子，是'无事不登三宝殿'啊，老师这难道是龙潭虎穴不成？说吧，这一次又是为了什么来的啊？"

卢江脸上压根儿就没有不好意思的神色，对老师这看似挖苦实则诉苦的套路，卢江早就已经见怪不怪了。

"师父，遇到了一点儿麻烦事儿，我需要找一个精通中药材方面的专家，今年我们村计划让大家种中草药，现在这个药材种苗眼瞅着马上就到，可是我们大家都对这中草药不太熟啊，师父您老人家门路多，一定有办法能够解决的！"卢江一副不苟言笑又十分诚恳的神情，要是第一次和卢江打交道的话，肯定会被这个家伙的这种眼神给骗过去。

"中药材方面的专家？"黄鹤听到卢江的话，眼睛瞬间一亮，眼神中掩藏不住地冒起了精光，对卢江说道："我的同学中倒是有一个学中草药的，在中医方面成就斐然，他和你女朋友一样也姓肖。"

卢江的眼里泛起了光芒。

黄鹤有点儿绷不住笑，笑得更灿烂了，"我的这位同学叫肖枫，他可是个老中医了，而且还是咱们省中医学院的院长，很出名的一位老前辈了。"

"啥，辽国的南院大王？大宋的丐帮帮主？这萧峰的名字听上去呢，确实是够拉风的。应该是一位大侠一般的人物吧？"卢江忍不住脱口而出。

黄鹤哈哈大笑起来，"你这孩子，肖院长和我可是医学院那会儿的同学呢，按理来说你应该管人家叫一声师叔，要是让肖院长知道你这么编派他的话，肖院长可是会不开心的啊。对了，你以后可是有很多事情要仰仗这位肖院长呢！"

"是，师父放心，我一定会好好地结识一下这位肖师叔！这次肖师叔这么大的咖位到了我那里，我一定会好好地招待一番，尽一尽地主之谊的。"卢江"顺杆儿爬"，拍着胸脯保证道。

黄鹤脸上的笑容更加浓了，好像还夹杂着一丝丝的不怀好意，不过卢江并没有往心里去，"记着，在人家面前可是要留下一个好印象啊，这对你将来的发展可是很重要的，千万不能马虎！"

"没问题，师父。"

黄鹤拿出夹在书中的一张纸条，上面写着一个电话号码，"这就是肖院长的电话号码，你在这里等我，我先问问他有没有时间。"

卢江点点头，心里有些疑惑，他记得好像之前师父打电话是从来不避讳自己的啊，怎么现在打个电话还要偷偷地躲去一旁呢？不过这些细节卢江并没有放在心上，而是耐心地等着。

黄鹤拿起电话走到书房，没过一会儿，就打完了电话走了出来，对卢江点了点头，"我已经和肖院长联系好了，一会儿你走的时候直接到中医院把肖院长接上就可以出发了。"

"再一次谢谢师父。"卢江乐呵呵地说道。

黄鹤笑了笑，"你的工作要做好，同时也别忘了我给你布置的作业。"

"没忘，我怎么能够忘了呢？"卢江郑重地说道，玩笑归玩笑，但是在业务和工作上面，卢江的态度还是很端正的，这也正是被师父黄鹤喜欢的原因之一。

五十七

卢江走了。

黄鹤的脸上喜滋滋的，望着楼下已经远去的卢江的背影，自顾喃喃道："小子，这路我可是给你铺到家门口了，接下来要怎么走，可就看你自己的了！"

至于这话是什么意思，黄鹤仿佛是要故意在这里卖一个关子，然后兴奋地哼起了京剧，"我站在城楼观山景，耳听得城外乱纷纷，旌旗招展空翻影，却原来是司马发来的兵……"

按照师父的指点，卢江来到了省中医学院，拿出师父留给自己的电话号码直接拨了过去，过了足有二十秒，电话才被人给接起来，卢江还没来得及自报家门，那边听上去中气十足的男中音说道："你是卢江吧？你在学校门口稍微等我两分钟，我马上就出去。"

卢江连忙报出了自己的车牌号，把车直接停在路边等了起来。

两分钟，确实只有两分钟的时间，卢江便看到学校的大门口出现了一个中年男人的身影，男人穿得很普通却很整洁，就连衣服的每一道褶皱也是整整齐齐的，再搭配上那一头有些花白的头发，整个人看起来器宇轩昂。他穿着一件黑色的夹克，面容瘦削而不苟言笑，又是一副"老学究"的做派。此人在学校的大门口扫视一圈之后，径直朝着卢江的车走过来。

看来，这位应该就是师父的同学了，只不过眼前这位师叔，看上去比自己的师父要年轻不少啊！

男人坐进车里，平静地说道："你好，我就是黄鹤的师弟，我叫肖枫！"

卢江忙不迭地伸出手，略微有些紧张地说道："您好，肖院长，我是黄师父的徒弟，我叫卢江，我现在在乡下一个叫石城镇的地方，在那里的镇卫生站工作。"

肖枫淡淡地说道："你说的这些情况我都知道。"

卢江此时心里七上八下的，他并没有得罪这位叫肖枫的中医院院长，可不知为什么他总感觉这位肖院长对自己好像有一种莫名的敌意。

这一路上，异常地沉默，卢江开着车，他觉得车里面的空气都好像是被抽空了一般，他被这种强烈的窒息感压抑得连气都喘不过来了。或许肖枫也同样感受到了这种尴尬，对卢江说道："你是省医科大学的毕业生，原本应该能够留在省医科大附属医院，在黄师兄的手下当一个医生，应该比你回到镇里当一个辛苦又赚不到钱的穷医生强吧，你为什么还要回去？"

卢江笑了笑，淡淡地说道："没什么，那里本来就是我的家乡。"

"那会儿选择权应该在你手里面，如果你在那个时候表现得足够理智的话，你可以选择不回去。"

"那不行，我当初学医的目的可不是为了给自己搏一个好前程，而是为了家乡的父老看病能够更容易一些，更方便一些。既然都已经给自己设定好了目标和道路，只要坚持走下去就好了，用现在流行的话来说，咱这就叫作'不忘初心、牢记使命'。"

肖枫又陷入了沉默。

卢江继续一个人无聊地开着车。

又过了一会儿，肖枫才继续说道："农村医疗还是很落后的，而且条件也很艰苦，想要在农村扎根下去，待下去，并不是一件容易的事情，或许现在年轻的你能够凭着一腔热血工作，但是十年后、二十年后呢，你的热情会被消退，你的干劲会被磨平，到时候，你就只不过是一个平庸的乡村医生了。"

卢江摇摇头，直接反驳道："肖院长，我觉得您是不是有些太悲观了？"

肖枫的脸上第一次露出了吃惊的神色，他有些不可思议地看着卢江，用一种听上去有些愤怒的语气对卢江说道："我这不是悲观，而是事实，你是一个博士毕业生，回到一个小镇上做一个卫生站的大夫，你难道从来就没有考虑过你这是自暴自弃，是大材小用了吗？你现在正在浪费你的学问。"

卢江听到肖枫的话之后，只是平静地说道："农村工作本来就是难点，而农村医疗卫生事业更是需要年轻人去做，乡、镇、村这一级的乡村医生越来越少了，为什么，还不是因为没有人接着把这份工作继续下去，乡村医生的条件是艰苦，但是不做，那就意味着我们要放弃他们了，而作为医生，我不能放弃任何一个病人，更何况，他们还是我的家乡父老！"

卢江把自己心中的所有郁结全都吐了出来，感觉到无比舒畅。

正所谓"话不投机半句多"，卢江感觉自己和这位肖院长没有什么话好说的了，虽然他早就已经做好了准备，这位肖院长的脾气并不好，但是他没想到的是，除了脾气差之外，这位肖院长对他从事的工作全盘否定，这对卢江来说是绝对无法接受的。

而接下来，车里就不是沉默，而是沉寂了。

卢江当天下午就回到了石城镇，将车子还给谭富民之后，卢江正准备离开，想到自己不能把肖院长一个人留在这里，好歹他也是答应了师父要好好地招待这位"贵客"的。虽然两人感觉彼此好像存在着极大的分歧，但是面子上还是要过得去的。

"肖……"谭富民看到肖枫从车上跳下来，吓了一大跳，正要叫出声来，肖枫狠狠地朝他瞪了两眼，谭富民接下来的话才咽回到了肚子里。

"肖院长，这位是支持我们镇支农工作的谭董，省城十大药材公司之一的当家人，这位就是我们的林书记，石城镇的镇党委书记。"

卢江一一地介绍着，肖院长脸上挂着真诚的笑容，此时的卢江突然间才发觉，原来这位肖院长也是会笑的。

五十八

　　介绍过之后，林建国热情地拉住肖院长寒暄，而此时的老谭则偷偷地把卢江拉到了一个很是僻静的地方，"老卢，你知道你今天带回来的人是谁吗？"

　　"知道啊。"卢江诧异地看着他，"是我师父的同学，省中医院的院长啊！"

　　"你知道个鬼啊，他呀，他是……"谭富民刚要说，就感觉两道冰冷而且充满杀气的眼神直射向自己的后背，谭富民打了一个寒战，赶紧闭上了自己的嘴。

　　"他是谁呀？"卢江有些好奇地问道。

　　"哦，他是我老爸的一个朋友，是一个非常严厉的人。卢江，你在回来的路上没有得罪他吧？"谭富民偷偷地看了肖院长两眼，然后忧心忡忡地对卢江说道。

　　提到这里，卢江就来气，他有些愤愤不平地对谭富民倒着苦水，"这位肖院长，说话一直都是不咸不淡的，而且好像故意针对我似的，他瞧不上我们这些当乡村医生的。"

谭富民嘴角一阵抽搐，"喂喂喂，老兄，我可是好心好意提醒你，得罪谁也千万别得罪这位肖院长啊！"

"为啥？"

卢江毫不客气地反问道。

就在这个时候，肖枫板着一张脸走到卢江和谭富民面前。老谭这个家伙一看到这位肖院长，就像是老鼠见了猫一样，赶紧躲得远远的，卢江很是纳闷，他现在严重怀疑老谭是不是有什么把柄握在这肖院长手里面。

"带我去你们镇卫生站转一转！"肖院长的语气很不客气，那意思好像并不是在请求而是在命令。卢江的心里有些郁闷，这肖院长到底是啥背景来头啊，把谭富民给吓得像是受了惊吓的小耗子一样。

卢江皱了皱眉头，神色有些不悦地说道："肖院长，您在中草药方面可是专家，既然您来了，您看是不是应该给大家讲一下如何种植中草药，有什么要注意的地方。"

卢江在提醒肖院长，可是肖院长直接摇摇头，"不用准备，先去镇卫生站瞅瞅！"

"老谭，要不你带肖院长先去休息休息，赶了一天的路了，车马劳顿的实在是太辛苦了。"卢江感觉自己和这位肖院长没有什么好谈的，两人要是再待在一起的话，说不定又会争执起来，那就难看了，毕竟这位肖院长可是自己的师叔，有这一层关系，卢江就不能对这位肖院长置之不理。

现在，卢江则早就将自己在师父那里允诺的全都忘到后脑勺去了。

"没事，我不累。"

肖枫用执着的眼神看着卢江，把卢江看得心里直发毛，而老谭那个家伙早就已经躲得没影了。

卢江将肖院长带到镇卫生站，眼前的一幕就连卢江自己都有些吃惊了，现在的镇卫生站可以说是大变样啊，和自己之前印象中的那个卫生站是完全不一样了，旧貌换新颜嘛，不但打扫得非常整洁，而且外墙还进行了粉刷，看上去倒是真的像模像样。

肖院长走进房间里，无论是病房还是灶房，无论是检查区还是输液区，无论是办公室还是治疗室，都是整齐划一的，空气中散发着淡淡的消毒水的味道，从里到外更是打扫得干干净净，一尘不染。看到这一切，一直都臭着一张脸的肖院长终于露出了笑颜。

"嗯，不错，正如你所说，你的工作还是有成效的。"肖枫忍不住称赞道。

卢江愣住了，这话从肖院长嘴里说出来，是多么令人不敢相信，卢江此时心里面的怒气也直接消了一大半，有些不好意思地说道："其实吧，这些都是我们镇上的人帮着一起弄的。"

正说着，韩乐乐带着一帮学生拿着清洁工具进来了。韩乐乐看到卢江，笑呵呵地说道："怎么样，我把这群劳动小能手给你带来了，这些孩子们听说要帮你收拾卫生站，一个比一个兴奋，都自告奋勇要来帮你打扫卫生。"

"这些，都是你们做的？"卢江心里有些诧异，但更多的是感动。

"那些设备是龙门村祁富云支书他们帮你放置好的，那些从县里面淘来的病床是清泉村张二民支书带着一帮子木匠帮你加固过的，至于这墙的粉刷，是白村的曲伟带着他本家的几个兄弟自发地弄的，还有地面平整是……"

韩乐乐如数家珍地说着，卢江只觉得自己的鼻子微微地有些发酸，眼泪更是止不住地在眼眶里面打转。

卢江回到家乡还不到一年的时间，但是在这些村民的眼里，他卢江已经得到了认可，而这，在镇子上来说，就是威望，卢家人才能够独享的威望。

"太谢谢乡亲们了！"

此时的卢江只能激动地表达感谢，乡民的朴实，让卢江感动不已。

肖枫在这里转了半天，终于忍不住点了点头，徐徐地说道："在这里，当着所有人的面，我要你给道个歉，对不起，卢江，我误会你是那种欺世盗名之徒了，你在这里是真的想要干事，而且还是想要干实事的人！"

听到肖院长的话，卢江摇摇头，"肖院长，其实我们做的只不过是我们应该做的，我们所起到的也只不过是一些微末之功，何德何能，能够让大家如此地抬爱？乡村医生不好做，那是因为乡村的条件实在是太差，而乡村医生又好做，那是因为我们拥有着一群勤劳、朴实又善良的村民！"

肖枫满意地点了点头。

突然间，镇卫生站的门口，几个人慌慌张张地走过来，其中一个女人还大着肚子，看样子羊水已经破了，正顺着裤腿儿流出来。

"小卢大夫，救命！"

五十九

一个男人慌慌张张地来到卢江面前，蒲扇大小而又粗糙的手一把抓住了卢江的胳膊，疼得卢江是连连倒吸凉气，男人边哭边说："小卢大夫，我媳妇马上就要生了，你一定要帮帮她，现在再往县里和市里赶已经来不及了。求求您，您就给我媳妇接生吧！"

接生？

卢江傻眼了，他学的是普外，学的是医学基础原理，学的是手术规范操作，唯独没有学如何接生，这是妇产科的知识，确切地来说，这是一门很隐蔽而且也很性别化的学科，卢江没学过，现在他能做的就是给孕妇来一刀，但是不是剖腹产，也不是顺产，只是来上一刀，仅此而已。

"这、这个接生，我没干过。"卢江忍不住嘟囔，此时的他十分希望肖丰饶在自己身边，她是修过妇产科的，到时候就算是有些生疏，但是大的方向是对的。

"这、这这这，那这可怎么办啊，小卢大夫，你也看到了，我媳妇这样根本就走不了远路，根本就坚持不到县里的医院，更别说市里、省里的医院了。"男人泪流满面，早已经慌乱不堪了。

就在这个时候，一旁的肖院长用平稳的声音沉着地说道："别急，我来吧。"

卢江有些诧异地盯着肖枫，脸上写满了不可思议，而此时的肖院长一边戴上听诊器，一边对卢江说道："嗯，准备一些葡萄糖，嗯，你这里有没有胎心监测仪？"

卢江点点头，"有！"

"有的话就赶紧准备，傻愣着干什么，所有闲杂人等统统给我出去，你们还愣着干什么？把孕妇抬进去，卢江，你来辅助我，产钳和剪刀，都需要准备好。"

卢江这次没有任何犹豫，而是立刻行动起来。卢江虽然不会替人接生，但是他好歹也听别人说起过如何助产。很快地，产妇就被抬上了手术台。

半个小时之后，一声响亮的啼哭声传出。在外面等候的孩子父亲紧张地往里看。没一会儿，卢江将一包好的婴儿抱了出来，笑着说道："生了，男孩，七斤八两，母子健康！"

"我有儿子了，哈哈哈，我有儿子了！"男人激动而兴奋地叫道。没过十分钟，产妇也出来了。卢江帮女人打好了点滴，然后又检查了女人和新生儿的状态，一切正常，卢江总算是长长地松了一口气！

"肖院长，谢谢您，今天要不是您在这里，我真不知道该怎么应对了！"卢江满怀感激和歉意地对肖枫说道。

肖枫丝毫不在意，依旧是那么一副镇定的样子，"我之前说过，你还不能算是一个合格的乡村医生，现在我还是这句话，你应该虚心地接受，卢江，乡村医生不好干，不仅仅学过的要会，没学过的也要尽快学会。"

　　肖枫一边认真清理着手上的污渍，一边对卢江说道："内外儿妇产，眼耳鼻喉口，皮肤、呼吸、消化、心内、血液、内分泌、泌尿内、泌尿外、神内、神外、感染、普外、骨、肝胆外等等门类繁多，这可是人命关天的大事，不能患者到了这儿你说你不会，那是要耽误人命的！"

　　肖院长说得很严厉，但是这一次，卢江虚心地接受。

　　"好了，乡村医生不好做，一方百姓能够拿你当活菩萨似的供着，你就必须要做到有求必应。"肖枫的目光望着远方的群山，思绪则好像回到了自己年轻时，那时他就像卢江这般年纪。

　　卢江心悦诚服地点了点头，对于肖院长的话他是洗耳恭听，肖院长说得没错，在乡村当医生，就必须要把自己培养成为一个多面手，看来自己还需要不断地提高，不断地进步，才能当好这个乡村医生。

　　"我那会儿下乡支医的时候，遇到的病症更复杂，所有人在你身上寄托着希望，你就不能辜负所有人对你的期望。卢江，你要清楚，在大医院当个小大夫很容易，毕竟做个专科的大夫，你可以说你不会。但是在乡下，医生没有办法详细地分科，你说你还不会，那你就不要来当乡村医生。"肖枫深吸了一口气，好像是回忆起什么让他终生难忘的经历一般，眼角微微有些湿润了。

　　卢江怔怔地看着他，说道："肖院长也曾下过乡？"

肖枫点点头，淡淡地说道："是的，我在乡村医院里面待了有近十年的时间，也就是这十年的时间，硬生生地把我逼成了一个多面手。"

一下子，卢江便找到了两人的共同点，这也直接把两人的距离给拉近了，"肖院长，没想到您原来是我的前辈啊！"

"前辈不敢当，只是和你在这方面有个共同经历罢了。卢江，既然你担起了这份责任，那就好好地干下去，不能放弃，也不能哭泣，这个工作注定是一件很艰苦的工作，你能否做到这一点？"肖枫拍了拍卢江的肩膀。

卢江点了点头，眼神坚定地说道："能！"

接下来的几天，卢江并没有躲着这个性格怪异的肖院长，而是一直跟在肖院长的身边虚心地学习和请教，肖院长也没有保留，更没有任何的吝啬，将自己的经验全都倾囊相授，这让卢江在这短短的几天里面受益匪浅。

肖枫望着卢江的祖宅，忍不住感叹道："卢江，这深宅大院你知道意味着什么吗？"

"责任？"

肖枫摇摇头，"不全是，还有一份压力和寄托，石城镇全镇的人都把希望放了这院子里，也就是把所有的期望都放在了你们卢家身上。住在这里，就要担负起这份压力和责任。等你将来老了，你得问问你自己，有没有资格住在这所院子里面！"

"卢江，有贵客临门啊！"

一个苍老的声音从门里面传了出来，是卢江的爷爷卢汉清。

六十

肖枫看到卢汉清，快走了两步，来到卢汉清的面前，一改平时的冷淡，热情地说道："卢老先生，您好，我是肖枫，一个后辈。"

"肖院长太谦虚了，卢江这小子的尾巴现在有点儿微微地翘起来了，正需要一个人来给他浇几盆凉水呢，肖院长替我敲打敲打我这个孙子，我感激不尽呢！"卢汉清缓缓地说道，仿佛石城镇发生的一切都没能逃得过他的眼睛。

肖枫笑着说道："卢老先生，这是应该的，我也是受人之托。"

卢江这个时候拎着暖水壶走了进来，刚才两人的对话他并未听到。

"以后还要麻烦肖院长多多地指点卢江。这小子年轻气盛，虽有所小成，可还需要继续鞭策。"卢汉清盯着肖枫看了一会儿，好像是猜到了什么，对待肖枫更是平添了几分热情，脸上露出了几许会意的笑容。

肖枫点点头，"不敢，卢江做得其实挺好的，远比我在乡下当乡村医生时好太多了，只不过有些苦了这孩子了，本来胸中有丘壑，却困在这偏远之地，确实是有些可惜了啊！"

卢汉清摇摇头，"当名医，我们不敢奢望，只希望自己百年之后，能够获得后人一个'良医'的称号，就已经无愧此生了。卢家世世代代都待在石城镇，做了一辈子的游方郎中、赤脚医生、乡村医生，世道在变，但是我们卢家人的本心、本性未曾改变。"

肖枫感叹道："卢老先生之境界，让人钦佩。"

卢汉清笑着从自己身边的桌子上拿过一本书，是一本旧书，纸页泛黄，卢江看到这本书的时候，忍不住眉头微微一皱，这本书就连他都没有见过。

肖枫看到这本书的时候，却忍不住全身微微一颤，眼中更是露出一抹惊喜之色，神色激动地说道："卢老先生，这、这是？"

卢汉清笑着点点头，"您这次千里迢迢而来，不就是为了它吗？这可是凝聚了我们这些游医数百年的智慧和经验，肖院长，今天让卢江做个见证，我把它转赠给您。"

肖枫整个人傻掉了，他有些不可思议地看着卢汉清，自己这次来石城镇的目的有三，一是传授药材的种植经验；二是见一见卢江；三呢就是为了此时卢汉清手中的这本书而来。第一个目的是明面上的，几乎所有人都知道；第二个目的仅有两三个人知道，连卢江也被蒙在鼓里；至于第三个目的呢，只有他自己知道，他并没有跟任何人说过此事。可是让肖枫没有想到的是，卢汉清已经把他的这三个目的看得一清二楚。

肖枫这才明白，卢汉清果然是老于世故，怪不得上次某人算是铩羽而归，在这位老爷子面前，就连他都占不到半分的便宜，就更不用说其他人了。

肖枫径直站了起来，微微叹了一口气，朝卢老爷子鞠了一躬，双手接过了那本书，封面上赫然用娟秀的毛笔字写着《游医良方》四个字。

卢江此时心里也觉得有些不可思议，这本书他从未见过。

卢汉清仿佛看出了孙子的心思，笑呵呵地说道："这东西我原本是准备留给你的，只不过现在你还不够资格呢，我寻思着等我死之前再交给你，不过现在我已经找到了一个更好的值得托付的人。"

卢汉清的话肖枫听到了，他没想到事情突然间会变成现在这个样子，肖枫有点儿受宠若惊地说道："卢老先生，这不合适吧，这是你们家传的东西，放在我这里不太妥当。"

"我说妥当就妥当，到时候就麻烦你转交给卢江了。这里面的东西你们可以辩证，去其糟粕，留其精髓，等你们没用了，就把这本书还给卢江，给卢江留个念想儿。"卢汉清淡淡地说道。

肖枫听闻之后，心中苦涩，看来自己是被这位老爷子看得一清二楚啊，自己那点儿小心思根本就没有瞒过这位老爷子。

接下来的几天，肖枫办了几场培训，细致地讲解了药材种植要注意的事项。或许是因为卢汉清的缘由，肖枫讲得很全面，可以这么说，就算是目不识丁的老汉也懂得怎么种出好的药材了。

肖枫这几天就住在卢家，每晚和卢汉清秉烛夜谈，坐而论道，仿佛两人都不知道疲倦。卢江也偶尔参与，直到这个时候，他才发现自己要做一个合格的乡村医生还有更多的路要走。

而这段时间，肖枫也觉得受益匪浅。卢汉清对他是倾囊相授，没有任何保留，最后一晚上，卢汉清的脸色微微有些苍白，笑着对肖枫和卢江说道："好了，我所学所知的都已经说清楚了，这是经验，要好好地传下去，别丢了！"

这是一种嘱托，更像是一种解脱。只是卢江不知道罢了。

回省城的路上，肖枫和卢江聊得很愉快，自然而然地，卢江便把话题转移到了自己和肖丰饶的恋爱上面，只是卢江没有注意到的是，说到两人的感情，肖枫的脸色有些尴尬。

将肖枫送回中医院，卢江便拉着一堆的礼品来到了离中医院不算太远的肖丰饶的家门口。这是卢江第一次登门拜访，一是为了探望肖丰饶的病情，二来呢，则是为了证明自己的决心。

只不过，卢江刚刚敲开肖丰饶家门，就看到了肖丰饶的老妈那一副冷冷的面孔。

"田阿姨，您好！"卢江咽了一口唾沫，壮着胆子说道。

"对不起，我们不欢迎你，拿上你的东西，赶紧走！"说着，田静把卢江带来的礼品朝门外扔了出去，弄得一地狼藉。

卢江不好发作，他知道田阿姨对自己一直都不满意，卢江正准备道歉，突然间一个声音从背后传了过来："把东西拎上，跟我走！"

六十一

卢江扭回头，不可思议地看着发出这个熟悉的声音的人，出乎意料竟是刚刚分别没多长时间的中医学院的肖院长。卢江一直觉得事情好像哪里有些不太对劲儿，看到肖院长出现之后，卢江一下子便全都明白了。

没错，肖院长正是肖丰饶的老爸。

"肖院长！"此时的卢江有些尴尬地看着肖院长，地上满是卢江买的礼物，一些是给肖丰饶的父母准备的，而另外一些则是给女朋友买的慰问品，此时散了一地，看上去着实有些狼狈不堪。

"东西让你田阿姨给扔出来了？"

肖院长平静地说道，好像对于礼物被扔出来这事并没有感觉到多意外，就像是往常一样，心平气和地说道："是不是要准备打'退堂鼓'啊？通过这么多天我对你的了解，你一定不会放弃的，卢江，这就是乡村医生的不被理解，你现在应该体会到了吧？有些时候，打败我们的不是我们自己的信念，而是对这个社会的屈服。"

卢江听了肖院长的话，脸上没有一丝的懊恼，反而露出了属于他的那种自信满满的笑容，"肖院长，您应该听说过一句话吧，幸福都是争取来的。我和丰饶的感情基础很深很牢固，想要用这种办法来拆散我们，那是根本不可能的。"

肖丰饶为了卢江付出很多，卢江感激不尽，需要自己站出来的时候，卢江自然是义不容辞。爱情，只有双方共同付出才能有所收获。

"嗯，勇气可嘉。我或许不会反对你和我女儿的恋爱，但是作为一个父亲，我还是希望我的女儿能够幸福，这种幸福，不一定用金钱的多少来衡量，但是她的爱人一定要对她呵护和疼爱。所以，我现在同意你和我女儿谈恋爱，不过，这件事还需要肖丰饶的妈妈同意才行，因为我一直都相信，没有被父母祝福的婚姻是不幸的，而且也是不会长久的。"

肖院长很平静，却在无形之中给了卢江不小的压力。

卢江点点头，收拾好散落一地的礼物，随着肖院长上了楼。

肖院长敲开了自家的门，看到妻子田静那一脸的阴云密布，肖院长就知道了妻子对卢江非常不满意。肖院长其实也能够理解，农村是他们两口子都想要逃离的地方，毕竟他们努力了近二十年的时间才奋斗到现在的生活，田静不喜欢在农村待着，是因为她待的时间实在是太长了。

"老肖，帮我劝劝那个犟丫头，死活非要回到那穷地方去，她平时最听你的话了，你……"话说到一半，田静就看到了跟在肖院长身后的卢江，脸色立刻又冷了下来，转而厉声对肖院长说道："老肖，这是什么意思？"

肖院长若无其事地将外衣脱下，然后一副波澜不惊的样子对妻子说道："没什么，就是觉得我们应该给他们一个机会，而不是像你那样子不管三七二十一把卢江这孩子的一份心意拒之门外！"

"老肖，我坚决反对他们在一起！"田静气哼哼地说道。

肖院长不急不躁，徐徐说道："我知道，但那仅仅是你一个人的态度，那不是女儿的态度。我还是想要听一听女儿的意见。"

"我的女儿当然得听我的！"

两个人当着卢江的面就吵了起来，卢江觉得自己在这里很是多余而且也很是尴尬，他并没有想到事情居然会变得如此棘手，田静对自己的态度恶劣其实也好理解，毕竟做母亲的，哪一个不希望自己的孩子能够幸福呢？

肖院长摘下了眼镜，仔细地擦了擦，坐在客厅的沙发上，对妻子说道："你的女儿现在已经二十多岁了，她有自己的想法和主见，她有权做出自己的判断和选择，而我们只有建议权，没有决定权！"

肖院长一直都很冷静，即使是面对着妻子的愤怒，他表现得也很镇定。这就是医生的品质，永远都不会急躁，冷静是所有医生必备的优秀品质。

"爸，妈。你们别吵了。"

肖丰饶从自己的房间里走出来，看到了卢江，对他点了点头，然后认真地说道："妈，这是我自己的事情，还希望你让我来处理好吗？"

"处理？你能处理好吗？"田静皱着眉头说道。

肖丰饶来到卢江的身边，二话不说直接拉住了卢江的手，"从小到大我一直都听你们的，但是今天，我必须得说一句话，卢江是我的男朋友，而且将来还会是我的丈夫，我们已经在一起相处了七八年了，就连时间都没有把我们分开，任何外力也没有可能让我们分开。"

肖丰饶宣示着。

肖院长听完了女儿的话，沉思片刻，打量了卢江两眼，又把目光落到了女儿的身上，"丰饶，你已经做出了决定？"

"对，没错，我早就做出了决定，就在去年他刚刚回石城镇的时候，我就已经做出了决定，就算是跟他回农村我也愿意，这辈子我就认定他了，嫁鸡随鸡，嫁狗随狗！"

肖丰饶毅然决然地说道。

"好，既然你已经做出了决定，我在这里只问你一句，如果将来卢江回不到省城的大医院里面呢？如果将来你们的生活条件变得异常地拮据呢？如果将来你们有了孩子，你到时候不会后悔吗？"

肖丰饶并没有急着回答，很显然是经过了一番深思熟虑，半晌之后才做出了回答：“我不会的。"

肖院长又把目光转向了卢江，"卢江，你的为人我也有所了解了，而你的家世背景我也很清楚，再加上你我有同为乡村医生的经历，我刚才问我女儿的话你都听到了吧？"

"听到了！"

"听清楚了吧？"

"听清楚了！"

卢江沉声说道，肖丰饶对自己的感情是无比真挚而坚定的，这让卢江非常感动，卢江深情地望向了自己的女朋友。

六十二

"那好，我只要你的一个承诺。"肖院长直接伸出一根手指，对卢江说道："我的女儿心甘情愿和你在一起，为了能够和你在一起，甚至可以说她放弃了很多，而你呢，你愿意为她付出一切吗？你先别着急回答，想好了再说，记住，男人说出的话就是一辈子的承诺。誓言，不能轻易而立，一旦立下了誓言，那就必须要做到'言必信，行必果'，你能做到吗？"

面对着肖院长凌厉的目光，卢江并没有任何的动摇，只是缓缓地说道："我愿意用我一辈子去呵护肖丰饶。"

话虽然少，但是分量极重。

肖丰饶也被卢江的话给感动到了，默默拉住了卢江的手。

"我相信你！我相信你们卢家人是绝对不会违背自己立下的誓言的。"说到这里，肖院长又把头扭向了田静，淡淡地说道："我的话已经问完了，你呢？"

此时的田静已经完全冷静了下来，但是她依旧认为自己的女儿不应该到农村去受苦受罪，"你们要是能够回到省城来工作，放弃那个镇里的什么卫生站和镇政府的工作，我是完全同意你们之间的恋爱关系的。这就是我的底线，如果你们做不到这一点，我是不会同意你们两人在一起的。"

"到镇政府工作是我做出的决定。"肖丰饶急急地说道。

田静摇摇头，依旧很固执地说道："女儿，你别以为妈妈是在逼你，其实我这么做也都是为了你好，妈妈陪着你爸爸在农村生活了十来年，那时候吃的是什么样的苦，遭的是什么样的罪，你妈妈我都咬牙过来了，所以我不希望你再遭一次这样的罪，再走一次妈妈的老路。我希望你能够理解。"

"卢江，我对你其实非常满意，你是我女儿的同学，更是她的恋人，我想你也希望自己喜欢的人能够过得更好吧？"

"是的，田阿姨。"卢江沉声说道。

看到卢江正准备说话，田静直接打断了他，"你先听我把话说完，别人都能够舒适体面地生活，就算是再不济嫁一个本地人，也会生活得很好悠闲，如果和你一起回到农村，你能保证她生活得开心吗？"

"妈，你怎么就知道我在农村待着不会开心呢？"肖丰饶插嘴道。

田静看了女儿一眼，"你会烧菜做饭吗？你有力气到田里干农活吗？你能分得清楚什么是韭菜什么是蒜苗吗？看你的反应我就已经知道了，这一切你都不懂，你也做不了，当个副镇长、做个卫生站的乡村医生或许名头听上去挺好听，但是人活着是要生活在柴米油盐之中的，不是单靠理想和信念就能够活下去的！"

田静的话让两个年轻人都陷入了沉默。

就在这个时候，肖院长轻咳了一声，补充道："好好听一听你田阿姨的意见，卢江，你能不能回省城来工作？我怎么听老黄说，你和丰饶并没有辞职，而是停薪留职，虽然你们现在属于'三支一扶'国家政策的序列中，但是工作关系仍然在省医科大附属医院里。"

话刚说到这里，肖丰饶马上认真地说道："没错，妈，我和卢江并没有辞职，还在医科大附属医院挂职呢！"

卢江和肖丰饶看出来了，肖院长是肯定会站在他们俩这个阵营的。

田静的目光和气势顿时就感觉柔和了好多，肖院长的这记"神助攻"，直接让田静的反对声弱了几分。

"真的，你们不会骗我吧？"田静有些狐疑地追问。

而这个时候，肖丰饶在老爸的授意之下坚定地说道："老妈，你要是不相信的话，可以到医院的人力资源部去查档案的。"

田静终于缓缓点了点头，继续说道："好，既然你们是支援农村建设，那我就放心多了，不过你们的任期一到，就必须得给我回来。"

肖丰饶和卢江在这个时候同时选择了沉默，而肖院长则是很合时宜地补上了一句，"将来的事情谁能够说得准呢？"

"那你们三个是准备一起来忽悠我？"田静冷笑着说道，她也看出来了，现在自己才是被孤立的那个人，这三个人只怕是早就已经结成了统一战线，而她田静才是要"攻克的山头"。田静并不觉得自己的想法是错的，她是为了女儿的幸福，怎么可能有错？

肖院长不说话，肖丰饶也没了言语。

只有卢江诚恳地说道："田阿姨，我不想骗您，石城镇是我的家乡，生我养我的地方，而且我家祖祖辈辈都是游方郎中、赤脚医生、乡村医生。当然，这也是我的职责所在。省城大医院的医疗水平发达，医疗设备很先进，但是在农村，乡村医生就是乡民眼中'救苦救难的菩萨'。我很热爱我的职业，我也很尊重我家祖祖辈辈的使命，所以，我只能是实话跟您说，我已经决定不回省城了。"

肖院长也急了，眼睛瞪得大大的，眉头也竖起来了。

肖丰饶更是急得直拽卢江的衣袖，那意思仿佛是在让卢江别说了。

但是卢江不会骗人，更不想通过这种方式来获得自己的幸福，这让卢江感觉到自己的幸福来得不纯洁。

田静看了看卢江，又看了看女儿，看到女儿那一脸担忧的样子，田静的心里面感觉到好像要失去什么东西一样，更是忍不住空落落的，真的是儿大不由娘啊！同时，田静对卢江的印象也改变了不少，田静从卢江的脸上仿佛看到了自己丈夫的那种品格，想想当初的自己，不正是被肖枫的那种坦率和担当深深地吸引吗？

原本随便一句谎言就能够应付过去的，但是卢江并没有选择说谎，而是实话实说，田静知道，她没有理由再反对自己的女儿和这个农村来的小子在一起了，否定了卢江，同时也就意味着田静否定了自己当初的那份坚持。

六十三

　　很安静，只能够听到墙上的钟嘀嗒嘀嗒的声音，过了很久，田静才缓缓地叹了一口气，有些疲惫又无奈地说道："你们年轻人的事情，我不管了。女儿，别怪妈妈，妈妈只是不想让你这辈子有太多的遗憾而已，既然你已经选择了自己想要走的路，那就随你的便吧！"

　　说完，田静回到了自己的房间，而肖院长看到妻子回房间了，徐徐地站了起来，走到卢江的面前对他说道："卢江，恭喜你，你过关了！"

　　"谢谢肖院长！"卢江傻傻地应道，他原本以为自己说出真心话来，一定会被田阿姨给赶出去的，他原本以为自己和肖丰饶之间再没有可能了，但是谁能够想到居然峰回路转了。

　　肖院长拍了拍卢江的肩膀，然后由衷地感叹道："以后好好地对我的女儿，不要忘记你的承诺。"

　　这事成了？

肖枫回到房间，看到田静坐在床边，目光呆滞无神，脸颊上甚至还挂着两道泪痕。肖枫看着妻子，有些怜惜地替妻子抚去了脸颊上的泪珠，依旧用那种很平静的语气对妻子说道："怎么了？是不是女儿没听你的话，不开心啊？"

　　田静摇摇头，接过丈夫递给自己的纸巾，"不是，只是觉得人生是何其的相似，其实我只不过是不想要自己的女儿走我们之前的老路——老肖，我这么做，一切都是为了我们的女儿能够过得幸福，希望你能够明白。"

　　"我明白，毕竟咱们也是从那种苦日子里面过来的，自然不希望下一代再吃那种苦。不过田老师，你为什么不坚持反对呢？我觉得你应该再坚持一下呢，不要让卢江那个臭小子觉得太过轻松就攻下'阵地'了。"

　　田静对着丈夫难得地翻了一个白眼，"你知道吗？他的眼神和你当初的一模一样，当初来我们家提亲的时候，你憨直得像头老黄牛，家里人原本是看不上你的，毕竟你是城里娃，而我是村里的，咱们之间差着呢。那时候只要回城就抛妻弃子的事情多了去了，我家里人也很担心的。但是我爸问你的一个问题，你的回答让他很满意，所以就同意了我们两人在一起。"

　　肖枫好奇地问道："哦，问的是什么？"

　　"我爸问你，你能留在村里继续当赤脚医生吗？你说你不能。明明你可以编一个谎话的，但是你没有，也正是因为如此，我爸才同意了。"田静回忆起过去，脸上莫名地泛起了一丝丝喜悦和甘甜。

　　"就像是刚才你问卢江一样？"

看着妻子微微点了点头，肖枫不由得感叹道："果然，傻人还是有傻福的！"

"你是在说你，还是在说卢江？"

"呵呵，差不多吧！"

"不，那是一种品质，一种真实，其实我真正被你打动的就是你的那句实实在在的话，几十年前从你的身上我看到了，而今天我从卢江的身上看到了你的影子，如果我反对，不仅仅是反对他，还是反对我们。老肖，你明白吗？"

肖枫沉声道："我明白，田老师！"

卢江过关了，肖丰饶当然是最开心的那个，自顾自地收拾着回石城的东西，卢江却是坐在一旁无所事事，看着肖丰饶一个人忙碌着。

"你可以啊，我老妈那么难搞定的人都被你搞定了，你果然是有两把刷子啊！"肖丰饶一脸崇拜的样子，眼睛里早已经溢出了欢快的波纹。父母不再反对，他们两人之间的事情也就成了十之八九了。

卢江微微吸了一口气，有些无奈地说道："现在感觉脊背一阵发凉，来你们家，不亚于三堂会审啊！实在是太煎熬了。"

肖丰饶乐呵呵地说道："也没人逼着你来啊！"

"那倒也是，我这也算是自己主动送上门来的。没想到你爸居然是肖院长，我刚知道这个消息的时候可是吓了一大跳呢！难怪肖院长这几天一直对我横眉立目的，原来是因为我抢了他的宝贝女儿了。"

"现在后悔没有好好地巴结一下老丈人了吧？"肖丰饶美滋滋的，自己的事情这也算是尘埃落定了，自然是很开心的。

卢江借来的车就在楼下停着呢，肖丰饶只是简单地收拾了一下就准备回石城镇了。田静和肖枫两口子对卢江和肖丰饶的恋爱关系终于点了头，可是看着女儿兴高采烈地和男朋友离开，两人的心里面还是有些依依不舍的。

"爸，妈，我们走了！"

"肖院长，田阿姨，你放心，我一定会照顾好丰饶的！"

目送着两人离开，肖枫和田静的心里面还是有些异样的情绪在发酵着。

卢江和肖丰饶两人开着车离开了，他们并没有立刻起程回石城镇，反倒是来到了医科大学，卢江的师父黄鹤正在等着他们。

看到卢江和肖丰饶一起出现，黄鹤的脸上一直都挂着慈祥的笑容，只不过今天这笑容里面还有一丝异样的笑意，"小卢，你和小肖的事情，看来是没问题了，怎么样，我给你找的专家你还满意吗？"

卢江刚才在肖丰饶家里面受到的惊吓还未曾平复，这个时候听到师父调侃自己，卢江忍不住抱怨起来："师父，这事儿怎么不提前和我透露一下，差点儿您这'关门弟子'以后只能打光棍喽！"

黄鹤笑呵呵地说道："那倒不会！"

卢江眼神之中满是幽怨之色，黄鹤依旧若无其事、信心满满地对卢江和肖丰饶这小两口说道："你看看现在，皆大欢喜，这多好！"

"好了，黄教授，你别理他，他就这个样儿！"肖丰饶赶紧说道。

"说吧，这次专程过来找我，是有什么事儿吗？"黄鹤看出了徒弟来这里找自己绝对不是为了抱怨这么两句。

六十四

卢江收起了嬉色，一本正经地说道："师父，现在我们卫生站的规模扩大了，只有我一个人实在是有些忙不过来，所以我想能不能从您这里找几位实习生过去呢？"

"唉，该来的终究还是会来。"黄鹤有些无奈地对卢江说道，"前段时间你伸手就把东西都拉走了，现在你又跑过来跟我这里要人，我说小卢，这次你又打算用什么样的方法，先说出来我听听！"

卢江不好意思地挠了挠头，缓缓地说道："这个嘛，确实是没什么好处，我也想不出来其他好办法。前几天我们镇卫生站来了个产妇，我自己又不会给人接生孩子，要不是当时肖院长在，只怕就要抓瞎了，所以我想来咱们这里看看，有没有实习生愿意到我们镇卫生站实习的。"

"你说我爸还有给人接生的本事，骗人的吧？"肖丰饶就像是在听"天方夜谭"一样，回应肖丰饶的只有卢江略有些无奈的笑容。

黄鹤点点头，"嗯，肖院长可是当了近二十年的乡村医生呢，别说是给人接生了，就算是给猪啊、牛啊、羊啊等等牲口都接过生。"

不光是医人可以，医兽也没问题啊！这肖院长看来的的确确是个多面手啊！卢江忍不住在心里面感叹道。

"嗯，你这么说确实是个难题，我这里呢，倒是可以给你派一两个实习生过去，但是也很难一下子上手，而且好多的疑难杂症还必须得你亲自上手。不过既然这样，看看肖院长那里能不能同时也派一个，实在不行了，就去你荣师兄那里打打秋风！"

卢江点了点头，乐呵呵地说道："师父，这个吧，我现在和肖院长之间还不太熟，而且我这刚刚把人家姑娘给拐走了，人家现在指不定在家里哭昏过去了呢。至于荣树贤荣师兄那里，上次估计是'打劫'得太狠了，荣师兄直到现在还愤愤不平呢！"

听到徒弟的话，黄鹤直接不客气地说道："你还是要让我替你出面呗？"

"师父真厉害！"

卢江赶紧顺杆儿爬上，这"马屁"拍得是既明显又突兀。

"好了好了，少来这一套，这么看来你小子弄得四处怨声载道。好吧，这个忙呢，师父帮你了。"

"谢谢师父！"卢江生怕师父在这个时候突然间反悔，所以立刻敲定。

"你这个家伙啊！"黄鹤笑了起来，然后好像突然间记起了什么，对卢江说："差点儿忘了，省直医院有一个'援助计划'，针对的就是像你刚才所提及的这项援医的事宜，这方面我替你多留意一些，如果能够形成常态化的机制那是最好的！"

卢江真诚地说道："师父，再一次地感谢您！"

"别再谢了，再谢就让你这个家伙给算计进去了，你要是真想感谢的话，就来点儿实际的，天天整这些虚的。"

扑哧一声，肖丰饶忍不住掩着嘴笑了。

听了老师的话，卢江故作神秘地说道："师父，我听说最近肖院长得了一本古医书啊，《游医良方》，我知道您平时最喜欢收藏这些古医书了，不知道这个消息在您这里算不算是实实际际的？"

"真的？"黄鹤的眼睛都发光发亮了。

卢江信誓旦旦地点了点头，"没想到这本书居然是我爷爷珍藏多年的，你说我爷爷怎么就给了肖院长了呢，要是早知道我爷爷手头上有这本书，我一定会提前要出来孝敬给您的。"

"嘿，我和我那师弟能比吗？那小子生了一个如花似玉的好姑娘，还非你不嫁，怪不得你爷爷要把那本古书给了师弟呢。小卢，你的这个信息很重要。"黄鹤眼瞳放光，看他那样子，应该是兴奋得不得了。

在回石城镇的路上，肖丰饶的嘴微微噘了起来，有些埋怨地看着卢江，"我说，你就直接把我老爸给卖了啊，亏他老人家那么诚心诚意地帮你。"

卢江笑着说道："这两个老家伙合起伙来欺瞒我，这事儿不能就这么算了。"

两人到了石城镇，刚一进镇里，卢江就感觉到有些不对劲，家家挂白幡，户户贴白纸。卢江的眉头微微地皱了起来，这种情形在他的记忆之中见到过，那是老爸老妈去世的时候，甚至说，卢江对这种场景有一种深深的恐惧。

刚下车，东西还没来得及放下，韩乐乐突然间跑了过来，忍不住哽咽着对卢江说道："卢江，卢爷爷不行了，你快回家看看吧！"

轰！

卢江的大脑好像是被什么给击中了一般，整个人瞬间就呆在了原地，卢江感觉到天都要塌下来了。旁边的肖丰饶急急地询问着韩乐乐："走的时候卢爷爷不是好好的吗？怎么会不行了呢？"

韩乐乐叹了一口气，"卢爷爷不让我和你们说，怕你们分心。"

卢江和肖丰饶赶紧朝着卢家那深宅大院跑去。卢江的心里已经乱成了一团麻。自己从小是和爷爷一起长大的，和爷爷是最亲的，现在和自己最亲的人也要离自己而去了，这个打击是卢江绝对无法承受的。

回到老宅，卢江看到整个院子看上去是那般的萧索，就连那砖墙今天都显得格外地黯淡。卢江进屋子，只看到卢汉清躺在自己最喜欢的那张躺椅上，而卢汉清的身边，林建国也是极尽哀痛。

"爷爷！"

六十五

卢江并没有哭，在这一刻他反倒看上去很平静，虽然卢江的心里面很痛，如同针扎箭刺一般地痛，但是卢江并没有落一滴眼泪，卢江走上前去，握住爷爷的手，卢汉清费力地朝着卢江扭过了头，看清楚来人是自己的孙子，卢汉清那张老脸露出了开心的笑容。

"小兔崽子，你回来了啊？"卢汉清的声音听上去很是虚弱，有气无力。

卢江点点头，沉声应道："我回来了，爷爷。"

"肖家闺女也被你带回来了？"

"卢爷爷，我也在呢！"肖丰饶眼泪汪汪地来到卢汉清的面前。

卢汉清看到了肖丰饶的眼泪，费力地伸出手，替肖丰饶把眼泪擦干净，对她说道："孩子，不哭，这没什么好哭的。其实吧，人都要走这一遭的，没能够在临死之前看到你和卢江拜堂成亲，有点儿遗憾，不过今天你能回来，就说明你家里人应该是同意你和卢江的事儿了，这让老头子我总算是放心了。"

卢汉清犹豫了一小会儿，满是期盼地说道："你是个好孩子，有情有义，我很喜欢，你能不能给爷爷点锅烟呢？"

肖丰饶点了点头，卢江帮着取来卢汉清的烟袋锅子，肖丰饶颤着手帮卢汉清点上，卢汉清深深地吸了一口，微微地闭上了眼睛，又徐徐地吐了出来。过了片刻卢汉清对卢江说道："卢江，我不行了，我走之后你帮我办三件事。"

"爷爷，您说！"

"第一件事，把这院子和这药铺继承下去。第二件事，尽快成婚，以后也不能做对不起肖家闺女的事情。至于第三件事，你帮我把放在西厢房的那七八个麻袋的纸当着镇上所有人的面在我的坟前烧掉了吧！"

卢江点点头，"爷爷放心，我一定把这三件事办好！"

"一辈子了兢兢业业，医人无数，不敢贪半点儿功劳，医德仁心，不敢有半丝自傲。我卢汉清这一辈子，总算是无愧祖宗，也无愧于卢家的这院子。我去了！"

轻轻地说完这句话，卢汉清脸上挂着淡淡的笑容，溘然长逝。

卢江的眼泪顺着脸颊直落下来，他呆呆地站在那里，一言不发，肖丰饶也偷偷地抹着眼泪。

"卢老爷子，走好！"林建国高声喊道，声音撕心裂肺。

卢家有白事，镇上的人全都来悼念了，不光是镇上的人，就连县里面的人也被惊动了，县委书记任南波亲自带着县委县政府的人登门悼念，这一方"父母官"亲自为卢汉清送别，已经算得上是卢家最大的荣光了。

"任书记，这位就是卢江，卢家唯一的继承人。卢江是肖副镇长的未婚夫，两人都是毕业于省医科大。卢江去年回到了咱们石城镇，继承卢家的衣钵，成了一名乡村医生。"林建国的介绍极其简单。

任南波握住了卢江的手，语重心长地说道："造福一方百姓，守护一方安宁，卢家的家风没变，卢家的威望不减啊！"

卢江轻轻地回道："长者所托，家族使命，不敢忘。"

"小卢，卢老爷子千古，不要太过于伤心，毕竟这也不是老爷子愿意看到的，镇卫生站我们参观过了，正是因为你的默默付出，才让咱们石城镇的百姓能够生活得很健康，卢江，在这里我要真心诚意地向你道一声，你辛苦了！"

任书记握住卢江的手，久久地不愿松开，卢江的眼泪再也忍不住，夺眶而出了，卢江郑重地点了点头，"请任书记放心，我一定会尽职尽责的。"

"这个我相信，你的面前有这么一座丰碑，你一定会沿着卢家人的足迹继续前行的，卢江，我会继续支持你的。"

卢江听到县委书记任南波的话，再次郑重承诺："请任书记放心！"

任书记又来到肖丰饶身边，按理来说肖丰饶只不过是卢江的女朋友，还不是过了门的媳妇，但是肖丰饶这样子，已经很明显地说明了她嫁入卢家是板上钉钉的事情了，而肖丰饶也以卢汉清的孙媳妇自居了。

任书记对肖丰饶安慰了几句，走到了一旁。

下午，卢汉清出殡了，任南波书记来到了棺前，对抬棺的一位大哥说道："小哥，我来吧！"

任南波书记的这一举动，把其他人给吓了一大跳，林建国慌忙来到任南波的面前，低声说道："任书记，这样不合适吧？"

"有什么不合适的，卢老爷子为这一方百姓服务了一辈子了，现在逝世了，我为什么不能为他老人家服务一下呢，我们是'父母官'，就让我们送卢老爷子最后一程！"任南波的举动让所有人都不由得感动又赞叹。

"那好，既然任书记要来抬棺，那咱们石城镇的人也绝对不能落后，各村的村支书，大家平日里常受卢老爷子恩惠，此刻，我们也一起送卢老爷子一程吧！"林建国他被任书记感动了，高呼一声，原本那些抬棺的小伙子的位置全被石城镇各村的村支书给抢了过去。

"走，我们送卢老爷子！"

随着任南波一声大喊，卢汉清的棺椁被抬了起来，卢汉清一世行医换来了如此的殊荣，能够让一方"父母官"为其抬棺扶灵，这绝对是前无古人、后无来者了。

坟前下葬，入土为安。

自愿来替卢老爷子送行的人很多，毕竟在石城镇，哪一个没有让卢老爷子瞧过病，治过病？

趁众人未散，卢江让人搬来了七个硕大的麻袋，麻袋里面塞得紧紧实实。卢江在卢老爷子的坟前，对在场所有人说道："各位乡亲父老，我爷爷临走之前让我替他完成三个遗愿，其中一个就是在大家面前把这几个麻袋烧掉！"

卢江手一指那七个大麻袋，所有人的目光全都落在那几个麻袋上。卢江来到其中一个麻袋旁边，从里面掏出了一张纸条，看到上面的内容，卢江的眼泪再一次不争气地流了下来，手微微地颤抖着。卢江抬起头，抹干了眼泪，然后脸上露出了一个很艰难的笑容，对着所有人说道："这些是大家写给我爷爷的欠条，是之前欠的诊费、药钱，爷爷让我当着大家的面儿，把它给烧了！那些旧账一笔勾销了，就让我爷爷一并带走吧。"

六十六

一把火，烧掉了卢汉清随手扔在厢房里面的七麻袋的欠条。

卢家的这一把火，感动了在场的所有人。或许在卢汉清那里，这些纸条只不过是一堆废纸，而卢汉清之所以没有扔掉，或许只是不想让其他人觉得心中有愧，当人家愿意还钱取回借条的时候，他又能够找到这些凭据。

卢汉清行医一生，坚持无私奉献，不求回报，他的高风亮节感动着每一颗沉痛的心，卢江的心里面更是感慨万千。

"卢江，别太伤心了。"肖丰饶来到卢江的身边，轻声安慰他。

卢江点点头。

回到家的时候，卢江一副失魂落魄的样子，他独自一个人坐在爷爷的房间里面，关着灯，脑海里不停地回放着和爷爷在一起的日子。

卢江从小就是在爷爷的照料下长大的，爷爷就是卢江唯一的亲人。

"爷爷！爷爷！他们欺负我。"

年幼的卢江哭着来到爷爷的房间，卢汉清正在碾着药，看到四五岁的卢江，卢汉清略带一丝疲惫的脸上露出了慈祥的笑容，"哎呀，我们虎娃子又哭鼻子了啊？怎么，他们怎么欺负你了啊？"

"他们说我没爹没妈！我爸妈不要我了！"卢江哭得很伤心，这个年龄的卢江根本就不知道为什么别人都和爸爸妈妈生活在一起，而自己的身边只有爷爷。孩子们之间喜欢比这比那，卢江每次都是哭着回家。

卢汉清手中的药碾停了下来，眼里带着一丝的痛苦，心里更是难以承受的刺痛。卢汉清笑呵呵地对年幼的卢江说道："我的宝贝孙子，你不是没有爸爸妈妈，也不是爸爸妈妈不要你了，而是他们去了很远很远的地方，他们让爷爷好好地保护着你，看着你长大。"

"真的？"

"真的！"卢汉清笃定地说道。

卢江的脸上露出了开心的笑容，此时此刻，卢江觉得自己的身边就只有爷爷是最亲的人了。直到有一天，那些欺负过卢江的孩子郑重地向卢江道歉，以后每次和卢江玩的时候从来都不提卢江的父母。

卢江后来才知道，原来爷爷专门找到那些家长，希望那些家长回去好好地教育教育自家孩子。卢汉清在镇里德高望重，为了卢江能够少受到一些委屈，卢汉清愿意去求那些孩子的家长。

想到这里，卢江的眼泪扑簌簌掉了下来。

"爷爷，我长大了想要当一名医生，和您一样的乡村医生。"

卢汉清脸上的皱纹越来越多了，头发也已经全白了，看着卢江，卢汉清的嘴角又轻轻地漾开了一丝笑意。

"乡村医生啊，好啊，不过虎娃子啊，你要知道乡村医生可是很辛苦的啊，你能吃得了这份苦吗？"

稚嫩的少年确凿地点了点头，"我能行的，镇上的人对爷爷您可是很敬重的，我也想要和您一样，成为一个受人尊敬的医生。"

"哈哈，哈哈，好，我的孙儿有志气，爷爷就盼着你有一天能够成为一名真正的医生。到时候，你可不要忘了你的誓言，要回来继承我们卢家的事业啊！"卢汉清开心地笑了，爽朗的笑声在空空的房间里不停地回荡着。

已经哭成了泪人的卢江仿佛能够听到爷爷的笑声，而如今，卢江多想要听爷爷再开心地笑一次，可是这个愿望已成了奢望。

"爷爷，我当初到省城去求学，目的只有一个，那就是为了能够回来，成为像我父亲母亲一样的人。我放不下这里，更舍不得离开您。"

卢汉清的脸上只有苦笑。

面对卢江那坚定的眼神和刚毅的面容，卢汉清只是微微叹了一口气，只是在这一瞬间，他好像一下子苍老了十来岁一样，卢汉清无奈地说道："孩子，既然都已经出去了，那就别回来了，我们家世代为石城镇服务，你既然有出息了，我不要让这个地方限制了你，埋没了你啊，你应该有更广阔的天地，更广阔的空间。"

听了爷爷的话，卢江从口袋里面掏出了虎撑，平静地说道："爷爷，这是老爸的东西，今天有人把它寄给了我，那就是在提醒我不要忘本。我可以什么都不要，什么都舍弃，但是这虎撑，还有我的身份，还有您，我舍弃不了！"

卢汉清那苍老的脸上顿时多了两行老泪，他从自己的药箱里面也拿出了一枚虎撑，放在卢江的手上，缓缓地说道："这东西，我可以收着，而且我可以替你来做乡村医生，我只希望你能够过得好一些。"

"爷爷，我现在过得就挺好，我挺喜欢这样的生活的。"卢江坚定地说道。

又是一声叹息，卢汉清没说什么，只是接过了那两枚虎撑，把他们放在了一起，然后闭上了眼睛，无奈地说道："难道说，这真的就是一个轮回，兜兜转转，又回到了原来开始的地方？"

此时，卢江的手里面，两枚虎撑并排，一个是爷爷的遗物，黄铜云纹，上面刻着日月星辰；而另外一个则是父亲的遗物，铜鎏金人参纹，型号要小一些。卢江轻轻地摩挲着两枚虎撑，心痛久久不能自已。

吱——

一声响，门被推开，肖丰饶走了进来。

卢江抬起头，拿袖子擦了擦眼泪。肖丰饶打开了灯，端着一碗热气腾腾的面，来到卢江的身边，放在他的面前，有些心疼地说道："卢江，我知道你很难过，我也很难过，但是饭还得吃啊！"

肖丰饶握住了卢江冰冷的手，脸上满满的都是心疼。

卢江点点头，接过碗筷，混杂着泪水吃了起来。爷爷走了，今后这空荡荡的院子里，再也看不到老人家的身影。

……

六十七

第二天，卢江出现在镇卫生站的办公室，此时的他看上去有些憔悴，人们争着和卢江打招呼，卢江也只是轻轻地点点头，没有人知道，此时他的药箱里面已经多了两枚虎撑。

卢江要将卢家的传统和使命继承下去，而只有好好地做好自己的乡村医生，才是最好的传承。

伤心和难过总是能够被时间驱散的，春去秋来，寒来暑往，转眼三年过去了。

这三年里，卢江坚持每天都要在镇卫生站里面坐诊半天，再走诊半天，各村的路都已经通了，出行更加方便了。肖丰饶来这里也已经有三年多了。虽然两人早就已经可以结婚了，但是按照农村的俗规，卢江要为爷爷守孝三年。三年的时间马上就要到了，两人在肖院长和田阿姨的催促下，也约定着今年就把婚事给办了。

镇卫生站里早就不只有卢江一个人了，现在镇卫生站算上卢江一共有六个人了。远在省城的师父和肖院长帮卢江解决了人手不足的问题，每年都要派实习生来镇卫生站进行实习。

除了实习生之外，让卢江感到意外的是，马海和杨苗自告奋勇来到了石城镇，两人已经成婚了，而且娃娃也已经上幼儿园了，马海的父母在省城帮着带孩子，两人可以说没有任何的"包袱"。

石城的中药种植基地在肖丰饶的大力推动之下，渐渐粗具规模了，卢江这几年和肖丰饶一起忙着跟进各村的药材种植，有了肖院长这位大专家时不时地来石城镇进行指导，大家的药苗种植得好，可以说是可喜可贺。

"这一片是试验田，咱们的药材看起来长势喜人，老谭的人说了，咱们这里海拔较高，气候偏冷，年温差较小，年相对湿度较大，而且多为山区缓坡地，土壤是棕红壤，含有机质丰富。"祁富云支书说得头头是道。

肖丰饶点了点头，"还是要注意一些，这三七最怕是大小暑期的天气，很容易造成植株的死亡，气温不能太高。尤其是雨天一定要注意，土温剧变影响根部，致落叶枯死。天气干旱了也不利生长，下雨过多也会影响，天棚和地棚是不是都已经搭好了？必要的时候用大棚来控制一下温度和湿度，去年一个村子没太注意，所以死了一批，幸亏补救得及时，损失并不算大，咱们一定要注意！"

"肖副镇长，您就放心吧，大家伙可是非常上心呢，尤其是今年就能够收获了，所以大家就更加用心了，就像是伺候新生的小娃子一样精心地照料着呢！"祁富云支书乐呵呵地说道。

卢江此时正蹲在地头，细心地查看着，时不时叮嘱村民要注意的事项。三年时间过去了，卢江也变得成熟了许多，人看上去倒是精神了不少。

"要注意追肥，别在大小暑前追肥，哦，多施一些骨粉，第二次施肥最好是干牛栏粪再混合一些草木灰，记得施肥时别挖土，只要把肥料盖在上头就可以了，千万别触伤根部。"

"是的，卢大夫，祁支书一天天看得比我们要紧多了。卢大夫，这三七真的能卖个好价钱吗？咱们这可是辛辛苦苦三年了，要是卖不出去，大家可真的是血亏了啊！"一个村民有些担心地说道。

卢江笑了笑，胸有成竹地说："放心吧，亏了谁也不会亏了大家的。"

肖丰饶大概也听到了这边的谈话，走过来的时候笑着说道："这几年三七的市场行情还是不错的，今年应该也不会差到哪里去。谭董那边的专家都已经给咱们估过价了，普通的三七粉差不多一斤能卖到 100 多块钱，如果品质更好的话，20 头三七粉差不多能够卖到 400 块钱一斤呢。"

"呵呵，那个可真的是不敢奢望，一斤 100 多也挺不错。"

祁富云乐呵呵地说道："村里人没见过世面，让肖副镇长和卢大夫见笑了。"

"没事，大家可都盼着这一天呢。不过大家放心，有谭董在，销路完全没有问题。"肖丰饶信心十足地说道。

卢江并没有说话，他的眉间隐隐有一丝担忧，那位村民其实说得没错，通过这些年的接触，卢江知道谭富民是一个什么样的商人，对于支农建设，谭富民是不遗余力的，但是卢江觉得对形势的估计还是太乐观了。

在回镇里的路上，卢江还是忍不住对肖丰饶说道："丰饶，我说句你不爱听的话，老谭的实力是有的，我们是不是应该再找几个经销商啊，我怕到时候老谭万一吃不下这么多，兑现不了，吃亏的可是农民啊，这几年大家在种植三七上面可是下了血本的，真要是有点儿意外，咱们也承担不起这么大的损失啊！"

肖丰饶沉思了片刻，缓缓地说道："应该没问题。老谭那边确实是吃不下，但是我相信他一定能够有办法的，实在不行，咱们就另外再想辙！"

卢江摇摇头，沉声说道："其实吧，我倒是觉得我们可以提前筹划一下，真要是老谭那边有问题，我们也能够从容应对啊！"

"我明白你的意思，你说得对，实在不行，我去找找我爸，老肖同志现在还兼任着省里中药协会会长呢，说不定他有门路。"

"好吧。我也希望老谭那边一切顺利吧！"

两人回到了镇上，卢江直接去了镇卫生站，而肖丰饶则回到了镇政府。

现在两人住在卢家的老宅，虽然没有领证登记结婚，但是差的就是那一张"船票"而已，当然两人并没有"上船"。虽然镇上有时候也会有些风言风语传出来，但是大家对卢江和肖丰饶的情况相当理解。男未婚女未嫁，又有何不可呢？

六十八

肖丰饶刚回到自己的办公室，林建国推门进来，林建国此时头发已经花白了，对于他来说，这几年他需要操心的事情比较少，肖丰饶的能力很强，在对石城镇的各方面工作上都为林建国分担了不少。

林建国直接坐在肖丰饶办公室的沙发上，脸上一直都挂着平和的笑容，"小肖啊，我可要提前恭喜你啊，好事将近了！"

肖丰饶给林建国沏好了茶，递到林建国的面前，这才笑着说道："林书记，结婚也得是在下半年了，不过我还是要提前谢谢你啊，到时候，您这个长辈可得给我包一个大大的红包呢！"

"呵呵，我说的不是这个。"林建国悠然地抿了一口茶，美滋滋地回味无穷。

两人"搭班子"三年多了，渐渐地都已经摸清楚了对方的脾性，肖丰饶是个想干事的人，作为"扶贫"的副镇长，肖丰饶甚至可以说是被县委县政府委以重任的，肖丰饶也没有让上级和人民失望，这三年多来，把石城镇建设得非常好。

自从开展"新农村"建设以来，在肖丰饶这位年轻的"扶贫"干部的带领下，不仅让各村都通了路，而且农民的收入也增加了不少，甚至各村的居住环境也得到了极大的改善，整个石城镇完全就是旧貌换新颜。

路平整了，房子翻新了，此时的石城镇展现出了它崭新的面貌。

"不是这个？那我还有啥好事啊？林书记你就别卖关子了。"肖丰饶戏谑道，这一老一少平时也没少开玩笑。

林建国淡淡地说道："我可能要退二线了。"

肖丰饶微微一怔，这个消息来得实在是太突然了，肖丰饶一下子没反应过来。

"林书记你宝刀未老，怎么可能？林书记，这个玩笑开得有些过分了啊！"肖丰饶依旧不信。

"这个是真的，辞职信我已经递上去了，而且我同时也写了一份推荐信，以后镇里的工作，我希望你能够挑起这副重担来！"林建国目光中带着一丝期许，对肖丰饶说道，"你的努力我是看在眼里面的，这些年来取得的成绩县委县政府也是认可的。你还年轻，有拼劲儿，我希望在你的带领下，咱们石城镇的日子会越来越好！"

肖丰饶的眼睛瞪得大大的，林书记这一次可不像是在开玩笑的样子。

"这个，无论在哪个岗位上，我都会始终如一的。"肖丰饶一本正经地说道。

林建国点了点头，对肖丰饶的态度非常满意，"这一点我是不会怀疑的，肖副镇长年轻有为，我想一定能够让石城镇再创辉煌的。"

当晚，肖丰饶便将这个消息告诉了卢江。

"什么，你要当书记了？恭喜肖副镇长产房传喜讯——升了啊！"卢江脸上堆满了笑容，笑呵呵地恭喜道。

肖丰饶直接一通粉拳捶在了卢江的肩上，有些心烦意乱地说道："其实啊，升不升的对我来说没什么意义，而且我和林书记之间的配合也挺默契的，这个时候要是换人来，我怕我的工作不好开展啊！"

虽然肖丰饶没有明说，但是卢江已经明白了她的意思。肖丰饶的担心并不是多余的，她最怕的就是"劲儿不能往一处使"，现在石城镇的发展势头正好，如果书记和镇长之间配合不好的话，会影响石城镇的发展的。

内耗会让整个班子变得松懈。

"林书记没有提镇长的人选？"卢江沉思了一会儿，缓缓地说道。

肖丰饶摇了摇头，"没说，不过这件事还未尘埃落定呢，现在咱们石城的发展正一步一步地迈入正轨，县委县政府的人选也不知道是不是已经定下来了。"

"终归不是什么坏事。"卢江安慰道。

"但愿吧！"肖丰饶忧心忡忡，她在石城镇奋斗了近四年，可以说是兢兢业业，现在的肖丰饶可以说是半个石城镇的人了，石城镇对于肖丰饶来说是很有感情的。

"哦，对了，再过一个月咱们的第一批三七就要收了，这个时候你有没有老谭的消息？他这一回省城就是半个月，连个电话都没有打来，我总觉得这事情有些不对劲儿。"卢江还是很担心。

"明天我问问老谭！"

第二天。

肖丰饶直接给谭富民打去了电话，不过让她颇感意外的是，谭富民并没有接她的电话，肖丰饶俏脸上柳叶眉轻轻地皱了起来，她的心也突然间有些忐忑了，难不成真的让卢江给说中了？

此时，在省城，谭富民的公司中。

谭富民望着肖丰饶的电话并没有去接，今年中药材的市场，本来三七是挺好做的，而他也提前联系了好几个买家来收购石城镇的三七。谁知今天上午刚一上班，他就接到了电话，是几个合作伙伴打来的。

无一例外地，所有的买家仿佛都统一了口径，价格比以往低了近一半。

这个价格别说是那些辛辛苦苦种植三七的村民不会同意，就连他谭富民也不同意，这个价格实在是压得太低了，谭富民总觉得是哪里走漏了消息，又或者说是这些家伙合起伙来给自己施压。

"谭董，东盛公司和三叶公司也希望咱们的价格能够降一半。"负责销售部门的经理推门而入，向谭富民汇报了这个不太好的消息。

谭富民皱起了眉头，这个时候就算是傻子也看出来了，这些家伙准备联手来狙击自己。

商人，本就是一群唯利是图、为了利润而大胆冒险的人，现在这些人准备联合起来，目的只有一个，那就是要吞下更多的利润，省里的销路全部被这些人把持着，哪怕是自己不愿意，真正要"顶着牛"合作，又或者是自己一怒之下不再和他们合作，无论哪一条路，对谭富民的公司来说，都是吃不消的。

"看来消息肯定是走漏了，咱们的合作伙伴这是要准备对咱'割韭菜'了。"谭富民叹了一口气，无奈地说道。

六十九

"谭董,如果我们能够把价格压一压,我们的利润还是能够保证的。"销售经理试探性地问道。

谭富民摇了摇头,拿起了放在桌子上的一根烟,烟灰缸里面已经满是烟头,这段时间对谭富民来说,日子并不算太好过,谭富民平时一般不抽烟,此时却是已经愁破了头,只能靠烟来缓解一下自己紧绷的神经。

"这样的话以后不要再说了,这条路在我这里是行不通的,我不能和那些家伙一样,农民的收入一分都不能少。"

"那样的话,我们就不能接受他们的价格,要不,您再找他们去谈一谈?这两边要是这么僵持下去,对谁都不太好。"销售经理担心地说道。

谭富民苦涩地说道:"现如今也只能这样了,实在不行,咱们就先吃进来,到时候再看情况。"

"可是账上能动的资金也不多了。"

谭富民叹了一口气，无奈地说道："咱们可以吃点儿亏，想想其他的办法，如果实在不行，我来想办法。"

销售经理看了一眼谭富民，想要说什么却最终忍住了，不光是他这个销售经理，公司里的其他人也搞不清楚谭富民到底在做什么。既然经营公司，第一要义肯定是要赚钱的，既然收购商压自己的价，那自然要压供应方的价，这就是市场规律，可谭富民硬要反其道而行。

"帮我联系一下李总、赵总他们，我们再坐一起商量商量！"谭富民无奈地说道。

销售经理这个时候犯了嘀咕，这很明显就是对方联合起来恶意压价，现在这个时候再去找他们，一点儿意义都没有。但是这话销售经理并没有说，而是按照谭富民的要求去联络人了。

一桌子人，都是省城制药公司的老总，谭富民坐在末位上，但是其他人都在互相用眼神交流着，不用说，这些老总都知道谭富民的手里面有大量的药材，只不过在座的诸位都知道，今天的这顿饭，没有任何的意义。

"诸位前辈，今天我谭富民冒昧地把大家请到一起来，我也就打开天窗说亮话了，三七的市场价各位应该是知道的。各位老总把价格压得那么低，不会是都联络好了的吧？实话说，这些三七是我联系的一个药材基地产的，量不少，各位把价压得这么低，总得让小弟我也赚一些钱吧？"

"谭老弟，不是我们要压价，而是这价本来就是咱们一起商定的啊，你也知道，现在制药行业不景气啊，大家都在控制成本。都是做买卖的，不能让大家亏得太厉害了啊，你说你吃肉，大家也就是跟着喝点儿汤而已。"

"李总这话说的，我可以肯定地说，我给的价绝对是最低的，而且我可以保证我的药材品质。在这里我不妨打开天窗说亮话，大家到外省采购也差不多是这个价了，你们一上来就砍一半，有点儿太狠了！"

"谭老弟，这话就不对了，你是中间商，赚个差价而已嘛，你给出的价实在是太高了，大大地超出了我们的预算啊！"

"赵总，20头三七粉市价一斤600块钱，你们都是大批量采购，我已经让利100块钱了，现在你们一下子就让我让出300块钱的利，我不光没得赚还是倒赔钱啊！"

"听说你的那个药材基地在农村嘛，你也压压他们的价就可以了啊。300块钱我们收你的，你可以100块钱收他们的啊，这样你还是稳赚不赔的买卖嘛！"

李总和赵总对视了一眼，笑呵呵地说道。

谭富民脸色一下子变得有些难看了，在座的这些人一个个的都觉得吃定了谭富民，此时他的心中已经是有一股无名的怒火在不停地蹿着，谭富民压下自己心头的怒火，"在座的诸位是不是都是这个意思？"

所有人都点了点头。

"就是啊，谭老弟，识时务者为俊杰嘛！"

"我觉得李总说得没错，农民嘛，种什么不是种，一斤玉米也就一块四，现在种三七一斤给他们150块钱，这可是百倍的收入啊，他们也绝对不会嫌少的。"

"对，他们说不定还会对你感恩戴德，会把你当'活菩萨'一样供起来的。谭老弟，你何必要认这个死理呢？"

……

李总看了一眼所有人，眼中泛起了一丝得意之色，"谭老弟，你也看到了，刚才陈总说的没问题，百倍的利润，确实是能够让他们满意了。而且话又说回来了，你就是100块钱收他们的，他们也没有任何的怨言，毕竟，咱们要是不收，它那东西就烂在地头了，到时候别说100块钱，连一块钱都卖不出去了！"

此时，谭富民望着这群人的嘴脸，一阵地反胃，他心里气愤到了极点，这些家伙还真的是一群奸商啊，为了钱什么事儿都能够做得出来，但是愤怒过后，谭富民的心里面更是一阵的悲凉。

从来就没有人把农民的辛苦放在眼里面，看看他们这些人，只想着从农民的口袋里面抢钱，真的是一群"猪油蒙了心"的家伙。

"谭老弟，你觉得怎么样？"李总扬扬得意地说道。

谭富民直接站了起来，给自己斟满了酒，深吸了一口气，缓缓地说道："谢谢诸位，今天算是让我谭富民开了眼了，我谭富民是个没见过大世面的人，今天能够聆听诸位的教诲，套用一位电影大咖说过的话，我真的是'如坐针毡''如芒在背''如鲠在喉'啊！既然你们要压价，可以，我不介意，但是要让我从农民手里面抢钱，我做不到。今年的三七粉，既然诸位不是成心想收购，那我也就不奉陪了，老话说得好，'买卖不成仁义在'，今天呢，诸位这'仁义'没了，买卖自然也就谈不成了。"

说完，谭富民将杯中的酒一饮而尽，然后用力地将杯子摔在了地上，哐当一声，杯子碎成了渣渣，谭富民则是一言不发地离开了。

七十

"李总，赵总，你看看这，这小子也实在是太狂妄了！"有人愤愤不平地说道。

李总只是笑了笑，乐呵呵地说道："他谭富民要做善人不做商人，我们拦不住他，咱们就走着瞧好了，总有一天，他会撑不下去的，到时候不还得乖乖跑回来求咱们，咱们哥几个是稳坐钓鱼台，不怕他破罐子破摔的！"

"就是，就是……"其他人一个个附和道。

出门的谭富民忍不住怒骂了几句，不过发泄完之后他又陷入了无奈之中。为富不仁的事他也没少见，但是今天，谭富民实在是忍不住了，有时候，谭富民不像是一个商人，倒更像是一个理想主义者。

农民想要致富的迫切心情谭富民全都看在眼里面，以前从未到过农村的他自然不知道农民的辛苦，而现在他去了，除了感受到了农民的纯朴之外，谭富民还感受到了他们的辛劳，而今天在酒桌上那些人为了赚更多的利润说出来的那番不管农民死活的话，让谭富民明白了，商人无论在什么时候，都是一心只想着赚钱。

"谭董，聊得怎么样？"

到了车上，销售经理担心地问道。

谭富民闭上了眼睛，然后徐徐地吐了一口浊气，对销售经理说道："谈崩了。我在市里面的那两套房子和两辆高档车先帮我卖了吧，房子和车子的钱，再加上咱们账上的钱，应该能够坚持一阵了！"

销售经理忍不住瞅了谭富民一眼，他觉得谭富民很傻。

"谭董，其实我们应该接受他们的条件，大不了我们也向农民压价，只要我们有得赚就可以了，这样……"

"孙学民，如果我没记错的话，你是从大山里面走出来的吧，你家祖祖辈辈也应该都是农民吧？"谭富民皱着眉头，孙学民就是这位销售经理的名字，他是谭富民的左膀右臂，也是为谭富民立下过不少的汗马功劳的。

孙学民点点头，"是的，我老家就在农村，现在年年还回去过年。"

"那你怎么能够说出刚才那种话来？换位思考一下，如果是我要从你手里面收购呢？天天面朝黄土背朝天，辛辛苦苦三年精心培育的药材，大家都期盼着能够多赚些钱，我却来跟你狠狠杀价，你会怎么想？"

孙学民低下了头，他发现自己的这位老板形象比自己想象中的还要高大，品德更是比自己要优秀许多。

"知道我最喜欢谁的诗吗？"谭富民缓缓地说道。

孙学民有些不知所措地摇了摇头，此时的他心底突然间冒出了一丝羞愧。

谭富民靠在椅背上，平静地说道："我最喜欢郑板桥的四首诗，一是《题画竹》，'两枝修竹出重霄，几叶新篁倒挂梢，本是同根复同气，有何卑下有何高。'二是《竹石》，'咬定青山不放松，立根原在破岩中，千磨万击还坚劲，任尔东西南北风。'三是《题竹诗》，'衙斋卧听萧萧竹，疑是民间疾苦声，些小吾曹州县吏，一枝一叶总关情。'这最后一首便是《题画竹》，'四十年来画竹枝，日间挥写夜间思，见繁削尽留清瘦，画到生时是熟时。'这四首诗，当我知晓了它们的意思，我就很是喜欢。"

孙学民苦笑着说道："谭董，我明白您的意思，可是这样下去也不是办法啊，我们的资金现在也很紧张，李总和赵总他们欠我们的货款也不少，真要是和他们撕破了脸皮，我们只怕也撑不了多久啊！"

谭富民也在隐隐地担忧着，正如孙学民所说，他和这几家公司的关联性太强了，今天虽然自己痛快了，但是接下来就是自己难受了，也正是因为李总和赵总他们明白这一点，所以才敢向自己施压的。

"算了，能撑一天是一天吧，反正我的原则只有一个，不能亏了那些地里辛辛苦苦的农民。"谭富民无奈地叹了一口气，缓缓地说道。

这些天，韩乐乐总感觉有些心烦意乱，谭富民失联的消息让她很是焦急，就连上课的时候也有些精神恍惚。

谭富民这个家伙虽然看上去不靠谱，但是打心眼儿里面来说，她倒是觉得谭富民不是不负责任的人。只不过眼瞅着这收三七的日子是越来越近了，谭富民却还是一点儿消息都没有，韩乐乐的心里面也是着急了。

韩乐乐不敢给谭富民打电话，她生怕自己打过去也是未接通，那样的话她的心只怕会沉到谷底，所以这段时间来她一直都有些心慌。虽然刚一开始，她对这个谭富民还是很厌恶的，但是在两人接下来的接触中，不知不觉间，韩乐乐的心思也悄悄地发生了变化。

直到有一次谭富民给镇上的学校送来新桌椅，还有新书包，韩乐乐对谭富民的态度总算是彻底地发生了改变，两人水到渠成地走到了一起。韩乐乐相信谭富民不是一个骗子或者奸商。

韩乐乐坐在办公室里面，正对着自己的手机发呆，手机突然间响了起来，韩乐乐被吓了一大跳，赶紧把电话接了起来，这个电话不是别人正是谭富民打来的。

"老谭，你在哪儿，这几天跑哪里去了？你知不知道大家找你都找疯了？你那边是不是有什么事儿啊？这眼看着就要收三七了，你怎么还不回来啊？"韩乐乐焦急地说道。

电话那头传来了谭富民略微有些沙哑的声音："公司的事情多，没来得及回电话，第一笔资金我已经准备好了，不算太多，一共也就有个五百万，我先给你转过去，麻烦镇上帮着我先收一收，我可能这段时间都没时间回石城镇了。"

七十一

肖丰饶已经急了。

谭富民这段时间一直都联系不上，再过两天就是秋收的日子了，直到现在连一点儿动静都没有，肖丰饶自然是急得如同热锅上的蚂蚁一般。

正所谓"好事不出门，坏事传千里"，像这种事情是"纸里面包不住火"的。要是真的被乡里乡亲们大范围知晓的话，那么镇政府的信誉将会降低，原本肖丰饶想要带领石城镇发展，也会成为一个笑话。

"老谭这是在搞什么？"

卢江也急了，毕竟石城镇百姓辛辛苦苦种植药材三年，没想到眼瞅着就要看到收成了，却是让谭富民给放了鸽子。

"现在还是联系不上谭富民吗？"林建国此时脸色铁青，面罩寒霜。

肖丰饶摇了摇头，"林书记，要是找不到谭富民的话，所有的责任我来承担。"

林建国听完不假思索地说道："胡闹，现在是追究责任的时候吗？而且就算是出了问题，作为石城镇的党委书记，我是第一责任人，肖副镇长，现在当务之急是找到谭富民，我们这些人真的要是让他给耍了，那可不仅仅是丢人的事情了，这是很严重的欺诈行为！"

就在几人焦急之时，韩乐乐突然跑了进来。

"乐乐，你怎么来了？"卢江惊讶地问道。

韩乐乐跑得上气不接下气，对愁眉不展的三人说道："老谭遇到麻烦了。"

卢江三人都皱起了眉头，这个时候他们最怕的就是听到这句话了，却不幸被卢江给言中了。

韩乐乐大口地喘了两口气，这才说出原委，谭富民这段时间的日子确实不太好过，他的那些合作商故意压价，然后又卡住了谭富民的正常资金流，目的只有一个，那就是逼谭富民就范。

谭富民没办法了，为了能够兑现承诺，也为了不让石城镇的百姓失望，不得已，谭富民只得把自己的房子和车子都抵押了，今天终于把第一笔资金凑足了，五百万交给了韩乐乐，而谭富民还要应付那些家伙的"围剿"，无暇回来组织收购三七。

"老谭把房子和车子都抵押了？"肖丰饶听完韩乐乐的话，忍不住一惊，她当然知道那两套房子都是有用的，一套要给老谭的爸妈住，而另外一套则是老谭要留着当婚房用呢，至于那两辆车子，则是老谭最宝贝的玩具。

卢江听完之后，原本的担心和疑虑瞬间就消散得无影无踪了。他甚至有些被老谭的举动给感动到了，不由得缓缓说道："看来，老谭的日子也不太好过啊！"

林建国脸上的愁容消散不见，终于算是"拨开云雾见青天了"，他忍不住感慨道："好样的！不过我们也不能让老谭一个人扛着啊，大家看看有没有什么办法能够帮到老谭。"

"这段时间你们只怕是都顾不上，还是我去帮他想想办法吧！"卢江自告奋勇，"林书记和丰饶你们要坐镇收药材的事情，这才是咱们石城镇现在的头等大事。"

"卢江，我和你一起去。"韩乐乐突然间说道。

几道目光聚焦到韩乐乐身上，韩乐乐被弄得有些不好意思了，"多一个人多一份力量，我也就是想要帮帮大家，毕竟我也是咱们石城镇的一分子。"

没有人说话，韩乐乐从这些人异样的目光中察觉到了什么，她那张白皙的脸已经红到了脖子根儿，急急地说道："你们不要误会了，我和谭富民之间不是你们想的那样，要是你们不同意，我就不去了！"

"别别别啊，为什么不去，这个时候你去省城，那就是在给老谭加油鼓劲儿啊！老谭那个人我熟悉，有你的支持和鼓励，他一定能够振作起来的，相信我！"肖丰饶挤眉弄眼地说道。

"是啊，老谭才是搞'地下工作'的高手啊，不知不觉就已经把我们镇上最美丽的一朵花给摘了，不行不行，我得好好地盘问盘问他。"卢江也调侃道。

林建国只是跟着乐，不过那满含深意的笑容也已经说明了一切。

韩乐乐急了，她和谭富民真的只是普通朋友，总感觉这事好像是"越描越黑"了！

"好了，不开玩笑了，开始干活吧。"林建国鼓起干劲儿，对所有人说道，"刚才乐乐已经说了，谭董的采购人员和技术人员也马上就要来了，虽然他那里遇到一些困难，但是咱们今年的药材还得收，至少要先稳住大家的心，这样才不会乱套。"

韩乐乐把银行卡掏出来，里面存着这次谭富民转来收购三七的钱，而接下来，几人分头行动，忙碌起来。卢江和韩乐乐搭上了去往省城的汽车，当天下午就回到了省城。

到了省城，两个人直接来到谭富民的公司。此时谭富民公司的人都是满面愁容，同样发愁的还有坐在办公室里面闷声抽着烟的谭富民。

看到谭富民的时候，卢江也忍不住吓了一大跳。

谭富民这段时间没有休息好，而他的公司在众多药材公司的围剿之下也渐渐地四处起火，最要命的还是资金的问题，现在就算是谭富民想要全部吃下石城镇的药材，那也得有钱啊，正常的流动资金也被那些利欲熏心的家伙给控制住了。

"老谭，我来了！"

卢江笑呵呵地说道，"顺道，某人的心里面也是非常地惦念你，也跟过来了。要不我这个'电灯泡'先给你们腾地方，你们俩先温存温存？"

七十二

谭富民抬起头，看了卢江一眼，目光便死死地锁定了卢江身后的韩乐乐。谭富民赶紧将手中的烟头掐掉，快步来到韩乐乐的身边，有些惊喜地说道："乐乐，你怎么来了？我交代你办的事情你办好了吗？"

韩乐乐上下打量了两眼现在的谭富民，突然间她的心底涌起了一丝丝的心疼。韩乐乐淡淡地"嗯"了一声，然后有些不忍地说道："老谭，你这是有多长时间没好好休息了？遇到了难处你得跟大家说啊，大家其实都挺担心你的。"

"我没事，就是有些生意上的麻烦。"谭富民嘴角咧开笑了笑，"不过你放心，大风大浪的我见得多了，这点儿小波折对我来说其实算不了什么。我想林书记和肖丰饶应该是等得着急了吧，不好意思，这段时间都忙工作了，没顾得上回电话。"

这自然是谭富民的借口，只不过韩乐乐并没有要揭穿谭富民的意思。

"啧啧啧啧，你们俩别当着我的面'撒狗粮'了，老谭，说说吧，我这次来就是想帮你解决问题的。"一旁的卢江实在是看不下去了，酸溜溜地说道。

韩乐乐听了卢江的调侃脸更红了，这也让谭富民直接看呆了，不过这一次老谭终于意识到这里还有"外人"，自然是不会给这家伙上演真人言情剧的了。韩乐乐则是羞恼地瞪了卢江一眼，"卢江，又来看我的笑话是不是？"

"不敢不敢，你们要是想谈情说爱的话，可以直接无视我的。"卢江大咧咧地说道。

原本好好的氛围就这样被卢江给破坏掉了。谭富民对卢江使劲翻了一个白眼，没好气地说道："好好的气氛被你这个家伙破坏掉了，实在是扫兴。"

"好了，言归正传吧！"卢江干笑了两声，"这次镇上派我和乐乐来，主要是看看你这里有没有需要帮忙的，大概的事情呢乐乐都已经和我们说了，不过具体的细节我还是想要再问一问你。"

谭富民无奈地叹了一口气，正准备再点一支烟，却考虑到韩乐乐也在这里，只好悻悻地把抽出来的烟又塞回烟盒里面，接着有些失落地说道："销路的问题其实是'人祸'，他们看到了三七今年产量高，所以这个时候就跳出来要抢利润了，我只不过是看不惯他们这样肆意妄为地压价，为了不让咱们镇上的乡亲利益受损，我试着说服过他们，可是效果不明显，他们已经'眼热'了，想要以极低的价格从我这里收，这就是要与民争利。"

听完了谭富民介绍的情况，卢江和韩乐乐大概明白了，原来是那些唯利是图的商人看到了这个机会，想要赚更多的钱，而谭富民不愿意最终的损失让农民来背，所以才会走到今天这一步。

"没有签采购合同吗？这些人很明显是在违约啊！"韩乐乐急急地问道。

谭富民苦笑起来，"签了合同又如何，他们盯住了一块'肥肉'，那一点点的违约金他们根本就不放在眼里，现在他们觉得能够吃定我，正等着我扛不住的时候上门求饶呢。但是我也有原则的，我谭富民赚钱可以，但是不能昧了良心。"

卢江陷入了沉思，商业上的事情卢江并不太懂，但是这群奸商的做法实在是太下作了，卢江也是异常地愤怒。

"就算是他们故意刁难你，账上的资金流也不至于到了要卖房卖车的地步吧？"卢江缓缓地说道。

说到这里，谭富民更是连苦笑都笑不出来了，"别提了，本来货款结算和现金流往来也算正常，可是这些家伙从中作梗，欠我的钱拖着不还。如果资金能够到位，支撑过去也不是不可能的。他们这次是要弄死我，所以我现在账上的现金能够动用的少得可怜。"

药材生意基本上都是关联业务，甚至有时候上游和下游其实是同一家公司，如果把头和尾一掐，谭富民这里基本上就很难维持了。这也正是那些药材公司势在必得的底牌。

"有没有想过要走法律途径？"卢江继续说道。

谭富民点了点头，"想过，不过我的法务已经跟我分析过这种情况了，即便我们能够胜诉，时间也会很久，远水不解近渴呀，说不定还会弄巧成拙。现在他们就等着我松口呢，只不过我实在是不能松口，损失的不仅仅是我的公司，还有农民几年的辛苦。"

"欠债还钱，可是天经地义的事情。老谭，业务上的事情我帮不了你太多，但是我可以帮你讨债。"卢江徐徐地说道。

谭富民一脸不可思议地望着卢江，摇了摇头，"卢江，现在的我只有一条路可以走，那就是硬扛下去，只有等着他们都扛不动了，他们就会自食其果。"

"是，换个角度来说，你的方法已经不适合了。老谭，我这次来这里就是特意来帮你的，或许别人拿他们没辙，但是别忘了我可是医生。"

韩乐乐也吓了一跳，忍不住劝道："卢江，你可别乱来！"

"不会，咱出手向来是以德服人，以礼待人。"卢江缓缓地说道。

看到卢江的样子，谭富民也被吓了一大跳，韩乐乐更是忍不住对身边的谭富民说道："你说，他是不是被气坏了？"

"我看像。"

这两人还一唱一和上了。

在省城一家很高档的火锅店里面，卢江带着韩乐乐来到一位正在大快朵颐的男人面前。男人连头都不抬，旁若无人地继续吃着，根本就没把眼前的两个人当回事。

"陈三河陈总？"卢江彬彬有礼地问道。

看起来有些肥头大耳的陈三河终于抬起了头，对卢江很是不屑一顾地说道："听说你是来替谭富民要债的？咱们可是丑话说在前头，钱的事情我做不了主，我媳妇管着呢，我身上就这二百来斤肉，要钱没有，要肉你们随便加，我买单。"

七十三

卢江摇摇头，胸有成竹地说道："陈总，我想你是误会了，我是来要钱的，不过呢，大家都是文明人，而且我一向都不喜欢用暴力来解决问题，我所擅长的就是'润物细无声'式的要债，我的服务一定会让您满意的。话说回来，您是陈三河本人吧，这份是您最近的体检报告吧？"

卢江从公文包里面掏出了一份体检报告，"陈总，您的体重指数严重超标，而且您的胃也不好，我没说错吧？"

"哟呵，变方式了，你到底是要债的还是看病的啊？"

卢江依旧保持职业的微笑。对于一位医生来说，想要从居民健康档案中调阅到一个人基本信息表、健康体检表、接诊记录表、会诊记录表、双向转诊表、居民健康档案信息卡等系统化的档案记录，不是一件难事。

"这个嘛，一来是想要关心一下您的身体健康，二来嘛也是来要债的。"卢江依旧微笑着说道。

陈三河乐了，他见过多种多样的讨债方法，像今天这么独具创意的讨债方法他还是第一次见到。陈三河涮了一块毛肚儿，蘸了点儿芝麻酱塞进了嘴里面，盯着卢江，乐呵呵地说道："有点儿意思啊，关心我可以，但是要债嘛没有，再说了，这二者之间有何关系？"

卢江继续慢条斯理地说道："当然是有关系的，首先呢你作为债务人，我的委托人也就是谭富民谭董呢，特别希望您身体健康，就是能够活到七老八十的那种，这样您才有可能会还钱！"

"嗯，虽然我觉得你是在忽悠我，但是你说的还是挺有道理的。"陈三河像是看着马戏团里面的小丑一样，眼神中充满了戏谑的神情。

"我是一个医生，最起码的职业操守我还是有的，通过对您健康状况的了解，您现在的身体真的是很差，还有，像这样暴饮暴食对您的胃也没有好处，陈总的胃病是不是经常犯，虽然平时吃些药就能够缓解，但是有时候疼起来胃就好像是被人用手给拧住了一样。"

"是又怎么样？"陈三河毫不在乎地说道。

卢江点了点头，继续不紧不慢地说道："那看来就没问题了，您的胃呢需要及时地进行调理，当然了，这些辛辣的食物是不能再吃了。"

"那怎么成？我就好这一口。"

"既然这样，那也不是没有办法，我手上倒是有个偏方，可以治好你的胃病，只不过……"卢江说到这里，话就直接被陈三河给打断了。

"嘿嘿，后半句让我来替你说吧，只不过让我先还钱对吧？呵呵，小子，别逗了，在我面前不要玩这些把戏，没用的，我的病是小病，你就算看出来了也没关系，但是钱，我是一分都没有。"

"我不是这个意思，我可以给你免费瞧病，还不还钱那是法律上的事情，和我没关系。我只是想要告诉陈总，其实您的胃病，食疗就可以化解，山药蓝莓汁或者是蛋黄小米粥就可以解决。"卢江依旧很是平静地说道。

陈三河笑着摇摇头，继续享受着自己面前的美食，"嗯，我算是看出来了，你或许是一个不错的医生，但是绝对不是一个合格的讨债人。"

"那可不一定。"卢江自信满满，陈三河并没有把卢江的话放在心上，自然也没有把卢江这个人放在心上。"陈总，刚才我说的食疗只能缓解你的胃痛，想要根治的话，我也是有办法的。"

"什么办法？"陈三河下意识地问道。

卢江淡淡地说道："到省医科大附属医院做手术，毕竟你得的很有可能是急性胃溃疡。一般来说，照着我刚才说的食疗方法坚持三年就可以了，而这期间您不能喝酒，不能沾辛辣的食物，尤其是这火锅，更是不能碰。"

"为什么非要到省医科大学附属医院啊？"陈三河不解。

"那是因为我的同学是省医科大附属医院的医生，哦，对了，我自我介绍一下，我叫卢江，是省医科大毕业的，可以说，省医科大附属有一大半的医生都是我的同学，剩下的那一小半是我的老师。"

"你是在威胁我？"陈三河警惕地看着卢江。

卢江笑着摇了摇头，淡淡地说道："当然不是了，我相信我的同学和老师们还是有最起码的医德仁心的，陈总大可不必如此紧张。"

"你到底想要说什么？"陈三河突然间有些紧张起来。

"没什么，看陈总的意思是不想要做手术，那也还是有办法的。上好的党参也有治疗效果。只不过好的党参价钱都不便宜，已经不能算是普通药材，而是被列作高消费品了。坏了，我忘了一点，像陈总这样的商人，身上背的债肯定也不止谭董这一笔，就算是谭董不起诉你，别的人也会起诉你的，万一要是上了失信名单，消费受限的话，那可就不妙了，看来上好的党参是买不到了。不过也没关系，可以进行手术，医疗支出不在失信人受限范围内，只是陈总要是做手术，自然免不了是要花大价钱的，我想到时候您的那些债主肯定会上门来问'你还好吗？''你还在吗？''你还活着吗？'之类的，到时候说不定会影响到陈总的病情。哦，当然，陈总还可以选择我刚才说的食补，只不过那种偏方可能治标不治本啊！"

卢江给陈三河分析着病情，却把陈三河给说得满头大汗，此时的陈三河怕是没病也要被这个家伙给说出病来。

"停停停，我还钱，我还钱还不行吗？"

七十四

陈三河算是看出来了，人吃五谷杂粮，哪有不生病的道理，这个家伙变着法地说来说去，目的只有一个，那就是在说他卢江是医生，还是来自于省城医科大的毕业生，同学和老师更是遍布整个省城大大小小的医院、诊所，也就是说，卢江只是告诉了陈三河一个道理，那就是：别得罪能够掌握你生死的人，更别惹救死扶伤的"白衣天使"。

"既然陈总这么明辨是非，那我也就谢谢陈总的配合了，您放心，您的这点儿小病我和我同学打个招呼，应该是没什么大碍的。"卢江依旧是一副客客气气的样子，但是他这个样子，足以让陈三河对他忌惮三分。

陈三河看卢江并没有要走的意思，知道这家伙的最终目的还是来要债的，他无奈地掏出手机，直接转了欠谭富民的265万到他的公司账户上去，然后对卢江说道："卢医生，还是你厉害啊！不知道你有没有兴趣到我这里来啊，我给你一个月开5万工资，你别的不用做，就帮我催债。"

"对不起，我只不过是一个医生，只会给人治病，不会替人收账！"

卢江笑着摇了摇头，然后轻飘飘地甩下一句话，直接转身走了。

陈三河苦笑着竖起了大拇指，人才啊！

接下来的几天时间里，韩乐乐终于见识到了卢江说的那句"与人相处贵在坦诚，以德服人，以礼待人"的真义。

短短不到一个星期的时间，谭富民已经从满面愁容变成笑逐颜开。此时的谭富民乐呵呵地说道："卢江，我可得记你一功啊，你知道你帮我追回来多少欠款吗？小两千万呢啊，有了这笔钱，足够我渡过难关了！"

卢江只是笑了笑，没有说什么。

"这下，我也就不怕他们断我的后路了！"谭富民这是钱包鼓起来了，腰杆也挺起来了，看着卢江那一脸淡然的样子，谭富民笑呵呵地说道："趁着今天肖丰饶不在，要不咱们乐和乐和去，庆祝一下。"

卢江摇摇头，"没兴趣，乐乐也在这里呢，你还想着要乐和？现在村里的三七都收得差不多了，你也应该跟我一起回石城镇了吧。"

"好，我这也算是荣归故里！"

到省城只有一周的时间，卢江自然是没来得及到学校和医院去看望师父，这个时候事情已经得到了解决，卢江便到医科大的教职工家属楼探望师父黄鹤教授。

"师父，我可是不请自来啊！"

此时的黄鹤正爱不释手地翻着一本古书，封皮上赫然写着"游医良方"四个大字，黄鹤看到是卢江来了，脸上的笑容更加地灿烂了，笑着把卢江请进了客厅，师父的家还是和以前一样。

卢江坐了下来，又是一杯清茶。

"卢江，你现在人虽然不在咱们医科大的附属医院，但是名儿在咱们这里传开了啊，经常有认识不认识的人跟我打听你的名字和来历，是不是你小子又憋着什么坏呢？"难得的，师父跟卢江开了一个不大不小的玩笑。

卢江自然知道是怎么一回事，自己见天地打着医科大附属医院的同学和老师的招牌催债，那些欠债的谨慎小心起见，自然是要打听清楚是否有这么一号人了，所以问询的电话也就越来越多，黄鹤最后也心烦了，直接就把卢江的履历表和一张自己和卢江的照片贴在了办公室的墙上，而且是一进屋第一眼就能够看到卢江的个人信息和那张照片，自那之后，黄鹤也就清静了一些。

卢江尴尬地笑了笑，略微有些无奈地说道："其实吧，事情是这样的，我只不过是拿着咱们医科大和医院的名头出去替某些老赖看了看病，一呢没毁您的名声，二呢没干违法乱纪的事情，三呢也没给咱们学校和医院抹黑。"

"你小子，这样的事情下不为例。"黄鹤露出了略微严肃的神情，对卢江说道。

卢江笑着点了点头，认真地说道："明白，仅此一次，我这不也是被逼得没办法了吗。这段时间镇上的三七药材该收购了，可是那些贪心的商人为了获取更多的利润，联手阻击谭富民的公司，谭富民不想农民受损失，坚持不肯降价，所以才会被那些人围剿，我这么做，也算是帮他解了围，更多的则是在帮我们石城镇。"

卢江这么一解释，黄鹤听后忍不住叹了一口气，无奈地说道："现在的人哪，为富不仁，既然都已经富甲一方了，为何还要与民争利呢？"

"这就是商人贪婪的本性，不是你我能够扭转的，师父，还有一件事情，我得向您汇报，我们镇全民医疗健康档案和村民大病医疗救助机制已经建立起来了，到时候还希望您有时间能够莅临指导一下。"

这才是卢江来找黄鹤的目的。

听到卢江的话，黄鹤的眼前一亮，卢江在石城镇卫生站的工作做得非常好，这几年辛辛苦苦做出了不小的成绩，黄鹤也有些怦然心动，很想去看一看。"行啊，到时候我把肖枫拉上，一起去看看。"

"非常欢迎！"

第二天一大早，三人便早早地出发了，谭富民开着辆好几年的桑塔纳车往石城赶。

已经入秋，高速路两旁的树木泛黄，谭富民的燃眉之急解决了，心情自然是好了许多，一路上和韩乐乐两人有说有笑，倒是可怜的卢江，在这辆车上俨然成了一个"应该在车底"的人，此时的卢江心里面忍不住想要唱起阿杜的那首《他一定很爱你》。

这一路的狗粮撒下来，卢江的心都要碎了。

初秋时节的原野上，天高地阔，有大雁飞过，蓝蓝的天空中飘着几朵白云，扯着温柔而又丰实的味道，下了高速便是一望无际的麦田，秋风微微地吹拂，形成一道道的麦浪，到处弥漫着芬芳的气息，和煦的阳光洒在通往石城的道路上，金黄色的树叶铺成了一道金灿灿的路。

七十五

望着车窗外，卢江忍不住怔怔地出神，他回石城镇已经四年了，这四年的时间，石城可以说在他的努力之下大变样，而且卢江相信，有肖丰饶这样的勤政的好干部，石城镇的明天会越来越好。

通往石城的宽阔道路是全镇人民辛辛苦苦修好的，当初修路也是遇到了千万重的阻挠，但肖丰饶也是一个执着的女孩子，在她的带领之下，历经波折无数，终于是把这条路修好了。

突然间，一道黑影出现在卢江的视野之中。

当卢江看到那个人影的时候，他的脸上露出了不可思议的神色，那是一个三十多岁的男子坐在路边，卢江只不过是扫了一眼，就已经判断出这个流浪汉的腿已经骨折，断骨处的青瘀清晰可见，但是流浪汉好像并没有什么知觉一样，朝着飞驰而过的车辆，脸上露出了呆滞的笑容。

卢江微微地皱起了眉头。

"老谭，在前面停一下。"卢江突然说道。

谭富民有些疑惑地问道："卢江，咱们马上就要到了，停下来做什么啊？"

"刚才看到一个人，好像遇到了麻烦，我先下去看一看能不能帮到他。"卢江还是有些担心地说道。

谭富民皱起了眉头，但还是把车停在了路边。

卢江二话不说跳下了车，朝着那个男人走了过去。当卢江靠近那个流浪汉的时候，流浪汉身上散发出来的那股臭味熏得他忍不住地干哕了两下，但还是强忍着不适来到流浪汉的身边。

"这位同志，您没事吧？"卢江试探着问道。

那流浪汉的头发很长，一绺一绺的，而且脸上满是污渍，根本看不清楚长什么样子，只见他嘴里念念有词，但是说的什么，卢江根本听不懂。

"你的腿骨折了，你还好吧？你需要治疗，要不然的话，你的腿可能就真的保不住了。我是医生，我可以帮你把骨头接好，可以吗？"

卢江一边尝试着和这个流浪汉进行着交流，一边开始查看起这个流浪汉的骨折处，看到这个流浪汉一点儿都没有察觉到，卢江便蹲在了这流浪汉的身边，仔细地察看起来，这一看，卢江直接倒吸了一口凉气。

这流浪汉确实是骨折了，应该是被疾驰的半挂车直接给带倒的，右小腿的胫骨发生了旋转性的骨折，而且断骨处有成片的血肿，甚至折断的骨细胞、破坏的骨膜和周围细胞发生了坏死。骨折后，骨的营养动脉及其分支的周围肌肉遭受撕裂，有不同程度的出血，也正是因为这些出血外渗到周围形成血肿。

伤处已经开始发炎，断端错位重叠，但是眼前这流浪汉仿佛没有任何疼痛的感觉，卢江知道，麻烦了。

病人很有可能是精神有问题，要不然的话，像这般的剧痛早就已经昏死过去了。

就在卢江帮这个流浪汉查看伤情的时候，谭富民和韩乐乐也跑过来了，两人刚走到卢江的身边，便闻到了一股子的恶臭，韩乐乐更是忍不住捂住了鼻子，对卢江说道："卢江，这人怎么这么臭啊！"

谭富民也在这个时候捂住了鼻子，有些警惕地说道："快走吧，一会儿要是被人发现了讹你怎么办？"

卢江对这些话仿佛都没听到耳朵里面，他依旧靠近流浪汉，蹲在他的旁边查看着断骨的情况。

"老谭，一会儿给我找几根直的树枝过来，我先给他简单地进行一下处理。"对于两人的话，卢江压根儿就没有理会，而是吩咐道。

"卢江，你真的要救他？"韩乐乐疑惑地问道。

卢江点了点头，"这个家伙多半是精神有问题，你看看他的样子，好像完全感觉不到疼痛，而且这家伙的身体也挺棒的。要是没看到的话就算了，既然看到了，那就必须要进行救治，毕竟我是一个医生，救死扶伤是基本的职业素质。好了，你们还是想想办法怎么把这家伙给弄到镇卫生站吧。"

谭富民很快就按照卢江的要求找了几根木棍回来，卢江小心翼翼地把流浪汉的断腿处先固定了起来，其间，这流浪汉根本就一点儿知觉也没有，卢江的心里隐隐地有些担心，如果要是神经坏死的话，

320

这流浪汉想要活下去，就只有截肢一条路可选了。

韩乐乐一直都有些闷闷不乐，今天一天的好心情都被这个半路上突然间冒出来的流浪汉给破坏了。虽然她的心里面略有些埋怨，但还是好心地从后备箱里面拿出了一瓶水，递给了这个流浪汉。

卢江忙碌了半天，终于长长地出了一口气，经过他进一步的检查，这个流浪汉的腿还是有恢复的可能的，只不过需要尽快地安排手术才行。

"卢江，你还真的要当'活菩萨'啊？"谭富民看了看卢江满头大汗的样子，忍不住打趣道。

卢江点了点头，笑呵呵地说道："你说错了，'活菩萨'我可当不了，这家伙挺可怜的，我正好又是一名医生，能帮的话我会尽量帮的。"

"万一这人的家属讹你怎么办？你有没有考虑过后果，别人遇到这样的事情唯恐躲避不及，你倒好，自己主动地贴上去。卢江，现在好心人可不一定有好下场，你知道的吧？"谭富民劝道。

卢江脸上的笑容更加地浓了，"我知道，但是这种见死不救的事情，我还真的做不到，老谭，你也不用劝我了，我相信好人终有好报，现在的社会风气是变了，但是人心要是变了，这社会风气还能变回来吗？"

看到卢江那一副笃定的样子，谭富民却是一句话也说不出来。

"好了，你们回去吧，记得到镇上帮我找辆板车过来，我还得把这人给弄回到镇卫生站，就这样把人扔在路边也不是个办法。"

谭富民想要说什么，嘴唇只是轻轻地动了两下，最后也没有说出口。

卢江把两人送走，返回流浪汉身边，就那样陪着他坐着等了起来。那流浪汉一直对着卢江傻笑，而卢江也自顾自地笑了起来。

七十六

过了有半个多小时，卢江等来了一辆板车，来的人还有马海和镇上的一户农民，还有三五个壮汉。

"卢江，你知道你这样做会惹来多少不必要的麻烦吗？"马海一看那流浪汉的病情和精神状态，皱着眉头对卢江说道。马海和卢江是大学同学，后来在卢江的带动下就和自己的爱人杨苗一起来到了石城，和卢江一起支医。

卢江笑着点了点头，认真地说道："知道，但是没有办法，既然遇上了就得救人。"

"真是服了你了！"马海无奈地摇了摇头。

卢江乐呵呵地说道："那是必须的，好歹我也是咱们镇卫生站的站长，正是因为我的觉悟比你高，而且我还是党员，所以说这境界，这辈子你是难以达到我的高度喽。"

"好了，谁让你的医德在'作祟'，仁心在'泛滥'呢，我也算是彻底拜服了！"

322

几个人一起小心翼翼地把流浪汉抬到板车上面，流浪汉好像并没有意识到什么，兴奋得就像是个孩子一样，一直坐在板车上面傻笑着。

回到石城镇，谭富民和韩乐乐到镇卫生站通知马海他们去借板车接卢江，之后便来到了三七的收购现场。先前的那五百万都被肖丰饶给取出来了，一手过秤，一手领钱，村民们个个脸上都露出了开心的笑容。

看到谭富民和韩乐乐两人，肖丰饶笑呵呵地说道："老谭，你终于肯露面了啊！"

谭富民颇有些无奈地笑了笑，"事情办不成，不敢见你们啊，幸好钱我算是临时凑起来了，没有耽误了大家的事情。"

"要不是乐乐，我们还都被你蒙在鼓里呢，你小子不动声色居然就把我们乐乐给追到手了，可以啊，'暗度陈仓'这一手玩得娴熟啊。"肖丰饶人逢喜事精神爽，农民三年来的辛苦没有白费，都有了不菲的收入，确实是让肖丰饶松了一大口气。

"不过话又说回来，你这人也太不够意思了，真不把我们当朋友吗？要不是听乐乐说你遇到了困难，我们都不知道呢，还以为你'跑路'了。说实话，当时可把我们真吓得够呛，你要是把我们这一大摊子都扔下了，那我们可就不好收场喽。"

谭富民无奈地摇了摇头，"确实是，不过现在眼下的危局依然没有解除，我们还不能掉以轻心，我这段时间会想办法打开销路的。"

肖丰饶点了点头，指着旁边的那几个正在玩直播的年轻人说道："是啊，群策群力，人多办法多。我们也不能光指着你来替我们销售啊，所以呢，我就让村里的年轻人开了直播带货，这样的话也能够给你减轻一点点的压力。"

"直播带货？"韩乐乐在一旁好奇地问道。

"没错，现在很流行的一种网上在线营销的方式，这样能够让更多的人了解咱们石城镇的三七，同时呢也能带动一部分的三七销售，不说别的，光是今天一天，这些'网红'就已经实现近一百万销售额，我也没想到，实在是厉害啊！"

韩乐乐对这个直播带货的新模式非常感兴趣，拉着肖丰饶便走了过去。

"要不咱们也来试一试，说不定还能成'网红'呢。"韩乐乐兴致满满地说道。看她那么好奇，肖丰饶直接让一位"网红"帮他们开通账号，也加入到了直播卖货的行列里面来。

当韩乐乐和肖丰饶两人成功开通了账户，便开始了自己的第一次"直播"秀，让两人都没想到的是，他们的号召力实在是太强了，也许是因为肖丰饶和韩乐乐长得很漂亮，也许是因为石城镇的三七确实质量好，再加上肖丰饶和韩乐乐能说会道又配合得十分默契，仅仅两三个小时的时间，两人就已经卖出一百斤三七粉。

谭富民看两人玩起了"直播带货"，而且还玩得不亦乐乎的样子，只是笑了笑，转身来到了收购的地方。

"谭董！"

有几个技术员一直都在石城的加工厂工作，看到自己的老板，这几个技术员停下了手中的工作，向谭富民问了个好。

谭富民伸手抓出一把麻袋里面装着的三七，沉甸甸的，品相也非常好，谭富民满意地问道："这样高质量的 20 头三七，多吗？"

其中一个技术员笑着回道："谭董，没想到这里的三七质量如此地高，到现在我们收了三天了，有一多半是 20 头的，如果加工完成的话，一斤也能够卖到 500 到 600 块钱呢。"

"那我就放心了！"

谭富民确实放心了一半，有了这些高品质的三七，谭富民自然不用怕那些药材公司来联手打压自己了，实在不行，谭富民就去打开新的市场，这就是"真金不怕红炉火，酒好不怕巷子深"。

看着村民一个一个地拿到了钱，谭富民着实是松了一口气。

"听说了没有，今年这三七差点儿就收不成了。"就在这个时候，一个村民边拎着空袋子往回走，边对身边的同伴说道。

"这不是挺好的吗？"同伴不解。

这个人故意压低了声音，很是警惕地说道："好什么好，知道收咱们药材公司的谭董吧，我在省城有一个朋友，他在一家药材公司上班，谭董都已经抵押房子抵押车了，才凑上这么一点儿钱，估计明天这钱就供不上了，要卖赶紧卖。"

"真的假的？"

"我朋友就是那么说的，而且这三七利润丰厚，据说这个谭董对外卖的时候可黑着呢，收咱们 500 块钱，他一转手就要卖 600 块钱，他什么都没干就赚咱们 100 块钱，他这钱也太好赚了！"

"既然他这么赚钱，那为什么还要抵押房和车啊？"

"还不是想要捞更多的钱吗？别忘了，人家可是商人，商人哪有不赚钱的啊。这哪是扶贫啊，这就是打着扶贫的幌子来赚钱的。"

七十七

听到这些话，谭富民心里很不是滋味，但是他并没有放在心上，毕竟只不过是一些风言风语，他要做的事情是正确的，当然不怕被人误解，只要做到上不愧对天，下不愧对地，中间无愧于自己的内心就行了。

只不过，谭富民还是从这些人的闲言碎语里听出了一些门道，看来李总、赵总他们的动作也是够快的，居然这么短的时间就摸清了谭富民的路子，而且更加让谭富民恼火的是，他们的手段也是够阴险的，为了能够赚取更多的利润，居然打起了当地农民的主意。

忙碌了一天之后，肖丰饶和谭富民一起回到了镇政府，肖丰饶要核算今天的收入数额，要做一个总结。

"肖副镇长，咱们镇这一次可以说是打了个漂亮的'翻身仗'啊，没想到这看起来不起眼的东西还挺有赚头的。"一旁的镇政府干事说道。

"三七还要继续种，这可是一个创收的好项目，但是不能这么大批量种下去了，今年三七大获丰收，要是再大量种植，价钱会一路走低的。我们也得换其他药材种植，不能单单只种植一种药材。"谭富民缓缓地说道。

"你还有什么好的建议吗？"肖丰饶问道。

谭富民点点头，"其实这次那些药材公司的阻击也让我反省了不少。咱们呢，也不能在一棵树上吊死，我有一个不太成熟的想法，那就是把咱们镇打造成为咱们省的一个重要的药材产地，光有三七还不足以让大家全面实现小康，还要有更多的拳头产品，才能实现石城镇的持续发展。"

"谭董这是'心比天高'啊！"肖丰饶调侃道。

谭富民神情苦涩地摇了摇头，叹了一口气，有些无奈地说道："只可惜我和我的公司'命比纸薄'啊！"

谭富民的公司现在遇到了困境，而卢江他们的帮助只不过是暂时帮他的公司解决了眼前的危机，李总和赵总他们是肯定不会就此善罢甘休的，接下来谭富民能不能扛得住，那就不得而知了。

肖丰饶淡淡地说道："放心吧，不会的，老谭，实在不行，我让我老爸帮帮忙，他现在是药材协会的会长，有他出面应该没问题。咱们石城镇的发展还是要靠你的公司才行啊！"

谭富民点点头，"那我就放开手脚去拼搏了。"

"这才对嘛！"肖丰饶拍拍谭富民的肩膀，鼓励道。

卢江回到了镇卫生站，安排那位流浪汉住进了医院，流浪汉身上的味道实在是太臭了，不得已，卢江只得亲手给他进行清洗，当然，流浪汉的伤口卢江是格外小心的。

马海他们几个虽然心中颇有微词，还是配合着卢江对这个领回来的流浪汉进行了清洁，这一忙就忙到了大晚上，直到看到流浪汉吃了饭之后沉沉地睡去，卢江才松了一大口气。

流浪汉身上的衣服是不能穿了，卢江直接把那流浪汉替换下来的衣服堆在一堆，又把自己之前的旧衣服拿出来给流浪汉套上，这些替换下来的衣服准备晚些时候烧掉。

卢江此时坐在办公室里面，他需要给这个流浪汉制定相应的治疗方案，就在他忙得不可开交的时候，一道轻盈的身影从外面走了进来，手里面端着一个饭盒，看到卢江依旧在不停地忙碌着，女孩儿脸上露出了难得的笑容。

"第一天回来就这么忙啊？"女孩儿将饭盒放在了卢江的面前，有些埋怨地说道，"你说说你，一个小小的镇卫生站站长，感觉比我这个副镇长还要忙碌万分。"

来者自然是肖丰饶。

卢江笑着抬起了头，乐呵呵地说道："我怎么敢和肖大镇长相提并论呢！只不过今天有点儿急事要处理，所以一忙起来就忘了，实在是不好意思。"

肖丰饶丝毫不在意地说道："老谭都要把你夸上天了，咱们这么长时间了，我倒是没看出来你居然催债还有一手啊。不过我和老谭都是要谢谢你的，要不是你的那些'拉大旗，作虎皮'的高招儿，只怕咱们现在的工作很难继续开展下去啊！"

卢江自然明白肖丰饶指的是什么，他无奈地摇了摇头，缓缓地说道："吓唬吓唬人还是可以的。"

"听说你回来的路上还救了一个人？"

卢江点点头，"没错，一个可怜的流浪汉，估计是在马路上走的时候被半挂车给撞了一下，腿骨折了。这个流浪汉估计精神有些问题，没办法，谁让咱一是党员二是医生呢，总不能见死不救吧？"

"嗯，值得奖励啊！"肖丰饶直接在卢江的脸上亲了一口，只不过亲完之后肖丰饶有些后悔了，"哎呀，你怎么这么臭啊？"

卢江特意地闻了闻，然后疑惑地说道："不臭啊，我都已经洗了好几次了，要不，你再闻闻？"

说着，卢江又故意把嘴凑到了肖丰饶的脸蛋上，肖丰饶直接躲开，"算了吧，我亲你叫奖励，你亲我可就是图谋不轨了。把那个可怜的家伙的病例和治疗方案给我看看，我好歹也是个医生。你现在立刻把那堆臭衣服找个地方烧了吧，味儿实在是太大了。隔着三里远就能闻见了。"

"好咧！"

卢江乖乖地应道。

卢江找了把铁锹铲起那堆臭衣服，就要往卫生站外面走，只不过他刚一动手，就感觉到好像有个什么东西从衣服里掉了出来。

卢江忍着臭味儿捡起掉落的东西，那是一张塑封的纸条。

卢江拿起来看了半天，然后对正在翻阅卢江写的治疗方案的肖丰饶说道："丰饶，我好像知道这家伙是谁了，这上面有他家人的联系方式，看来这家伙应该是走丢了，看，这里还有家庭住址呢。"

七十八

肖丰饶当然不会去跟卢江一起趴着看那个臭纸条，她让卢江把纸条上的内容抄了下来。原来这个可怜的流浪汉叫曾岚，是个智力只有四岁的残疾人士，而他的家就在省城，纸条上还有曾岚的哥哥的联系方式。

"曾岩，这个名字好像在哪里听说过？"肖丰饶努力地回忆着，但是想了半天还是没想起来自己在哪里听到过这个名字。

卢江把衣服找个地方烧了，之后又把烧成的灰给掩埋起来。等卢江做完这一切之后，来到肖丰饶的面前，肖丰饶对卢江说道："嗯，整个治疗方案制定得还是可以的，就是有一点，要注意胫骨骨折的并发症。"

"你的意思是说骨筋膜间隙室综合征？"

肖丰饶点了点头，她学的是神内，和卢江学的普外不同，但是这属于医生与医生之间的业务交流，目的很简单，就是为了减少手术带来的后遗症和不良影响。

"准备什么时候进行手术？"

"明天就准备手术，只不过联系曾岚家属的工作就得交给你了，这台手术有些复杂，患者的伤口处理起来非常地麻烦。"卢江沉思道。

肖丰饶又在卢江的脸颊上香了一口，然后难得的小女儿姿态挥了挥右臂，对卢江说道："那么卢大夫就要加油了，先放一放吧，再不吃饭就凉了，今天是我特意做的你喜欢吃的鱼香肉丝。"

"好！"

卢江忙了一天，肚子其实早就已经饿了，这就狼吞虎咽地吃了起来。不得不夸赞一下，肖丰饶完全有成为贤妻良母的潜质，烧得一手好菜，成功地把卢江的胃给征服了，征服了一个男人的胃，就相当于是征服了男人的心。

治疗曾岚的手术是一台大手术。

第二天，卢江就和马海两人准备着手术。

给曾岚拍摄了骨折处放射线片子，两位医生便开始了手术的准备工作。

曾岚注射过麻醉药，已经睡得沉沉的了，采用的是腰部麻醉。

手术开始。碘伏溶液常规消毒术区三遍，铺无菌巾单，上气压止血带，采用小腿前外侧切口，逐层切口皮肤及皮下组织至深筋膜。

钝性牵开肌肉至骨折处，清除局部血肿，将骨折端解剖复位，采用持骨钳固定，取钢板及螺钉，钻孔后逐个固定螺钉，冲洗后严密止血，逐层缝合切口。

由于曾岚的骨折损伤程度较严重，所以卢江采用了外固定，也就是打石膏固定，整个手术做下来，用了十三个小时，从手术台上下来，卢江和马海两个人都累得差点儿虚脱了。

"我说哥们儿，你行啊，医术没生疏啊。"马海有气无力地说道。

卢江笑了笑，淡淡地说道："不熟不行啊，咱们这镇上就这么一个比较健全的卫生站，乡里人的病各种各样，渐渐地我们都被培养成多面手了。在这里，你说你是外科的，说你是神内科的，没用，人家只认你是不是大夫，你是，那你就得给我瞧病，不管我是妇科还是儿科，你是大夫我就全靠你了！"

"听你这么一说，我发现这份工作还真就不好做啊！"马海也忍不住地感叹道。

卢江在这个时候想到了肖丰饶的老爸，肖枫院长。

"你知道我们家肖丰饶的老爸，之前就是一个非常厉害的乡村医生。有一次我遇到了一个棘手的问题，产妇难产，你想想，咱们又不是妇产科大夫，哪里替人接生过啊，不过那会儿也管不了那么多了，就在我发愣的一刹那，人家肖院长已经开始替产妇接生了。当下我就明白了，当一个乡村医生有多的不容易。"

两人正在感慨，曾岚幽幽地醒了过来，只不过麻醉的药劲儿还没有过去，曾岚一直在喊着："卢大夫。"

卢江强打起精神跑过去，当曾岚看到卢江的一刹那，对卢江露出了一个憨厚的笑容，卢江的心一下子就被感动了，谁说人智力残疾就没有感情了？此时曾岚的笑容就已经说明了一切。这一刻卢江觉得自己再苦再累都是值得的。

此时的肖丰饶在忙碌完一天的工作之后，坐在办公室，想起了卢江治疗的那个叫曾岚的流浪汉的家属——曾岩。

肖丰饶按照那个塑封纸片上面的电话拨了过去，没过一会儿，电话那头响起了一个沉稳的声音："你好！"

"你好，请问你是曾岚的哥哥吗？"肖丰饶直接问道。

过了一会儿，那边才传过来声音，"没错，请问你是？"

"我是石城镇的副镇长，我叫肖丰饶，我们在路边看到了你的弟弟，他骨折了，现在正在我们镇卫生站接受手术，如果你方便的话，是否能够来一趟石城镇呢？"肖丰饶简单明了地介绍了情况。

曾岩淡淡地说道："我弟弟已经失踪有半年多了。"

肖丰饶感觉到电话那头曾岩对自己的不信任。

"我们是在镇附近的马路边上遇到他的，他现在的情况不算太乐观，但是请你放心，他已经脱离了生命危险。我们镇卫生站的医生帮他清理物品的时候找到了你的联系方式。你弟弟现在的情况比较稳定，请你不要太着急。"

"石城镇？没听说过，方便给我一个地址吗？我这就过去。"直到这个时候，曾岩才确认了这个电话的真实性，而不是那些提供假消息的电话。曾岩的呼吸声逐渐地变得有些急促，他的声音听上去有些焦急，肖丰饶也直接把石城镇的位置告诉了曾岩。曾岩又问了两句自己弟弟的近况，才挂断了电话。

肖丰饶打完这个电话之后，根本就没有把它放在心上，医生治病救人无数，是自己的本职工作，无须记挂在心上。

七十九

　　而此时，在国药集团并州公司的董事长办公室里面，曾岩放下电话，抑制不住地激动起来，自己的弟弟从小患病，而且精神状态很不稳定，半年前突然间走丢了就再也没有消息。曾岩的母亲只有两个孩子，一个是他，现任国药集团董事长，而另外一个就是失踪已久的曾岚。

　　母亲在听到曾岚失踪之后，憔悴了许多。对于这个精神异常的弟弟，他和母亲没少操心，特别是母亲或许是觉得亏欠弟弟太多，所以平日里对这个智力只停留在四岁的弟弟更是关心备至。

　　母亲知道曾岚失踪后总是哭个不停，整个人也变得沉默寡言起来，精神状态很差。

　　曾岩对弟弟感情颇深，所以他在全省范围内悬赏找人，可惜那些家伙提供的情况无一不是假的，目的自然是很明确的，就是为了得到曾岩的这份悬赏金。起初曾岩也觉得肖丰饶打过来这个电话和之前的人一样，是在故弄玄虚，甚至是为了骗钱，但是说到后面，肖丰饶已经说得很详细很具体了，这才让曾岩觉得，自己的弟弟这一次可能是真的找到了。

"徐秘书，给我安排一辆车，我要去趟外地。"曾岩打了个电话，交代秘书。

他开始在地图上找起了那个叫作石城的小镇。

曾岚的恢复情况不错。奇怪的是，曾岚好像就认定了卢江一样，对卢江的态度和对其他人的态度完全不一样，甚至就连卢江自己都感觉到有些不可思议。只要卢江在，曾岚就很配合，要是换了其他人，曾岚就会大叫大吵，极其地不配合。

而卢江一来，曾岚就像是换了一个人一样。

"卢江，这样下去不行啊，你不能一直当这个家伙的奶爸吧？"马海也有些看不下去了，对卢江说道。

卢江只是微微地叹了一口气，无奈地说道："这也是没办法的事情啊，现在曾岚的状态还不太稳定，如果他动作幅度过大的话，那么好不容易缝合的伤口可能会崩裂开。我累就累点儿吧，没事的。"

"也真的是奇了怪了，卢江你哪里比我好？是比我帅还是比我有钱？完全没道理啊！"马海又开始调侃起来。

"是我比你有职业操守，明白吧？"卢江难得也开了一回玩笑。

等马海回过神来的时候，气得直跳脚，忍不住怒斥道："你小子是不是在说我没有职业操守？你觉得你能比得过我吗？来来来，咱们大战三百回合，看看谁更有职业操守！"

"一边儿待着去，忙着呢，没工夫搭理你！"卢江笑着来到曾岚的病床前，替他诊断了起来。

卢江细心地照料着曾岚，一直都未曾说话的曾岚突然间沙哑着嗓子对着卢江说道："谢谢你！"

卢江笑着点了点头，缓缓地说道："应该的，好好地养着吧，一定要听医生和护士的话，到时候才有可能会重新站起来。"

曾岚又不说话了。

就在这个时候，镇卫生站外面出现一阵不小的骚动，卢江皱了皱眉头，安顿好曾岚之后，走到镇卫生站的门口，只见一辆崭新的大奔停了下来，跟在大奔后面的则是一辆豪华的奥迪 A6。

"这是哪里来的富豪？"卢江忍不住猜测。

从大奔上下来一个中年男人，男人长得很精神，而且气宇轩昂，下巴微微抬起，眼神却是习惯性地目视前方，从男人的气场上就能够感觉得到这是一位位高权重的人。中年男人西装革履，有些花白的头发让他显得威严有加。男人来到卢江的面前，对卢江平静地说道："你好，我叫曾岩。"

卢江反应了过来，赶紧说道："你好，曾先生，我是卢江，就是这所镇卫生站的站长，你就是曾岚的哥哥吧。他现在的情况已经稳定住了，我们也已经给他做了手术，手术做得很成功，您不用担心。"

曾岩点点头，很客气地对卢江说道："我可以去看看他吗？"

"当然没问题。"

说着，卢江便带着曾岩来到了曾岚的病房，看到曾岚干干净净的样子，曾岩的眼泪一下子涌了出来，疾步上前握住曾岚的手，声音听上去都有些颤抖了，对曾岚说道："老二，这半年你到底去了哪儿了啊？"

曾岚好像一下子并没有认出眼前的人，一个只有四岁孩子的智商，记忆力自然也是有限的，曾岚把头扭向了卢江，卢江只是笑着对他点了点头。

"你真的是大哥？"曾岚好奇地问道。

曾岩当然知道自己弟弟的精神有问题，他眼眶里面满是激动的泪花，笑着说道："当然了，你看这是什么，这是你最喜欢的变形金刚玩具，我特意给你带来了！"

曾岚看到曾岩手中的变形金刚，脑海里面好像是记起了些什么，脸上的笑容也变得灿烂起来，乐呵呵地说道："我想起来了，这是擎天柱，我最喜欢的二柱子。这还是哥哥你送给我的礼物。"

卢江和一干人并没有打扰两人的重逢之喜，等他走出病房，马海朝他凑了过来，对卢江说道："那人是流浪汉的亲人？"

卢江笑着点了点头，缓缓地说道："现在可不兴叫人家流浪汉了，他可是有名字的，叫曾岚，听见了没有，一会儿别在人家家人面前说漏了嘴。"

"放心好了，我的嘴是出了名的'铁将军把门'，特别严实！"马海笑着说道。

过了一会儿，曾岩走出病房，看卢江和马海两个人待在病房门口，脸上立刻浮起笑容，对卢江和马海说道："二位医生，谢谢你们了，要不是你们施以援手，我弟弟这一次只怕是凶多吉少了。"

卢江淡淡地说道："没事，这都是我们应该做的。"

八十

"我看二位还挺年轻的，有没有想过要到省城发展，我在省城还有点儿关系，可以想办法让二位进修。凭着二位的医德仁心，想必以后一定能够有所成就的。"曾岩平静地说道，这明显就是在感谢卢江和马海，只不过这个条件一说出口，卢江和马海立刻就忍不住哈哈大笑起来。

曾岩的眉头微微地拧到了一起，有些不悦地说道："怎么了？二位看不上我刚才提的条件吗？我是真心实意地想要感谢二位的帮助。"

马海笑着说道："曾先生，我和卢江就是省医科大的，而毕业之后我们也进了医科大附属医院。只不过卢江这个家伙呢，入职报到的当天就跑了，跑到这小地方来当一个镇卫生站的站长，这里是他的家乡，而且他也有不得不回来的理由。"

"哦？支医？"曾岩忍不住细细打量起卢江。

卢江微笑着，脸上的笑容很是含蓄，又很坦然，"是的，曾先生，我家祖辈都是在这里当江湖郎中、赤脚医生、乡村医生，到了我这一辈，我自然也得回来，才能对得起这一镇百姓对我的期望。"

曾岩的眼中满是赞许的神色，"对不起，恕我眼拙，更是我唐突了，没想到二位本就是医科大的高才生，居然如此的境界高远，我曾岩对二位非常钦佩。但是呢，我曾岩从来不欠别人人情，如果二位有什么困难的话，只要我曾岩能够办到的，我一定全力以赴。"

卢江虽不知道曾岩的身份，但是看他的派头和气场，就知道这位曾先生定然是什么大人物，只不过卢江并不想恃功邀宠，他只是尽到了自己的本职，仅此而已，卢江也不觉得是做了一件多么伟大的事情，他只是做到了尽职尽责。"我们什么都不缺，曾先生不必太过在意，救助曾岚那是我们的本职工作。"

曾岩有些愕然，某些人为了求财不惜骗自己找到了曾岚的消息，而真正找到并救了他一命的人，自己想要好好地感谢一下，没承想却被拒绝了。曾岩不住地打量着眼前的两个人，一时间竟然不知道怎么开口。

"卢江！"

这个时候，肖丰饶和谭富民他们也走了进来，听说那个流浪汉的哥哥来了，肖丰饶他们也好奇所以就赶过来看一看。

"曾先生，这位是我的未婚妻，就是她给您打电话联系您的。"卢江介绍道。

"你好！"

肖丰饶大大方方地伸出手，和曾岩握了握，曾岩的心里已经有了决断，如果卢江的这份恩情不能够回报给他本人，那么能够回报在卢江的未婚妻身上也是可以的，至少在曾岩看来，他是还了这份情的。

"不知道肖女士在这里做什么啊？"

"哦，她是我们石城镇的副镇长，主要做扶贫工作。这几年我们石城镇的建设都是肖副镇长的成果。"旁边的干事有些激动地说道。

旁边谭富民的神情一直十分激动，别人不认识曾岩，他谭富民却是认识的啊，而且在好几次省城药材协会举办的会议期间，谭富民还和这位曾董打过招呼呢，只不过人家可是国药的老总，身份实力与自己都是天差地别，从第一眼见到曾岩的时候，谭富民的心就没有平静过。

"曾董，您好！"谭富民恭恭敬敬地对曾岩说道。

曾岩被认出来了，并没有感到任何的意外，他看着谭富民，笑着说："原来是谭富民谭董，真没想到居然能够在这里看到你，实在是意外啊！"

谭富民更加激动了，没想到曾岩居然也能认出自己。其实这就是曾岩的一个本事，只要是他见过的人，都能够准确地叫出名字来，识人认人上曾岩可是"过目不忘"。

"曾董居然还记得我的名字，实在是我的幸运！"谭富民开心地说道，能够被国药老总记住自己的名字，对外也是一件值得炫耀的事。现在谭富民确实是感激卢江，他觉得卢江救治流浪汉这件事做得实在是太地道了，如果不是卢江执意要救曾岚，他谭富民哪里有机会结识这么厉害的大人物啊。

"谭总怎么会来这里？"

"哦，没什么，肖丰饶和卢江是我的朋友，我来这里也算是支农了。现在农民的收入普遍都比较低，而这石城的环境又适合种植药材，所以我就来这里支援新农村建设了。"谭富民很是谦虚地说道。

说到药材，曾岩顿时来了兴致，对谭富民说道："种植药材好啊。咱们今年的收成怎么样啊？"

肖丰饶接过了话头，给曾岩介绍起来："经过谭总的考察和调研，咱们石城这里的条件确实适合种药材，我们种的三七今年刚刚丰收，经过谭总派来的技术人员的鉴定，咱们的 20 头三七可以说是品质皆优。只可惜销路还没有打开，我们这里起步较晚，没有什么知名度，这段时间我们也在网上通过直播销售了一些，但是还是有大批的存货。"

说到这里，肖丰饶特意看了谭富民一眼，谭富民立刻说道："还有就是受到了外部环境的影响，我的那些订货方想要让我压低农民的利润。我的目的本来就是支农，农民的利益是必须要保证的，绝对不能让农民受任何的损失！"

卢江这时也明白了肖丰饶的用意，他说道："谭总可是为我们付出了不少的心血，而且也承受了巨大的压力，自己的公司受那些药材公司的联手打压，现在已经是在勉强维持。为了这次收购能够顺利进行，谭总已经把自己在省城的两套房和两辆车都抵押了！"

"胡闹，简直是欺人太甚！"

八十一

　　曾岩确实是挺气愤的，他的目光立刻变得冷峻起来，他立刻拨了一个电话，等电话接通，曾岩语气很是郑重地说道："帮我查一下，今年我们国药集团的三七采购是否已经签订合同了。"

　　过了一会儿，曾岩听了电话那边的答复，点了点头，然后对着电话那头说道："今年的三七采购就暂时先不签约了，稍微往后放一放。"

　　挂断了电话，曾岩走到肖丰饶面前，"肖副镇长，不知道咱们镇里的三七有多少产量？"

　　这些数字全都记在了肖丰饶的脑袋里面，张口就来，"曾先生，经过加工后大概有 40 万斤左右，这三年大家只是试种，都投入了不少的心血，种出来的三七品质较高。"

　　曾岩点了点头，神色平静地说道："嗯，省里的国药集团每年都要采购 30 万斤左右的三七粉，我准备和咱们石城镇定向合作，以后国药集团的药材优先从咱们石城镇采购。还有，我们也可以和谭总的公司签一份长期战略合作协议。"

曾岩的决定立刻让在场的所有人都忍不住倒吸了一口凉气。30万斤的三七粉，就算是按600块钱一斤定价，那也是1.8个亿啊，曾岩的眼睛连眨都没眨一下！在场的所有人仿佛都心脏骤然停顿了一下，被曾岩的口气给吓到了，包括见惯了大风大浪的谭富民也被吓了一大跳。

"曾先生，真的吗？"肖丰饶最先反应了过来，直接握住了曾岩的手，激动地说道："实在是太感谢您了。"

曾岩笑着摇摇头，"肖副镇长客气了，我相信你们几个的人品，物以类聚，人以群分，你们是卢大夫的朋友，应该都是可以信得过的。能够帮到你们的忙，也算是表达了我对卢大夫和咱们石城镇的一点儿心意吧。"

曾岩想了想，继续说道："剩下来的那一部分的销路，我也替你们一并解决了。谭总，你现在可以联系那些为难你的药材公司了，既然我们国药集团都已经制定了游戏规则，就不怕他们不遵守。"

谭富民心里那叫一个痛快啊，看来曾董是要替自己撑腰了。

"既然这样的话，那就谢谢曾董了！"谭富民感激地说道。

卢江笑了笑，其实对于他来说，救人是无心之举，但是能够替自己的未婚妻分忧，能够替自己的朋友解决一些麻烦，卢江还是很愿意看到的。

曾岩笑着对卢江说道："既然谭董深明大义，我们作为国字号的公司也不能落后了，我可以代表国药集团和咱们县签一个定向服务协议。肖副镇长，这些事宜你可以向县里的领导进行汇报，由县里成立一个团队和我的团队谈，反正宗旨就只有一个，那就是要回馈社会，回报人民！"

肖丰饶重重地点了点头。

这可是一个天大的好事，她得赶紧和县里的领导进行汇报，肖丰饶匆匆地离去，其他和曾岩一起来的人也和谭富民接洽起了合作的事宜。

原本热闹的镇卫生站一下子安静了下来。

"曾先生，您帮了我们镇一个大忙，我都不知道应该怎么感谢你了。"卢江虽然不想让病患家属报恩，但是这事关系到整个石城镇的发展，卢江也是不能够拒绝的。

曾岩笑着拍了拍卢江的肩膀，认真地说道："卢大夫，你就放心好了，我曾岩这辈子很少感谢别人，你是其中一个，你今后要是遇到了什么困难，可以跟我提，我想我还是有能力帮你解决的。"

"好吧，那就谢谢曾先生了。"

两人返回了病房，曾岩看到弟弟被照顾得很周到，也放下心来。

"曾先生，你弟弟骨折的腿刚刚做了手术，石膏也才固定好，以他现在的这种情况，不适宜长途颠簸，如果可以的话，我建议让他在这里继续治疗，您看是否可以？"卢江善意地提醒着曾岩。

曾岩没有丝毫的犹豫，"没问题，卢大夫的医术我是信得过的。"

曾岩又询问了下弟弟的病情，卢江耐心地一一讲解，曾岩对卢江的治疗方案非常地满意。当曾岩看到弟弟对卢江表现出特别亲切的神态，曾岩的心都要融化掉了。

曾岩的弟弟很少让生人靠近，而且这些年来也一直是自己年迈的老母亲在照顾着他，当曾岩看到弟弟对卢江并没有任何的抗拒，他对卢江的感激和信任又增加了几分，这样把病人当亲人的医生，一定是拥有那种悲天悯人的慈悲心肠。

"卢大夫，你是一个好人，好人必定是有好报的。"

出了病房，曾岩感慨万千地说道。

卢江陪在曾岩的身边，只是冲着曾岩淡淡地笑了笑，"不敢当，能够得到曾先生这么高的赞誉，我就已经是心满意足了。"

"这是我第一次来乡下，不知道卢大夫是否能够陪着我四处转一转。"曾岩好像有话要对他说。

卢江应道："可以，既然曾董您有如此雅兴，我定当奉陪，只不过要让曾先生失望了，我们这小镇子实在是偏僻得很，而且也太小了，用不了二十来分钟，这个镇子就能够逛遍，说实话，其实没什么好逛的。"

天色已近黄昏。

落日如同是喝醉了一般，跌落在西山的腰上，绚丽的晚霞，再加上金黄的阳光，将这个僻静的镇子映得是一半通红，一半金黄，微风轻轻地拂过清澈的河面，顿时波光粼粼，河边的垂柳散开高高的发髻，俯下身去，让长发垂进潺潺的流水，静静地梳洗着。

小河安静地流淌着，而此时各家各户的烟囱都冒出了缕缕炊烟，东山上，一弯新月已经隐隐地挂在了夜空之上，乡村的黄昏满是秀美、恬静。

卢江和曾岩两人就在这如画卷一般的乡间散着步，漫步在河边，曾岩感叹道："卢大夫，真的是谢谢你了。"

八十二

"曾先生，您的谢意已经表达过了，我很开心，能够为镇里的乡亲们做一些好事，我已经很满足了。"

"卢大夫的境界，不是一般人能够达到的。我弟弟对我来说很重要，虽然他是个残疾人，但是他今天对你的那种依赖，让我做出了一个决定。或许你会觉得我有些唐突了，我想让我弟弟一直待在镇卫生站，不知道可不可以？我说的一直，是他这一辈子，家里的老母亲已经八十有六了，身体也是大不如从前，唯独放心不下我弟弟。一直以来我都想找一个人能替代家母帮我照料我弟弟，但是我弟弟的精神状态很差，他也一直排斥别人。但是我今天看到他对你的信任和亲近，让我觉得卢大夫是一个值得我托付的人，我希望你能够答应我。"

曾岩客客气气地说道，还流露出一丝丝的忐忑。

卢江看着满脸诚恳的曾岩，笑呵呵地说道："我还以为是什么大不了的事情呢，这个完全没有问题，我和你弟弟也算有缘分，而且这乡村的环境和氛围都很适合你弟弟，乡里乡亲也都是很质朴的，别的不敢说，至少在这里，我会替你好好地照料你弟弟的，他会过得很开心。"

"这么说，卢大夫是同意了？"

卢江毫不犹豫地说道："当然了，不过还需要你问一问你弟弟愿意不愿意留在这里。"

"他应该愿意，从他看你的眼神中，我就知道了，我弟弟很想要待在你的身边，或许是因为你的温暖给了他安全感。"曾岩无比笃定，"卢大夫你放心，我弟弟的一切吃穿用度我都会按月打给你的。"

"没有这个必要，曾先生已经帮了我们石城镇很大的忙了，于情于理我都应该投桃报李的。"

曾岩没说什么，如同是卸下了一副重担一般，脸上露出了真诚的笑容。

第二天，曾岩便离开了，和曾岩一起离开的，还有谭富民。

回到省城，谭富民第二天就立刻邀请了李总、赵总他们，地点还是那家高档酒店，只不过这一次，谭富民的心境已经发生了翻天覆地的变化。

一桌子的人，还是原来的那些人。

李总和赵总他们每个人的脸上都露出了胜利者的笑容，这是一个资本的市场，就算是谭富民再高义，但是人总是要吃饭的，李总和赵总自以为已经掌握了谭富民公司的命脉，谭富民这条咸鱼，只怕是翻不了身了。

"李总，看来谭总是撑不下去了。"赵总笑呵呵地说道。

李总点了一支烟，美滋滋地说道："哼，装什么高风亮节，还不想从农民的口袋里面掏钱。昨天的大话吹得有多狠，今天的耳光扇得就有多响。"

"看来，这一次咱们都能赚得盆满钵满了，谁让谭富民那个家伙不识抬举的，活该。"

所有人的脸上都写满了扬扬得意。

赵总还是坐在了李总的旁边，笑呵呵地说道："李总，这一'仗'打赢了，可下一次谭富民可就不会乖乖地任我们摆布了。万一这小子要是破罐子破摔，对我们也没有太多的好处，要不然，大家都退一步，也算是给他个'台阶'下？"

李总瞥了一眼赵总，不屑地说道："是不是他找到你那里去了？还给你许诺了什么好处吧？"

"没有，绝对没有！"赵总赶紧撇清。

李总的笑容中多了一丝丝警惕，对赵总无比认真地说道："老赵，咱们也是多年的关系了，我是什么样的人你应该清楚，今天要是不把谭富民这只会叫的狗给打趴下，明天他就很有可能跳起来把咱们一个一个地都咬死。"

"是是是，我明白！"

"既然你明白，那咱就按照原定计划来，要记住一句话：'妇人之仁，不能忍于爱；匹夫之勇，不能忍于忿，皆能乱大谋。'明白了吗？"李总幽幽然地说道。

赵总点点头。

很显然，这几家公司是准备联合起来对谭富民赶尽杀绝。

"大家好，感谢大家能够给我这个面子，今天把大家叫到一起来呢，是想要和大家商量商量，三七的价格。"谭富民进来了，脸上依然挂着如常的笑容。

此时他们看谭富民，就像是一只"煮熟的鸭子"一样，飞不了。虽然谭富民表现得一副胸有成竹的样子，但是每个人都知道，他们定下来的价格，谭富民只有接受，此时的谭富民，如同"待宰的羔羊"，眼前的这些人每一个都磨刀霍霍。

"哦，谭总想通了吗？"

装腔作势！此时在李总的心里面却忍不住地嘲讽着他。

谭富民用力地点了点头，缓缓地说道："想通了，也想明白了。"

"那这三七的价格就这么定了，还是按我们给你开的价，20头三七按一斤300块钱收，其他品质的三七呢每50块钱一个档，怎么样，这么算既公平又合理吧？"李总带着一丝轻蔑望了谭富民一眼，充满自信地说道。

谭富民摇摇头，一本正经地说道："慢着，我说的是你们要收购的话，这20头三七的价格是一斤700块钱，而且数量也只有原先的三分之一，大概估算了一下，只有10万斤左右吧。各位老总如果想要的话，那可就得快下手了，要不然，没了就是真的没了。药材市场都是有地域性保护的，你们还指望能从其他市场调来大批量的货吗？别做白日梦了。"

"谭富民，看来你是敬酒不吃吃罚酒了？"

李总勃然大怒，他千算万算，也没有算到谭富民居然真的敢和他们撕破脸皮，这个家伙绝对是疯了！李总冷冷地看着谭富民，毫不客气地继续厉声说道："谭富民，知道你在胡说八道什么吗？"

谭富民脸上露出了一丝嘲讽的笑容，"我当然知道我在做什么了。"

八十三

"你就不怕我们整个医药行业联合起来抵制你？"李总气得站了起来，重重地拍了桌子，年轻人不讲武德，也应该讲规矩的，谭富民却是什么都不讲。

"李连山，你能代表咱们省的医药行业吗？还是说你能代表整个药材行业？"就在这时，一个声音从门口传来，李总听到这个声音，更是怒不可遏地厉声说道："是谁，鬼鬼祟祟地躲在门外做什么，见不得人吗？"

谭富民一听，心里面顿时乐开了花儿，这位李总，看来是气昏了头了。

"是我！我有什么见不得人的，我曾岩站得稳，行得正，光明磊落，不像某些人，为了一己私利，不择手段，哼，你们这一个个的，我看就是一只只会吸血的臭虫，早晚就得拍死。"

曾岩走了进来，面凝如铁，对其他人看都不看一眼，径直来到了谭富民的身边，缓缓地说道："知道什么叫'穷则独善其身，达则兼济天下'吗？知道什么叫'穷生恶胆，富长良心'吗？你们一个一个的难道就喂不饱？李连山，你刚才不是挺厉害的吗，我怎么没看出来你还有这等本事呢？"

"曾、曾先生！"李总一看到曾岩，就醒悟过来了，他明白了谭富民为什么会那么自信，而且为什么敢那么自信，原来是这家伙找到了一个更大的靠山。

曾岩直接坐在谭富民旁边的椅子上，然后环视了一圈，淡淡地说道："既然人都到齐了，那就谈吧，你们放心，我就坐在这里，你们放心地谈。哦，对了，谭总，我们要采购 30 万斤三七粉的协议我也带来了，你一会儿直接签了得了。"

"好的！"

谭富民心里乐开了花，他知道此时这些家伙心里的感受，仿佛是吞了一只苍蝇般难受，之前逼得自己有多狠，现在这耳光打得就有多响，谭富民笑呵呵地说道："诸位，不知道我刚才的价钱，大家觉得能不能接受？"

"我想要问一下，曾先生你的价钱是多少？"有不死心的这个时候还要唐突地问个究竟。

谭富民淡淡地说道："商业机密，无可奉告。不过我可以告诉你的是，曾先生开出的价格绝对会比你们低。毕竟我这里就只有 10 万斤了。"

被动！

实在是太被动了！

那些家伙没想到的是，自己"偷鸡不成反蚀把米"。想要把谭富民给拿捏得死死的，没想到自己才是被拿捏得死死的那几个。

"哼，700块钱一斤，谭富民，你比我们还要狠啊，告诉你，'离了张屠夫，还能吃带毛猪'？大不了我去别处采购三七，告诉你，别太嚣张，山不转水转，老子今天就不在这里陪你们玩了！"李总愤愤然站了起来，对着谭富民不甘心地啐道。

谭富民点点头，"好，既然李总不愿意，那买卖不成仁义在，不知道其他人有没有和李总一样的，可以和李总一起走。"

"走，大家都一起走！"

李总说完率先站了起来，可惜的是，并没有人动，只有他一个在那里尴尬地演着"独角戏"。李总心里一阵凄凉，狠话都已经放出去了，自己不走已经是不可能的，可惜这些家伙实在是"烂泥扶不上墙"，如果他们在这个时候能够团结的话，也不是没有反败为胜的机会。

"李总，你不是要走吗？别在这里磨磨蹭蹭的了，影响了大家的好胃口。"谭富民这个时候直接毫不客气地下了"逐客令"。

李总愤愤地离开了。

带头闹事的人走了，其他的这些就都是"一盘散沙"了，再要对付起来那就简单多了。

谭富民看了一眼曾岩，曾岩微微地点了点头，谭富民继续说道："既然大家都没有异议，那就这么定了。"

"那个谭总，一斤700块钱这个价码是不是有点儿太高了，我们几家也都是小本经营啊，600块钱就已经是市价了，也得让我们几个有得赚啊。"赵总苦着脸说道，他当然明白，在今天之前，话语权还在自己的手里面，而现在，话语权已经到了人家谭富民的手心里面。有曾岩这位大佬在，他们算是再也硬气不起来了。

谭富民笑着点了点头，缓缓地说道："这个，可以谈，但是原则还是只有一个，那就是必须得保证农民的利益。"

"是是是！"

在座的各位没有一个不点头称是的，之前他们想要"割韭菜"，想要多赚，现在他们只能是见好就收了。别看曾岩坐在那里不说话，但是他毕竟是国字头的制药公司，是省里医药行业的龙头老大，他的话语权和影响力那可是不言而喻的。

"好了，既然事情都已经谈妥了，那咱们就吃饭吧，庆祝咱们之间合作愉快。"谭富民笑呵呵地说道，脸上的笑容愈发灿烂。

很快，谭富民就和国药集团以及省里的一些制药集团签订了协议，有国药集团的主导，谭富民的公司居然奇迹般地起死回生了。

三七药材的收益已经完全兑现，石城镇所有人的积极性直接被调动了起来，肖丰饶也很快地和县里面联系妥当，国药集团要和县里面签订合作协议。而肖丰饶的任命很快也下来了，只不过让所有人都意外的是，肖丰饶居然是镇党委书记、镇长一肩挑。

此时，在卢家。

林建国笑吟吟地坐在主位上，面对着一桌丰盛的酒菜，林建国乐呵呵地举起了手中的酒杯，对肖丰饶说道："丰饶，恭喜你啊！"

肖丰饶郑重地举起了酒杯，真诚地说道："林书记，谢谢这么多年来您对我的信任和支持，在我的工作中有您这么一位亦师亦友的书记在，是我肖丰饶的荣幸，所以，这一杯理应由我来敬您。"

八十四

林建国并没有推托，碰过杯之后痛快地一饮而尽。

"卢江，这第二杯我最后一次代表石城人民敬你，国药集团的曾先生是因为你才会选择和我们合作的，肖丰饶虽然是你的女朋友，但是也正是因为促成了国药集团与县里的合作才获得了晋升，还有你为咱们石城镇的努力和付出，这一切的一切，我都应该敬你这一杯。"林建国郑重地说道。

当初他把卢江找回来，其实心里面也是有些忐忑不安的，毕竟卢江可是省医科大附属医院的医生，无论是从工作条件、工作环境来说，还是从事业前途上来说，卢江完全就没有理由回来，自己尝试着给他寄去他父亲的虎撑，没想到的是，卢江没有丝毫犹豫，毅然放弃了省城优越的工作条件，抛下了省城的女朋友直接回来了，这让林建国很是感动。

而后来，肖丰饶作为卢江的女朋友来到石城镇，直到现在成了石城镇的镇党委书记，带着全镇人民实现了脱贫的任务。如果没有卢江，自然就没有后来石城镇的发展，所以在林建国眼里，卢江是最值得感谢的。

"林书记，您客气了，这些都是我应该做的。"

林建国点点头，"没错，你是卢家的人，这些我都能够理解的。"

"是的，林书记说得没错，只要我是卢家的人，这一方百姓我就有责任去守护，无论是我的祖辈，还是我的爷爷、爸爸，他们都做到了，而我也应该将这份责任义无反顾地继承下去。"卢江十分感慨，他能够感觉到这屋子里面属于爷爷的气息。

肖丰饶在桌子底下握住了卢江的手，仿佛想要将自己手心的温度通过十指的相扣传递给卢江，去温暖卢江那颗孤冷的心。

"好啊，好啊，这下我就可以放心了。"林建国的脸上露出了一抹宽慰的笑容。

"乐乐啊，你和谭总发展到哪一步了？什么时候我能吃上你们的喜糖啊？"林建国话锋一转，乐呵呵地调侃起韩乐乐来。

韩乐乐的俏脸一红，"林书记，你说什么呢啊，我和谭富民只不过是朋友关系，还走不到那一步呢，人家可是省城的老总，哪里能看得上我这个镇里的老师啊。"

韩乐乐的口是心非并没有能够瞒得过林建国这双老到的眼睛，"你这孩子，害羞什么，男大当婚，女大当嫁嘛，这都是人之常情，有什么好害羞的啊。不过当叔叔的可得提前跟你说好，一定要好好地把握住机会啊，谭总是个不错的人，这个时代像这样的人少之又少，别到时候错过了，后悔都来不及。"

"林书记，你看你又来！"韩乐乐毕竟面皮薄，尤其是当着卢江和肖丰饶两人的面前提及。

林建国叹了一口气，"当初叫你回到咱们这小镇子里来支教呢，其实也是没有办法的事情，镇上的孩子们得不到教育，就算是长大了也是个没文化的，将来呢肯定会没出息，这件事上当叔叔的一直心里有愧啊，不过你这丫头的命不错，能够遇到一个喜欢你的人，我也放心了！"

一晚上，林建国喝了不少，卸下了石城镇这副"千斤重担"的他，自然是敞开了，与卢江等人推杯换盏，不亦乐乎。

谭富民回到了石城镇，这一次他来，目的有两个，一个是准备把石城镇的小学翻盖一下，石城镇的小学都是五六十年前的老教室了，条件和设施实在是差了一些，谭富民的公司这次赚了钱，自然是要回馈石城镇的，他准备拿出二百万翻盖学校，也算是支持新农村建设了；二来呢，谭富民终于鼓起勇气，准备向韩乐乐求婚。

谭富民来到镇政府，敲开了肖丰饶的办公室，"肖书记，恭喜你高升啊！"

肖丰饶抬起头，一看是谭富民，脸上立刻洋溢起了灿烂的笑容，乐呵呵地说道："谭董，今天怎么有时间过来啊？是不是对我们家的乐乐'一日不见，如隔三秋'啊？"

谭富民苦笑着摇了摇头，无奈地对肖丰饶说道："你说你好歹现在也是一方的父母官，怎么也调侃起我来了呢？卢江呢，是不是又到村里去走诊了？"

肖丰饶点点头，认真地说道："他就是闲不住，今天正好白村有几位老人需要定期做体检了，上午就已经走了。哦，对了，我可是

356

听秦阿姨说了，她和谭叔叔对乐乐可是非常满意的呢，你这事基本上就这么定了吧？"

谭富民点点头，大大方方地说道："嗯，定了！"

"那可是要好好地恭喜你了。"肖丰饶说到这里，稍微地有一股子酸劲儿，谭富民自然也明白她是为什么，自己好事将近，反倒是肖丰饶这里，有些好事多磨，当然，最关键的原因还是在肖丰饶的老妈那里。

"我准备向乐乐求婚，需要你和卢江的见证，怎么样，帮我策划一下，搞一个盛大的求婚仪式？"谭富民笑着说道。

肖丰饶一听便兴奋地说道："这个当然没问题啊！"

说着，两人就商量起来，大体上定好之后，谭富民脸上的笑容更灿烂了，"这种事情，还是得让心细的女孩子来做，让我们大老爷们策划的话，只是送个花、跪个地、求个婚就完事了。"

"那你到时候可得好好地谢谢我！"肖丰饶不客气地说道。

"那当然。私事说完了，接下来就说说正事吧，这次呢，石城镇的三七让我的公司赚了不少钱，我和公司的股东，还有主要的经营部门的负责人都已经通过气了，准备把咱们石城镇的小学好好地翻修一下，让咱们的学生能够坐在明亮的教室里面学习，有一个好的学习环境和学习氛围。你看怎么样？"

肖丰饶的眼中泛起了异样的神采，对谭富民说道："老谭，你这可以啊，都懂得回馈社会了啊，这可是一件大好事啊，我要代表石城镇好好地谢谢你！"

谭富民笑着摇了摇头，"谢就算了，这是我应该做的。"

八十五

　　和往常一样，韩乐乐今天有课，早早地，她就来到自己的办公室备课。韩乐乐很喜欢目前的生活方式，作为一名支教老师，韩乐乐早就已经习惯了每天早起，认真地准备着上午的课程。

　　支教老师其实是很辛苦的，虽然韩乐乐就是本地人，但是在市里面上过学，对外面的世界也是充满了好奇心。韩乐乐清楚地记得，在自己即将毕业的时候，当时就已经是镇党委书记的林建国亲自到了她所在的学校主动邀请。

　　韩乐乐其实当时是犹豫的，以她的成绩来说，留在市里一所重点初中是最好的选择。所有人都觉得韩乐乐除非是傻了才会选择回到那个穷山沟里面去。但是结果韩乐乐还是义无反顾地回到了石城镇。当时的韩乐乐在大学的时候处了一个男朋友，男方家庭条件很好，两人准备毕业后两三年就结婚，结果当那个男生知道韩乐乐要回村里任教后，两人大吵了一架，最后就分手了。

回到了镇上，韩乐乐并没有后悔，而是对自己的工作尽职尽责。韩乐乐一直都明白一个道理，如果当年没有老师任劳任怨地给自己上课，就没有自己现在所取得的成就。虽然当支教老师的工资非常地微薄，但是韩乐乐并没有任何的怨言。

因为，所有走回来的老师都是这样的，钱在他们的眼里根本就不重要，重要的是他们无法舍弃这份对家乡的眷恋和对家乡父老的回馈。

回来教书已经有七八个年头了，韩乐乐一直都兢兢业业，带出的学生一批又一批，韩乐乐和每一届学生的毕业照也都整整齐齐压在办公桌的玻璃板下面，每当看到那些孩子们的笑容，她就觉得非常有成就感。

上课的铃声已经响了起来。

韩乐乐换上了一副平和笑容，走进了教室，抬眼望去，所有同学都对她露出匪夷所思的笑容，韩乐乐走上讲台，"好了，开始上课吧！"

这个时候，班长突然间站了起来，声情并茂地朗诵了一首诗，"曾经沧海难为水，除却巫山不是云。取次花丛懒回顾，半缘修道半缘君。这首诗的意思是说：我跨过山和大海，穿过人山人海，才明白，世间唯你最好。"

说完之后，班长直接来到韩乐乐的面前，也不知道是从哪里变出来一枝玫瑰花，递到了韩乐乐的手中，对韩乐乐笑嘻嘻地说道："韩老师，祝你幸福。"

韩乐乐有些傻眼了，这首诗她懂，自然是一首情诗，但是这半大的孩子从哪里学到这首诗，她就不得而知了。

接下来，又有一位同学站了起来，同样用稚嫩的嗓音朗诵道："相见时难别亦难，东风无力百花残。春蚕到死丝方尽，蜡炬成灰泪始干。晓镜但愁云鬓改，夜吟应觉月光寒。蓬山此去无多路，青鸟殷勤为探看。这首诗的意思是想要说：因为爱你，我花掉了所有力气，无怨无悔。"

"春蚕到死丝方尽，蜡炬成灰泪始干。"这句诗常常被用来歌颂老师，这是韩乐乐以前教过的，但是只有她明白，这只不过是断章取义，其实这首诗同样的也是一首情诗。

又是一枝玫瑰花递到了惊愕的韩乐乐手中。

"绿杨芳草长亭路。年少抛人容易去。楼头残梦五更钟，花底离愁三月雨。无情不似多情苦。一寸还成千万缕。天涯地角有穷时，只有相思无尽处。这首诗的意思是：不用每日缠绵，时刻联系，你知道他不会走，他知道你不会变，大概就是最美好的爱情吧。"

"东风夜放花千树，更吹落、星如雨。宝马雕车香满路。凤箫声动，玉壶光转，一夜鱼龙舞。蛾儿雪柳黄金缕，笑语盈盈暗香去。众里寻他千百度，蓦然回首，那人却在，灯火阑珊处。这首诗的意思是：我相信这世界上，有些人有些事有些爱，在见到的第一次，就注定要羁绊一生，就注定像一棵树一样，生长在心里，生生世世。"

......

韩乐乐手中的玫瑰花越来越多，渐渐地已经形成了很大的一束，此时的韩乐乐大概已经明白了是怎么一回事，她的心里面感动已经是越来越多，就在全班所有的孩子都把情诗对自己念了一遍之后，主角和幕后策划者终于登场了。

谭富民此时手里同样捧着一枝玫瑰花，西装革履地出现在韩乐乐的面前，笑眯眯地对韩乐乐说道："秋风清，秋月明，落叶聚还散，寒鸦栖复惊。相思相见知何日？此时此夜难为情！入我相思门，知我相思苦，长相思兮长相忆，短相思兮无穷极，早知如此绊人心，何如当初莫相识。"

同样是一首情诗，却让韩乐乐感动更深。

谭富民继续说道："真正的爱情是，我让你动了心，你让我安了心。我的思念，穿越千山万水，来到你身边。我愿用一生等候，期许你一刻回头。我不需要感人的承诺，只要你在我的身边，便是那最坚贞的守候。世事如诗，我偏爱你这一句，愿做个逗号，待在你脚边。深情不及久伴，厚爱无须多言。久处不厌才是真情。徐志摩说：吾将于茫茫人海中访吾唯一之灵魂伴侣，得之，我幸；不得，我命。"

此时的谭富民已经来到韩乐乐的面前，拿出一个精致的盒子，单膝跪地，真诚地说道："于千万人之中遇见你所要遇见的人，于千万年之中，时间的无涯的荒野里，没有早一步，也没有晚一步，刚巧赶上了，那也没有别的话可说，唯有轻轻地问一声：'噢，嫁给我好吗？'"

最后一句话，引用的是韩乐乐最喜欢的张爱玲的《爱》，只不过谭富民却将最后一句给改掉了。

八十六

韩乐乐手里捧着娇艳的玫瑰花，面对着已经单膝跪在自己面前的谭富民，心里面有些慌乱，但更多的是甜蜜，她的周身沐浴着幸福。

"老师，请你答应谭叔叔！"

就在这个时候，全班所有的同学齐声喊道。

韩乐乐有些犹豫，虽然她对谭富民并不反感，而且谭富民为石城镇做出了如此巨大的贡献，这一切的一切足以证明谭富民是一个值得托付的人，但是在韩乐乐的心里面，她犹豫不决的是自己如果真的和谭富民在一起了，那么自己的工作怎么办，这里的孩子应该交给谁？

虽然韩乐乐想得有些远，但是她不得不考虑。

韩乐乐非常喜欢自己现在从事的工作，更是对故乡的这片热土眷恋不已，她不想离开。

"韩老师，嫁给我好吗？"

谭富民一往情深，从那个精致的盒子里拿出一枚戒指，递到了韩乐乐的面前。

"等等！"突然间韩乐乐叫了暂停，谭富民脸上露出了惊讶的神色。韩乐乐盯着谭富民那张帅气的脸，"谭富民，嫁给你也不是不可以，但是我有三个条件。"

"什么条件？"一切好像并没有按照自己设计的剧本往下发展啊！谭富民突然间有些头痛，万一求婚失败，那可实在是太尴尬了。

韩乐乐深吸一口气，经过了深思熟虑之后，才缓缓地说道："一是我不想离开石城镇；二是我不想离开我的工作岗位；三是我不想离开我的学生。"

谭富民连半分犹豫都没有，一口答应："没问题！"

"真的吗？"韩乐乐同样很惊讶，她没想到谭富民居然如此地痛快，而她的心里却有些迟疑，更有些怀疑。

"你要是喜欢待在这里，那么咱们就在这里定居。一切都你说了算，我听你的安排。那么，我跪了这么长时间，膝盖都已经快要跪破了，韩老师，你答应嫁给我了吗？"谭富民急切地问道。

韩乐乐点点头，从谭富民的眼神中她看到了真诚，韩乐乐的心也开始被融化了，她捧着玫瑰花，并没有回答，只是默默地伸出了自己的右手，谭富民心中大喜，毫不犹豫地把戒指戴在了韩乐乐的纤纤玉指上面。

谭富民很开心，自己的求婚终于成功了，谭富民站了起来，一把将韩乐乐抱在了怀里面。

"亲一个，亲一个！"同学们哄笑着嚷道。

韩乐乐这从羞涩中反应过来，这里可是课堂，更是当着她的学生的面前，做出如此让人难堪的事情，韩乐乐一把将谭富民推开，将手中的玫瑰花直接塞还给他，赶紧推着他出了教室。

"好了，现在我们开始上课。鉴于刚才耽误的时间，我们下课的时间延迟十分钟！"韩乐乐立刻从一个羞涩的女孩儿变成了一个严厉的老师，这种转换完全是无缝衔接。

谭富民尴尬地抱着玫瑰花，焦急地待在教室门口，面对着来来往往的老师，谭富民笑着和人家打招呼，不过每个老师的脸上都露出了鼓励的笑容，还默默地挥一挥拳头，那意思仿佛是在说"加油"！

一堂课结束了，谭富民在教室门口"罚站"了四十五分钟，韩乐乐一踏出教室，直接就被谭富民给拽住了，韩乐乐手里面还捧着自己的教案呢，"喂，我先把教案放回去再说。"

谭富民摇了摇头，"不好意思，我很急的！"

两人来到学校一个僻静的角落里，谭富民二话不说，一把将韩乐乐抱在了怀里面，然后不由分说地吻上了韩乐乐的双唇，良久，韩乐乐才推开谭富民，"注意点儿影响，这里可是学校，要是让我的学生看到了，可就不好了！"

谭富民笃定地说道："放心，他们看不到的。"

"你这招儿是谁想出来的，让我的学生送我玫瑰花，还教我的学生背情诗？这个头开得不好，要是都学会了，以后一个个的还了得？"韩乐乐虽然嘴上埋怨着，但是她的心里面早就已经乐开了花儿。

谭富民这个时候直接把锅甩给了肖丰饶和卢江，"哦，是肖书记和卢大夫，这两人的鬼点子多，我让他们帮我策划一下，没想到他们居然做得这么好，弄得我都不知道应该怎么好好地感谢他们了！"

"喂喂喂，老谭你这可是大大的不对啊，这老话讲得好：'新娘进了房，媒人扔过墙。'你这事儿才刚刚成，没想到就把我和我们家肖丰饶给揭发了啊，亏我们还辛辛苦苦地替你想招儿呢！"就在这个时候，墙头上面，探出了一个脑袋，赫然是卢江。

卢江刚说完，他的脑门就被一只手给狠狠地敲了一下，"你就不能再忍忍，刚刚看到最精彩的戏码，这下好了，都被你给破坏掉了。"肖丰饶竟然也趴在墙头，埋怨着卢江，而肖丰饶的旁边，马海和杨苗同样瞪着个大眼睛，对卢江投过去非常不善的目光。

"我说你们几个，没有工作要做吗？跑这里来偷听偷看什么？"谭富民觉得自己是够谨慎的了，没想到最终还是没能够躲得过去，尤其是韩乐乐这个面皮薄的，此时如同一只鸵鸟把羞得通红的脸塞进了谭富民的怀里。

"好了，赶紧滚远一点儿！"谭富民佯怒道。

从墙头下来，卢江和肖丰饶两人有说有笑地走着，突然间，肖丰饶拉住了卢江的手，露出了小女儿的神态，"卢江，我告诉你，我也想要结婚了，怎么办？"

卢江的身子微微一颤。

以前从未听过肖丰饶说这样的话，今天这是太阳打西边出来了！卢江当然并没有忽略女友现在的情绪，他认真地说道："那我过段时间也向你求婚怎么样？"

八十七

肖丰饶摇了摇头，"求婚就算了，我们直接结婚吧，今年我已经三十二了，镇上像我这么大的，二胎都已经会跑着打酱油了，你还要让我等你等到什么时候啊？"

望着远处的马海和杨苗二人，几人年纪相仿，都是同学，人家的孩子已经上幼儿园了，而他们却连婚事还没有定下来。之前肖丰饶还不觉得，但是现在的她开始有些着急了，她可不想被剩下来。

看穿了女友的心思，卢江握住了女友的手，"放心吧，执子之手，与子偕老。"

秋去冬来。

此时的卢江正在整理着关于他的新的医疗举措，那就是在原有全民健康档案的基础上，实行家庭医生签约服务模式，定期为全镇各村的村民上门服务，卢江把自己实施的结果写进了导师黄鹤要求他写的关于农村医疗建设的论文中去。

临近春节时，卢江这个医生，临时也要兼职一些"送温暖"的工作了。

"大娘,药您要记得按时吃啊,冬天冷,能不出门的话就尽量不要出门了!"卢江细心地叮嘱道。

年迈的大娘握住了卢江的手,脸上的笑容很淳朴,笑呵呵地说道:"知晓了,虎娃子啊,听说你女朋友是咱们镇的书记,闺女长得可真俊啊,啥子时候能够喝得上你们俩的喜酒啊?"

卢江听了之后笑了起来,"大娘,放心吧,快了!"

"卢叔叔,谢谢你送过来的果蔬,你放心吧,我一定会把奶奶照顾好的。"一个十来岁的小姑娘像是个"小大人"一样认真地说道。

"莹莹乖!"

卢江摸了摸孩子的头,然后又不厌其烦地说道:"这段时间就不要往外面跑了,快过年了,不要生病哦!"

"我知道了,卢叔叔,妈妈在电话里面可是已经跟我们念叨了好多遍了,而且学校的韩老师也要求我们预防流感。"叫莹莹的小姑娘一本正经地说道。

"对,韩老师说得没错,一定要听韩老师的话。"卢江笑了笑,然后背起了自己的药箱,站起来正准备离开,一个六十来岁的老汉走了进来,对卢江说道:"虎娃子,天已经不早了,这山里的夜路可不太平,要不你今晚就留在这里过夜好了,明天再回?"

卢江摇摇头,"不了,崔大爷,有些患者还需要我送药呢,放心,这里的山路我就算是闭着眼也是知道得一清二楚的。"

崔老汉热情地说道:"虎娃子,你看我这饭都已经烧好了,就等你了!要不,你吃了再走?家里的饭普通,就怕你吃不惯啊!"

"崔大爷，我真的不和您客气。还有两家没去呢，今天必须得都走到了才行。"卢江略带着一丝疲倦的脸上露出真诚的笑容，如同山上的清泉一般地清冽。"下次，下次我来给大娘看病，到时候肯定会留在家里吃饭。"

"你小子滑头啊，每次都说下次，我们老两口想好好地感谢一下你都不成。"崔老汉有些无奈地说道。

"好了，大爷，下次吧！"卢江背着药箱，乐呵呵地从崔老汉的家里面走了出来。

深夜行走在乡间的羊肠小路是一种体验，更是一种情怀，同时对卢江来说也是一种天然的精神洗礼。

夜深了，一弯皎洁的明月悬在深蓝色的夜空中，将朦胧的清辉洒在了寂静的乡间，宛如在给归途的卢江照亮前路一般，深山之中，只闻得几声鸟鸣，远处的山隐去了巍峨的身形，山上那一抹浅浅的月光清清，像是氤氲着淡淡的白雾。

突然，小路的尽头，在卢江的眼前赫然出现了一只白色的老虎，正在路的尽头盯着卢江，眼中满是凌厉神色，卢江的心一下子提到了嗓子眼儿，忍不住后退了两步，他却忘了在自己的身后是一个斜坡，卢江一脚踩空，整个人直接滚落到了斜坡下。

他渐渐失去了意识……

八十八

......

白雾腾起，如同仙境一般，此时的卢江只觉得眼前出现了一只斑斓的猛虎，那只猛虎一直在盯着自己，目光既满是威严，又饱含慈悲，卢江只觉得自己出现了错觉，他使劲地揉了揉眼睛。

再次睁开眼睛的时候，卢江发现那只斑斓的猛虎离自己越来越近，正在徐徐地靠近自己。

朦胧之间，卢江想要拔腿就跑，奈何自己的双腿却像是灌了铅，不受控制一般，卢江依旧呆立在原地，看着那只猛虎离自己越来越近，卢江全身的力气一下子被抽空了。

卢江此时的身边只有一个小小的药箱，这东西对付这头猛虎又是谈何容易，他不是武二郎，又不是黑旋风，既没有强大的气力，又没有双板斧，赤手空拳的他，别说是三拳了，就是三百拳也根本奈何不了这头猛虎。

"吼！"

虎啸山林，那只猛虎冲着卢江大吼一声，接着张开了血盆大口。

卢江紧张得闭上了眼睛，等了许久却没有任何动静。卢江小心翼翼地把眼睛睁开一条缝，猛虎依旧在，但是它并没有一口把自己的脖子给咬断，虎口大张，那低沉的闷哼声传了出来。

那原本威严凶猛的斑斓猛虎此时居然跪卧在卢江的面前，猛虎凶悍的虎头上露出了罕见的痛苦神色，而且从它的闷哼声中卢江听出了一丝痛苦的哀吟声，貌哀而似怜。猛虎的炯炯双目之中原本的威严之色尽消，取而代之的是一种忧伤的眼神，而眼神之中满满的都是乞求之色，虎头不停地轻轻地摆动着。

卢江忍住慌张朝虎口里望去，发现虎的喉中竟然卡了一根长骨，正是因为这根长骨深深地扎进猛虎的喉咙之中，让猛虎也放下了"百兽之王"的威严，如此哀吼不已。

此时的卢江犯了难，想要取出这根骨头并不算难，难的是取骨的时候老虎必定因为疼痛而下意识地合口，只要虎口一合，他取骨的手就会被猛虎给咬断，这个时候卢江突然间想到了那件名为"虎撑"的医铃。

卢江从自己的药箱里面取出了虎撑，这是卢江的父亲留给他的遗物，而卢江的药箱里面不只这一枚虎撑，另外还有一枚原本是属于爷爷的，只不过这虎撑实在是太小了，小到它根本就解决不了什么问题。

要是它能大一点儿就好了！

说话间，卢江手中的虎撑突然间增大了好几倍，而他的手和胳膊竟然能够从中间的孔洞穿过去。卢江心中大喜，这样的话就不用为自己的胳膊担心了。

卢江将虎喉中的那根长骨取了出来，然后又耐心地给猛虎上了药膏，忙活完之后，卢江感觉到自己的后背冷汗已经浸湿了衣衫，给老虎拔刺，这种事情实在是太过玄妙了，回去之后自己一定要把这段奇特的经历给肖丰饶好好地讲一讲。

而此时，那只猛虎不停地朝着卢江点头，似乎在感谢这位慈悲为怀的医生一样。卢江从虎口中取出了那枚变大的虎撑，猛虎直接站了起来，然后朝着卢江抛过来一个感激的眼神。从猛虎的眼神之中，卢江看到了自己，只不过此时的他已经不是原本那个帅气阳光的卢江了，而是一位仙风道骨的老道士。

裹巾戴幞头，穿圆领长袍，个头中高，体型丰腴，丰头广额，两腮饱满，面容沧桑而又慈祥，双眼细长，双眉之间的距离较远，眼与鼻之间的距离亦远。此时虎眸中映射出来的自己，低颔平视，淡定慈柔，嘴角微微地翘起，挂着一丝平易近人的笑容，大耳长须，坐虎针龙，尽显睿智善济、慈善温良、可敬可亲。

卢江的印象中好像在哪里见到过这个人，恍惚之间他突然间记起了眼前的人是谁了，就是被供奉在自家屋子里的那位传说中的药王孙思邈"孙神仙"。

卢江低头看了看手中的虎撑，他的心中突然大彻大悟，这就是医铃虎撑的来历。而此时那只猛虎突然间转身离开，渐渐地消失在卢江的视线之中，而此时卢江的手里紧紧地握着那个虎撑，久久地陷入了沉思……

......

"虎娃子！"

卢江的眼前突然间多了两道身影，两只手就那样握在卢江的虎撑上面，当卢江再一次抬起头的时候，发现自己的面前出现了一对男女，男女的长相和自己颇有几分相似，卢江的心弦再一次被触动了。

卢江望着眼前的两人，双眼再一次被泪水给浸润了，眼前的这一对男女不是别人，正是卢江已经过世多年的父母。

"爸！妈！"

再坚强的人，见到自己父母的那一刻，也会直接变成孩子的，即便是有二十多年没有再看到父母的身影，但是卢江依然还是很怀念，很想再见到自己父母一面，而现在，他终于实现了这个愿望。

"我们的虎娃子终于长大了！"卢海平的脸上满是欣慰之色，而此时的卢江更是直接伸手抱住了自己的父母，他更像是一个小孩子一样在父母的怀里轻声啜泣了起来。

许多年前，那个夜晚之后，卢江的父母冒雨回家的路上，因为路滑跌下了山崖。从那之后，卢江就再也没有见到过自己的父母，卢江的心里面满满的都是无奈，都是对自己父母的怀念。而现在，当父母再一次出现在眼前，卢江再也抑制不住自己的思念，所有的思念在此刻都化成了无声的泪水，他任由泪水流淌过脸颊，打湿了衣衫。

"爸爸，妈妈，我很想你们！"

卢江埋藏在心底多少年的那句话，终于能够说出来了。

八十九

"我们知道，我们也很想你，孩子！"卢海平的声音也是微微颤抖着，看得出来，见到自己的儿子他也很激动。

"爸，妈，我现在是咱们石城镇的乡村医生了，我继承了爷爷和你们的衣钵，我没有给咱们卢家丢人，更没有给你们丢人。"卢江像是个受了多年委屈的孩子一样哭诉着。

"你做得很好，我们也很欣慰。孩子，我们知道你很辛苦，但是对于我们卢家人来说，这份辛苦是必须的，虽然我们也很想看着你长大，但是你知道的，我们离开得太早了，我们也想要一直陪在你身边，可惜不能了。"

"你们一直都在我的心里面。我知道的。"卢江哭泣着说道。

卢江的母亲原本一直对卢江笑着，此时此刻的她却也哭成了泪人，只是依然一言不发。

"好孩子，往后的路你就要一个人走了。当好乡村医生，你必须要吃更多的苦，必须要忍受更多的罪。咱们卢家虽不是神，却可以成为保护一方百姓的'守护神'，卢家的人必须要把乡亲村民的健康守护好，无论酷暑严寒，也无论烈日雨雪，这是我们的责任，比山还要重的责任，孩子，你能明白吗？"

卢江郑重地点了点头。

卢海平笑了起来，然后拍了拍身边的爱人，眼里满满的都是柔情，"英子，有什么话和虎娃子说吗？见一次儿子不容易，别把话都憋在自己心里头。"

"孩子，好好保重，爸爸妈妈会一直陪着你的。"卢江的妈妈满含深情地对着儿子说道。

"好好地保管好这个虎撑，有它在，我们就会一直在你的身边。"卢海平淡淡地说道。

卢江看了看自己手中的虎撑，当他再一次抬起头的时候，父母却消失在了自己的眼前，卢江的眼泪再一次滚落了下来，他紧紧地握着手中的虎撑，泪水模糊了他的双眼……

……

"小兔崽子，忘了我说过的话了吗？卢家的男人是不能哭的，再苦再累也要憋在心里面，你可是咱们卢家唯一的男丁，以后也是要保护整个镇子的顶天立地的男子汉。"

一个苍老的声音响了起来，卢江抹干了眼泪，一位老人出现在卢江的面前。

"爷爷！"

卢江既惊喜又意外地叫道。

老人正是过世快三年的卢汉清。此时的卢汉清拄着一支拐杖，无比欣慰地看着自己的孙儿。

"原谅爷爷不能一直陪着你了。人老了就想让儿孙过得幸福，你原本可以在省城有一番大作为的，会有更幸福的家庭和事业，为了你着想，爷爷不希望你回来，但是为了咱们卢家，为了整个村子，爷爷又希望你回来，你没让爷爷失望，爷爷真的以你为骄傲，以你为自豪。"卢汉清语气很平静，但是从他的眼神和神态中都暴露出此时的他是无比地激动和自豪。

卢江从药箱中拿出了另外一枚虎撑，捧在手心里面，这枚虎撑是爷爷留给自己的遗物。

"这东西我一直都替爷爷保管着呢。"卢江动容地说道。

卢汉清笑了笑，"这东西在之前或许还有用，但是现在，却是一文不值了。"

"但是它们对我来说，意义非凡，在我这里，它是一个念想儿，更是鞭策我前进的动力之源。爷爷，我一定会做到一个卢家人应该做的事情，守护好一方的安宁和健康。"卢江郑重地说道。

卢汉清笑着摸了摸卢江的头，乐呵呵地说："我知道，孩子，我知道你能够做到的，你是一个心地善良的孩子。看到你能够接过我的事业并把它继续下去，我很开心，我这辈子已经是没有遗憾了。"

卢江还有好多话要对爷爷说，但是话到了嘴边不知道如何开口，这些年来，卢江一直以爷爷为自己的榜样，虽然和爷爷聚少离多，但是卢江最想念的人就是自己的爷爷。

卢汉清脸上露出了一抹淡淡的笑容，只是握着属于自己的那枚虎撑，久久地不说一句话，他望着卢江，由衷的笑容中夹杂着一丝无奈，终于苦笑着说道："小兔崽子，你还没到时候呢，还是回去吧，这里，并不是你的归途。"

卢江并不明白爷爷在说什么，突然间，他觉得爷爷的身影越来越虚幻，眼前如同走马灯一般闪过许多的片段和记忆，年幼的卢江在听到父母过世时的那种茫然和无助，失落和悲痛；卢江在省医科大辛苦求学，只是为了能够学得一身本领回馈家乡；卢江毕业后毅然决然回到石城镇……卢江记忆大门仿佛被打开了一般，渐渐地好像是记起了什么。

"卢江！"肖丰饶的声音仿佛从远方天边传来，声音中充满了焦急和担忧。

"卢江！"是谭富民和韩乐乐的呼唤声。

"卢江！"是马海和杨苗急急的喊叫声。

"小卢！"是林建国有些急不可待的声音，声音发着颤，隐隐有种莫名的恐慌，好像是回忆起了什么一样。

"卢大夫！"是村支书祁富云、张二民的声音。

……

卢江艰难地睁开了眼睛。天已经亮了，而自己刚才所经历的那些事情，如真又似幻。卢江无奈地叹了一口气，终究，那只不过是一场梦而已。

不过那些呼喊声卢江听得真真切切，他知道自己不是在做梦，从山上的斜坡滚落下来，身上的伤更是隐隐作痛，这种疼痛让卢江记起了自己是因为一脚踩在松落的石头上，才滚落了下来的。

那些呼喊声由远及近，卢江听得更加真切，卢江的心里面涌过一丝暖流，卢江把自己所有的心思全都花在了守护村民健康上，现在能够获得所有人的爱戴，卢江已是心满意足。

九十

听到那些呼喊声越来越近，卢江想要回应，却发现自己根本就张不开口，渐渐地，呼喊的声音越来越远，卢江的心里也是越来越焦急，这个时候，他瞥见了就在自己身边的那两枚医铃虎撑。

铃铃铃……

清脆悦耳的虎撑摇动的声音响了起来，在这片广袤的山水之间再一次地响了起来，只不过这一次，却是为了自救。

肖丰饶无比的焦急，卢江的失踪让她心里很是慌张，她知道卢江的父母也是在行医的路上遇难的，她担心卢江也是如此。

"放心吧，肖书记，虎娃子从小就命硬，没事的。"林建国安慰着肖丰饶，但是他的心里面也忍不住担心起来，卢江的父母是怎么去世的，林建国心里很清楚，他不愿意回忆，更不愿意提及。

"就是，就是，卢江肯定会逢凶化吉的。"

所有人都在说着安慰的话，同时也是在安慰着自己。

突然间，肖丰饶好像听到了什么，她把耳朵顺着风的方向，脸上露出了着急的神色，紧紧地拽住了林建国的袖子，急切地说道："林书记,你听到了没有?那是医铃虎撑的声音。我听到了!我听到了!"

看着肖丰饶那激动的样子,林建国心里面无奈地叹了一口气,肖丰饶看似坚强,但是她毕竟还是一个年轻的女孩子,在这样的情况之下,很难保持冷静。

正当林建国准备安慰肖丰饶的时候,他的耳边隐隐传来了清脆的铃声,那铃声,就像是自己小时候听过的医铃虎撑的声音,没错,声音是如此地清脆悦耳,真的就是这种声音,能够让人无比怀念的声音。

"好像是医铃虎撑的声音,没错,就是那声音,肯定是卢江,没错,一定是卢江,在整个镇子,只有卢江的手里有医铃虎撑!"

林建国此时抑制不住地激动,对于他来说,这种医铃虎撑的声音记忆犹新,他从未曾忘记,记得自己小时候,只要听到这个声音,心里面就无比地欢喜,卢汉清的医铃一响,所有人都会跑出来。

放在胸前摇动医铃虎撑,那只能说明水平一般,与肩齐平的摇动,表示医术较高,卢汉清一般把医铃虎撑高高地举过头顶,而这也说明卢汉清的医术非常地高明。林建国那会儿很羡慕这医铃虎撑,对那医铃虎撑摇动的声音更是记忆深刻。

"没错,肖书记你没听错,就是卢江!在整个石城镇,也只有卢家的人有资格摇动这医铃虎撑。一定是他,我们找到他了,我们终于找到他了!"

林建国突然间兴奋起来,"快,循着声音的方向去找,一定能够找到!卢江就在附近,他还活着,太好了,实在是太好了!"

听到林建国的话之后,每个人脸上终于露出了轻松的神情,心里面紧绷着的那根弦这个时候也终于能够松下来了。

呼喊声由远及近，卢江笑了，他知道自己的铃声已经被那些寻找他的人听到了，他手中的医铃虎撑仍在不停地摇动着，而他的眼角，则有大颗的眼泪顺着脸颊缓缓地滑落下来。

卢江的铃声终究是唤来了救援的人。肖丰饶一看到卢江，激动地一把抱住了他，一直在众人面前表现得很坚强的肖丰饶终于掉下了眼泪。肖丰饶不停地捶着卢江的胸口，对着卢江哭嘤嘤地说道："你这个家伙，怎么这么不小心，想要吓死我啊！"

卢江的脸上露出了一个艰难的笑容，伸出手缓缓地将肖丰饶脸上挂着的泪痕轻轻地拭去，淡淡地说道："我没事的，别担心。我不会死的，毕竟我还有好多的事情没有完成，比如说是娶你！"

肖丰饶被当众表白，脸上难得地露出了些许的红晕，有些娇羞地说道："不知道你在胡说些什么。"

"我说二位，就算是想要谈情说爱，能不能也分个场合啊？在我们面前这么做合适吗？"一旁的谭富民调侃道，卢江找到了，看上去还安然无恙，所有人悬着的心也终于放了下来。

马海赶紧上前来给卢江认真地检查身体。

众人也都急急地忙碌起来。卢江一直握着肖丰饶的手，劫后余生让他想明白了，他紧紧地握着肖丰饶的手，再也不愿意松开。

卢江没事了，他突然间顿悟了，这是冥冥之中自有天意，他的心里面实在是有太多的心愿未了了，他想念父母，想念爷爷，虽然一直都表现得很坚强，但是他的心里面留有太多的遗憾了，而这一次，他已经完成了自己的心愿。

卢江从山上滚落，摔断了腿，终于可以好好地休息一阵子了，正好有时间写师父布置的论文。

九十一

    阳春三月，正直大地回春的美好时节，卢江在病床上面躺了有三个月了，俗话说得好，伤筋动骨一百天，卢江终于能够在镇卫生站的院子里面活动活动了，而曾岚的恢复速度明显要快了许多。

    曾岩在卢江住院期间曾经来看过卢江一次，在询问过弟弟的意见之后，曾岚就正式留在了医院，毕竟是个小小的镇卫生站，曾岚留在这里可以打扫打扫卫生，看看大门，对于曾岚来说，这是他最愿意做的事情，因为在这里，没有人会歧视他，而曾岚更是获得了自己梦寐以求的自由。

    曾岩提出要将镇卫生站重建，这是看到谭富民替镇上的学校翻修之后，做出的决定，他还承诺要添置一些先讲的医疗设备。对于曾岩的决定，卢江没有拒绝，而且他也无法拒绝。

    "卢江，你的腿好些了没有？"韩乐乐和谭富民走进来，乐乐背着一个鼓鼓的包，对卢江说道。

卢江正在做一些恢复性训练，看到两人，乐呵呵地说："哎呀，是一对即将踏入婚姻殿堂的亲人啊，你们的日子定好了吗？到时候你们的喜酒我可是一定要喝的，千万不能把我给落下啊！"

谭富民听了之后，大大方方地笑了起来，"那是一定的，卢江，你和肖丰饶可是我们俩的介绍人，我和乐乐商量过了，婚礼就在咱们这石城办，结婚的创意我都已经想好了，到时候保证你会大吃一惊的。"

韩乐乐听了谭富民的话，直接对自己的爱人翻了一个很不屑的白眼儿，"我都已经跟他说过了，不需要这些俗套的东西，可他就是不听。"

"哎呀呀，又在我面前'撒狗粮'是吧？"卢江一听就忍不住气恼，他和肖丰饶的婚期一拖再拖，现在两人的年纪都不小了，早就是大龄男女青年了。

"没错，你猜对了，我们就是来气你的！"谭富民打量着卢江的腿，有些幸灾乐祸地说道："原本还想要让你来做我的伴郎呢，可是看你的腿，估计是不成了，可惜啊，肖丰饶已经预定了一个伴娘的位置，你说说到时候万一我找的伴郎里面有和肖丰饶看对眼的，你可就危险了。"

"你敢！"卢江急眼道。

"咯咯咯，跟你开玩笑的了。"韩乐乐捂着嘴笑呵呵地说道。

卢江没好气地说道："看到了没，真的是嫁鸡随鸡，嫁狗随狗，乐乐，谭富民身上的优点你没学到，这坏习惯可是学了不少啊，你以后还是离这家伙远一点儿。"

"这是我们两口子的事儿了，和你卢大夫可是一点儿关系也没有。

哦，对了，我这里可是有一个很重要的消息要告诉你，不知道你愿意不愿意听啊？"谭富民故作神秘地对卢江说道。

卢江哼了一声，没好气地说："除了你们俩要结婚，这勉强还能算是好事，你还有什么好事要告诉我？"

"你那个未来的老岳父和你师父要来咱们石城了。"谭富民一本正经地说道。

"啥？"

卢江傻眼了，这怎么能算是好消息呢，对此时的卢江来说，这简直就是一个天大的"噩耗"啊，自己摔下山坡的事儿，保密工作一直做得可是非常好呢，真要是让他们看到自己现在这副样子，肯定少不了对自己一通数落。

"这事儿谁告的密？"卢江恨恨地咬牙切齿道。

谭富民摇摇头，"这事儿吧，你还真的是有些冤枉人了，其实受前段时间初春时的那场降温影响，村民错过了种植中药材的最佳时机，而这次呢，可是你的宝贝未婚妻，也就是咱们石城镇的镇党委书记、镇长大人亲自发的邀请，目的就是看能不能通过调整种植的中药材品种，避免因为自然灾害对春耕带来的影响。"

"真的要来？"卢江心虚了。

谭富民和韩乐乐点了点头，"没错，另外二位长者还要参加我和老谭的婚礼。"

"马海这个家伙，大大的坏啊！这等重要的事情居然一点儿都不透露给我！快快快，我得找个地方先躲起来，要是让两位大人看到，我指不定会被骂成什么惨样儿呢。哦，对了，他们什么时候来？"

卢江慌慌张张地问道。

韩乐乐和谭富民忍不住捂着嘴笑了起来。

"卢江，现在才想起来躲，晚了。你就算是躲得了初一，能躲得了十五吗？况且两位老前辈马上就要到了！"一旁的马海有些幸灾乐祸地看着卢江，脸上的笑容真的是很欠踹，要不是卢江此时的腿脚是真的不方便，只怕是早就已经一脚踹上去了。

"对，你小子，还有多少事儿瞒着我们？"

背后，凉意冷飕飕地传了过来，卢江被吓得一激灵，忍不住打了个寒战，此时的他拄着拐，换上了一副无比谄媚的笑容扭回了头，一眼就看到两位怒发冲冠的长辈，而陪在这两位长辈身边的，一脸生无可恋的肖丰饶。

"师父，肖院长，你们怎么来了，来也不和我说一声啊！"卢江赶紧拄着拐挪了过去，脸上的笑容瞧上去有些假。

黄鹤板着一副脸孔，对卢江说道："知会你一声儿，好让你躲着不见我们啊，你说说你小子，怎么这么不小心，当个医生也能让你当成个最危险的职业，你也算是头一个！"

肖枫看了卢江一眼，更是没好气地对女儿调侃道："这就是你找的如意郎君，看上去也不咋地啊！"

肖丰饶也被自己的老爸闹了一个大红脸。

"跑？谁要跑？我高兴还来不及呢，跑什么跑？倒是您二位能够大驾光临这小小的卫生站，真的是让我不胜荣幸，蓬荜生辉啊！"卢江一本正经地说道，脸上摆出一副"死猪不怕开水烫"的神情。

肖丰饶把脸扭了过去，这个家伙实在是太不要脸了。

九十二

"臭小子居然还想要糊弄我们，难道想讨打不成？"黄鹤口中似有责怪之意，脸上却还是露出了玩味神情。

卢江笑呵呵地说道："师父，肖院长，天地良心啊，我可没糊弄你们，借我十个胆我也不敢啊！"

"好了好了，臭小子少贫嘴了，把现在镇里卫生健康情况大概地和我们说一说，也让我们先了解一些具体的情况，看看你小子这两年有没有懈怠。哦，对了，这是肖院长判断要不要把女儿许配给你的重要依据，可是要想好了再说。"黄鹤看了肖院长一眼，然后意味深长地说道。

卢江听到这里，立刻打起了十二分精神，神色也变得郑重起来，平静地说道："好，那咱们到里面去聊。"

到了办公室，卢江马上进入角色，认真地介绍起来，"先来介绍一下我们石城镇的卫生站大概情况，之前我来的时候，卫生站只有一间办公室，而且医生也只有一个，经过这几年镇政府的支持，我们镇的卫生站实现了扩大，现在有六间独立的区域，实现了医疗区与生活区的严格分开。"

石城镇的卫生站又经过了一次整合，现在共有六个区域，诊室宽敞且布局合理，虽然一些设备都是上级医院更新换代淘汰下来的，但基本实现了设备齐全。诊断桌、诊查床、诊查凳、候诊椅一应俱全，而且用来诊查用的医疗器械更是应有尽有。治疗室为相对无菌区，室内宽敞而且光线充足，四面光洁，便于清洁消毒。处置间为污物分类、处置的地方，更是做好了消毒处理。留观室也就是病房，有六张病床，一应设备整备齐全。药房里的药柜整齐清洁，中成药、西药和中药分类摆放。而档案室里面是全镇村民的医疗健康档案。

卢江带领着众人参观了卫生站，黄鹤和肖院长两人每到一处，便连连地称赞点头，黄鹤赞许地说道："嗯，整个看下来，确实是不错。卢江，镇卫生站能有今天的这番面貌，你功不可没。"

"确实是像模像样的。"肖院长也附和道。

卢江得到了表扬，肖丰饶的心里面也是甜丝丝的，这个时候得给男朋友好好争一些面子回来，"我刚来石城镇那会儿，镇上虽然有卢爷爷守着，但是毕竟条件十分有限，就一间屋子作为镇上的卫生站，实在是太过寒酸了，现在比之前好太多了。"

"看到没，女生外向，你这宝贝女儿还没嫁过去呢，就已经在替人家说话了。"黄鹤笑呵呵地打趣道。

肖院长也不急也不恼，而是平静地说道："那是必须的，我们肖家的门风和家风可是一等一的，师兄，看样子你是眼红了。唉，可惜啊！肖丰饶是我的女儿，卢江是我们肖家的姑爷！"

"哈哈。"被肖院长当众调侃，黄鹤不急不气，也是一笑了之。

"镇里村民的健康情况怎么样？"黄鹤继续询问道。

卢江认真地做出了解答："按照国家新型农村合作医疗保障制度和城乡医疗救助等制度的规划，现在石城镇村民全部覆盖，而且我回到石城镇卫生站之后，建立了全民健康医疗档案和大病救助医疗保障措施，可以说，现在石城镇的医疗水平得到了很大的提升，而且有助于我们这些乡村医生走诊。"

卢江如数家珍一般回答着，所有人的脸上都露出了满意的神色，黄鹤更是忍不住地感叹道："乡村医生不好当，卢江你做得很好，老师很欣慰啊！"

肖院长听闻之后也对卢江称赞不已，"确实是做得不错，农村医疗建设本就是一项艰难的工作，卢江你只不过用了短短几年时间就已经做到了这个程度，确实是值得称赞的，嗯，这样才是我肖枫的女婿。"

听到肖院长的话拐了道儿，黄鹤笑着打趣道："肖师弟，夸人就夸人吧，连带着自己也夸上了。"

"你这老师也有可以自夸的啊，谁让你教出了这么好的一位学生。"

两人同时笑了起来，肖丰饶却没好气地说道："黄教授，爸，你们两个就别互相吹捧了，卢江这个家伙会膨胀的。"

所有人笑了起来。

肖院长此次前来，是为了解决石城镇因上次的事情影响延误了春耕春种的难题。他是谭富民请来的专家，现在已经到了四月底了，每个人的心里都很急，要是乡民们再不种，今年一年就落不下什么收成了，所以谭富民带着省城的中药材专家和经济专家来石城镇考察，目的就是为了让石城镇这个新兴的药材大镇继续地壮大发展。

接下来的几天，肖院长进行了详尽的实地考察，最终得出了结论，根据各个村的实际情况进行了分配，甘草、党参、五味子、半夏、牛蒡子等十几味中草药如同遍地开花一般。吸取了种植三七的经验教训，各村没有集中种植，而是进行了分配分散。

卢江并没有参与，此时的他正坐在自家的院子里面，而他的对面就是自己的师父黄鹤，此时黄鹤的手里面拿着一份论文，戴着眼镜正认真仔细地阅读，卢江脸上稍微地露出了一丝紧张的神色。

这些日子，黄鹤和肖枫就住在卢家。

黄鹤第一眼看到卢家的深宅大院，除了深深的震撼之外，更多的就是感慨了，当卢江介绍说这房子是几代村民自发地替卢家盖起来的时候，黄鹤的震撼和感慨更多地变成了钦佩。

黄鹤自然也深深地爱上了这座宅院。

"嗯，不错，卢江，你做得很好，圆满地完成了我交给你的任务，没有调查就没有发言权，同样实践是检验真理的唯一标准，而我们总要以事实来说话的。"黄鹤看完卢江的论文，非常满意地点了点头。"哦，对了，这篇论文就以你的名字发表，这是你这么多年来的经验交流和劳动成果，我很满意，卢江你没有给老师丢人！"

九十三

谭富民和韩乐乐两人的婚礼很是简单，但是十分浪漫。

两人婚礼现场就在刚刚翻新好的学校门前，两人都穿着崭新的礼服，在他俩的面前摆放着整整齐齐的课本和书桌，而受邀前来的除了两人的亲朋好友之外，便是镇上的那些朋友。

卢江和肖丰饶自然也来参加了，毕竟两人可是伴郎和伴娘。

卢江的腿已经好得差不多了，行动自然是没有任何的障碍。婚礼司仪请林建国来担任。

"感谢大家能够前来参加谭富民和韩乐乐的婚礼。"林建国乐呵呵地笑着说道。

"婚姻是什么，有人说，婚姻是男人停泊的海港；有人说，婚姻是女人幸福的天堂。其实婚姻很简单，婚姻就是两个人在一起时的快乐。当处在顺境时，两人会默默地分享这种快乐和喜悦；当处在逆境时，两人会相互扶持、相互鼓励。一段感情的开始，必须是始于热烈而又浪漫的恋情；一段婚姻的开始，却是始于一份责任、一份成长。婚姻就是两人在人生长河中的启程，在岁月中乘风破浪……”

站在卢江身边的肖丰饶忍不住低头对卢江嘟囔道：“没想到咱们的林书记居然有做婚礼司仪的天赋啊，这是又解锁了新技能啊！”

卢江笑着说道：“那是，咱们石城镇别看小，那也是藏龙卧虎的！”

“这两人还挺有意思的，来学校举行婚礼。”

“羡慕了？”卢江笑着反问道。

肖丰饶把嘴轻轻地一噘，有些口不对心地说道：“谁羡慕了？不就是一个婚礼吗，我的婚礼一定比韩乐乐的更难忘！”

“要不把咱们的婚礼设在镇卫生站？现在镇上的卫生站要重建了，到时候咱们也等卫生站整修一新之后，举行盛大的婚礼。”卢江半开玩笑地说道。

没想到自己的讨好换来的却是肖丰饶的一个白眼儿，肖丰饶没好气地说道：“拾人牙慧有什么意思，而且你把咱们的婚礼地点放在医院，你是不是脑子有毛病，你这是祝福我呀还是要诅咒我呀？”

“得得得，我认错！我保证会给你一个盛大的婚礼。”卢江信誓旦旦地说道。

意外的是肖丰饶摇了摇头，平静地说道：“我才不要，我结婚的事情为什么非得昭告天下，整得和我要登基一样？咱可是党员干部，得注意身份和影响，三五个亲朋好友聚在一起乐呵乐呵就可以了，把场面搞得太大，我不喜欢。”

“行行行，一切都依着你来。”

卢江赶紧结束这个话题，随着年龄越来越大，肖丰饶对于结婚已经从最开始的期盼到了现在的迫不及待了，尤其是看到谭富民和韩乐乐的婚礼，更是激起了肖丰饶内心深处的这种对情感归宿的渴望。

卢江知道，这一次必须得把结婚这件事提上自己的日程了。

婚礼很简单，没有宴席，没有花童撒花入场，没有婚礼进行曲，没有交换戒指、没有献花致辞，更没有切蛋糕或倒香槟酒等等一切繁杂的仪式，出人意料的是接下来却举行了一个别开生面的捐赠仪式，搞得更是有声有色。

等捐赠仪式完成，林建国这个婚礼司仪才乐呵呵地说道："好了，下面我们大家祝这小两口生活圆满幸福。"

韩乐乐直接将手中的花递到了肖丰饶的手里面，并乐呵呵地对她说道："接下来就轮到你了，这花我就直接送你了！"

肖丰饶有些尴尬地捧在手里面，卢江则偷偷地笑了起来，肖丰饶狠狠地朝着卢江瞪了一眼，没好气地说道："笑什么笑？"

"没什么，其实你捧着花的样子挺好看的。"卢江乐呵呵地说，接着竟然从裤子口袋里面掏出了一枚戒指，由于腿脚不便，自然是没有单膝跪地，然后很是深情地说道："既然如此，那我可就借花献佛了。肖丰饶同学，我们已经相恋十多年了，十多年的时间检验了我们之间的感情是牢不可破的，而且你一直陪在我身边，不离不弃，我很感激老天能够让我遇上你。说句心里话，我对我们之间的感情信心满满，不知道你愿意不愿意和我把我们的感情再提升一个档次，适当地升华一下？"

肖丰饶被这突如其来的表白给吓了一跳，不过看到卢江好像是做足了功课，她的心里面也被满满的蜜意给填满了，而此时的谭富民和韩乐乐的脸上并没有表现出一丝惊讶，肖丰饶立刻就明白了，原来这是卢江已经提前做好了功课。

"答应他。"谭富民真诚地说道。

韩乐乐笑嘻嘻地说道："肖丰饶，快答应啊，这不是你梦寐以求的吗？"

"有情人终成眷属，这可是值得高兴的一件事啊，小肖，答应吧！"就连林建国也附和道。

众人也都笑着希望肖丰饶能够答应卢江。

卢江继续深情款款地说道："丰饶，谢谢你这么多年来的理解和支持，我很感动，我想我应该做些什么，或许只有这样才能够让你感觉到开心，也才能够表达我的感激之情。"

肖丰饶此时已经是眼泪在眼眶里面打转了，坚持了这么多年，今天她终于等到了，卢江的表白和求婚，在亲朋好友的见证之下，肖丰饶的心瞬间就融化了，肖丰饶激动地点了点头，然后伸出右手，卢江把戒指稳稳地戴在了肖丰饶的手上。

"好！"

此时，在场的所有人忍不住欢呼了起来。

卢江的脸上露出了开心的笑容，他知道，自己这一生已经和肖丰饶完全绑在了一起，肖丰饶能够为了长相厮守，为了能够陪伴在自己身边，放弃和付出的比自己多得多，卢江心存感激，直接将肖丰饶搂在了怀里面。

卢江在肖丰饶的耳边轻声说道："丰饶，谢谢你，我爱你！"

九十四

　　虽然只有几个字，却蕴含着卢江的浓浓情意，肖丰饶激动和幸福的泪水忍不住从眼眶中滑落，这一刻，她感觉到自己被幸福包围着。

　　有情人终成眷属。

　　在众人如同雷鸣一般的掌声中，卢江和肖丰饶紧紧拥抱在一起，每个人的脸上都洋溢着开心的笑容，就在这个时候，谭富民带头鼓动道："亲一个，亲一个！"

　　"想都别想，我媳妇好歹是咱们石城镇的党委书记，形象还是要保持的，对不对啊，媳妇！"卢江话音未落，肖丰饶就迫不及待亲吻上了自己的爱人。

　　"好！"

　　肖丰饶的奔放，还有不顾形象的拥吻，让现场又掀起一拨高潮。

　　黄鹤忍不住啧啧称赞道："肖师弟，我也要好好地恭喜你啊，恭喜你得到了一位贤婿啊！"

肖枫只是笑了笑，并没有说什么。

卢江和肖丰饶两人订婚的消息很快就在石城镇传开了。在乡下，邻里乡亲之间原本不起眼的一些鸡毛蒜皮的小事儿都能够成为村民口中津津乐道的谈资，而卢江和肖丰饶的故事，就好像是当代的爱情励志故事一般，在乡民的口中传开了。

往后的几个月里，村民们三三两两地聚在一起吃晚饭的时候，话题也总是离不开肖丰饶和卢江这两位。

原本平静的小镇，热闹了起来。

卢江站在镇卫生站的门口，看着已经空荡荡的卫生站，还有不远处那些挖掘机和推土机等大型的机械，甚至还有一支拆迁队正在商量着如何拆除这座已经有着几十年历史的镇卫生站。

卢江有些留恋地看着和自己朝夕相处的镇卫生站，心里面涌起了一丝丝的不舍和留恋，毕竟这里有着他的青春和汗水，更是见证了石城镇乡镇医疗水平和条件的发展变迁，对于卢江来说，这里就是他的第二个"家"。

"怎么了，是不是有些舍不得啊？"肖丰饶看到卢江情绪有些低落，快步来到了卢江的身边，握住了他的手，柔声说道。

卢江对未婚妻露出了一个勉强的笑容，然后目光逐渐由不舍转成了坚毅，"确实是有些舍不得啊，不过总是要发展的，这也算是'旧的不去，新的不来'啊，拆了这些旧房子，盖一所新的乡镇医院，到时候大家看病住院的条件也会变得更好，我的那些不舍，相比较起来就显得有些不值了。"

肖丰饶点了点头，"说得对，我们总不能一直原地踏步。卢江，再过几个月，等新的乡镇医院盖起来之后，你一定会很欣慰的。"

卢江点了点头，对着施工队的头头挥了挥手，带着肖丰饶直接离开了这里，他忍不住最后回头望了一眼，眼中的不舍依旧是如此地纯粹。

轰！

一声巨响过后，镇卫生站被推平了，卢江的最后一丝不舍也和这倒塌的镇卫生站一样，消失得无影无踪了。

卢江将镇卫生站临时安置在了自己家的深宅大院之中，这里毕竟是几代村民为感激卢家做出的贡献而盖起来的，现在镇卫生站重建，镇里的村民看病不能没了去处，而自己家正是一个临时的落脚点，卢江毫不犹豫地就把卫生站搬到了自家的院宅之中。

曾岚好像对能够住在这里很是开心，现在他的腿伤早已痊愈，他喜欢待在这里，喜欢跟卢江他们待在一起，毕竟对于曾岚来说，他只不过是一个拥有孩子心性的病人，只要活得开心就好了。

黄鹤和肖枫在解决了种植问题之后并没有急着离开，这两位在省里鼎鼎大名的医生既然已经来了，被卢江软磨硬泡给留了下来，许多疑难杂症，在这两位经验丰富的老医生眼里面就不是问题，中医有肖院长，而西医嘛，则是有黄教授！

"好了，臭小子，你把我们也'强行扣留'了半个月了，我和肖院长在学校和医院里面都有一大堆的事情，好不容易借机会出来放松一下，又被你这个臭小子给拉来坐诊了，你还真的是不放过我们这一把老骨头啊！"

黄鹤一脸无奈地说道。

肖院长面无表情地看着卢江，缓缓地说道："其实在这里养老也挺好的，清静又安逸。我准备退休之后就搬过来。"

"那敢情好啊！"

卢江当然求之不得，有这位坐镇，那就是"山不在高，有仙则名；水不在深，有龙则灵"，更是"酒香不怕巷子深"，看肖院长有这样的想法，卢江的心里乐开了花儿，"只要肖院长愿意，想住多长时间就住多长时间，我举双手表示赞成。"

黄鹤这个时候酸不溜丢地说道："果然是打虎亲兄弟，上阵父子兵啊！师弟，你这女婿还没进门呢，你就迫不及待想要替女婿站台助阵了啊！"

肖院长直接白了一眼黄鹤，淡淡地说道："那自然是人之常情！"

"好好好，这个嘛，我是说不过你的。哦，对了，卢江，你的那篇论文呢，我已经寄出去了，今天接到了电话，正好省里正在举办一次医学论坛，到时候你就替我去吧，我这一大把年纪了，也应该好好地休息休息了。"

"医学论坛？"

卢江吓了一大跳，这种权威性极高的论坛他不是不知道，正是因为他太清楚这次论坛的"含金量"了，才不由得被惊到了。

黄鹤毫不在意地点了点头，"没错，你的那篇关于农村医疗建设的论文可是得到了好多专家的认可，他们也正想要听一听你的汇报。而且，我已经给你安排了三个月的进修，到时候也方便你开展工作。"

肖院长看了黄鹤一眼，没有说什么。

九十五

卢江有些忐忑地说道："师父，这样不太好吧，这三年一次的医学论坛可是名家云集啊，我这么一个小小的乡村医生去和他们交流经验，是不是有些不太妥当啊？"

卢江不是没想过，只不过这种论坛的规格实在是太高了。

"看你这点儿出息，你小子只管去就好了，其他的就不用你来操心了。臭小子你可记住了，你是我黄鹤的'关门弟子'，去了自然是不能给我丢人的，要不然的话到时候可别跟人提我是你的师父了！"

黄鹤淡淡地说道，丝毫不在意。

"我要是走了，这镇上的事情可就耽误了，三个月的时间太长了。"卢江心虚地说道，可是他说出来的这个蹩脚的"借口"，就连他自己都说服不了自己。

黄鹤对自己的这个"关门弟子"可是信心满满，"我说你可以你就可以的，交流经验嘛。而且这种进修对你来说可是提升很快呢，你的几个师兄师姐都没这个机会，现在是摆到你面前你都不想要吗？要不我把这个机会给荣树贤？"

"别别别，我去！"

卢江自然是不愿意错过的，这可是一次非常难得的宝贵机会。

"那好，你准备准备，过两天就走，算算时间也差不多了。石城镇这边你就不用担心了，我来替你盯着，哦，肖院长也会一起留下来陪着我的，对不对，师弟？"黄鹤看了肖枫一眼，乐呵呵地说道。

肖院长连眼睛都不眨一下，并没有理会黄鹤，而是把目光转向了卢江，开始叮嘱了起来："你就好好地学习，这可是一个千载难逢的机会，既然你选择了当一名乡村医生，那就注定你这一辈子付出的要比别人多得多，在这里，医生就是'神'，所有人对你只有信仰，信仰你能够包治百病。你要体会你师父的良苦用心，你能明白吗？"

卢江听到这里，默默地点了点头。

"好啦，晚些时候等肖丰饶回来了，你和肖丰饶好好地商量商量，还有，既然你们都已经订了婚了，怎么着也应该回去亲口告诉你田阿姨。"肖院长淡淡地说道。

卢江的神情明显地一滞，心里面却不是滋味儿，肖丰饶的母亲一直对自己有偏见，她一直希望肖丰饶能够和自己回到省城，但是卢江并不愿意，石城镇更需要他。在田阿姨的眼中，自己和肖丰饶的婚事，应该是一个不是 A 就是 B 的"单项选择题"；而对于卢江和肖丰饶来说，他们都觉得这应该是一个能选 AB 的多项选择题。

或许是看到了卢江无意之间露出来的尴尬神色，肖院长微微地叹了一口气，"体谅一下你田阿姨，她只不过是想要让你们过得更好一些。早些年间我在乡镇医院的时候，她跟着吃了不少的苦，所以才不希望你们的生活过得差。"

卢江点了点头。

卢大夫要离开石城镇了。

这个消息不知道怎么突然间就传开了，卢江准备启程去省城的时候，卢家的大门被闻讯赶来的镇里的村民给堵得严严实实的。

看到卢江背着行囊出现，人群之中开始躁动了起来。

"卢大夫，你是不是要离开了？"

有人带着一丝丝怒意对卢江说道，而且这一开口，众人都跟着吵嚷起来。

卢江能够感受得到大家心里面的焦急，他笑着摇了摇头，缓缓地说道："没错，我要去省城进修！"

"那卢大夫你还会回来吗？"

卢江想都没想，直接回答："当然是要回来了，石城镇是我的根，也是生我养我的地方，我怎么可能会不回来呀？放心，我只不过是去省城参加论坛交流，然后再用三个月的时间进修一下，等我进修完了，自然就会回来的。"

人群中传出窃窃私语的声音，众人却依然堵着大门口，并不打算让卢汇离开。

"卢大夫，你离开这么长时间，咱们镇上的人要是有个急病怎么办？你这倒是自己拔腿就走了，咱们镇上的老百姓要是得了病，找谁去？总不能跑到县里看病吧？到时候黄花菜都凉了！"

卢江笑了起来，朗声说道："当然不会了，大家放心，我都已经安排好了，我师父黄鹤黄教授，可是省医科大学的博士生导师，还是省医科大附属医院普外科的主任医师，还有肖书记的老爸，是省中医学院的院长，同时也是有着多年丰富经验的老乡村医生了，有他们在，大家就放心好了。"

"他们能行吗？"

在石城镇已经有了这么一个习惯，要说治病救人，他们只相信卢家人，真的要是把卢江给放跑了，他们心中的"信仰"也会立刻跟着崩塌掉的，卢江就是他们的希望。

卢江心里暖暖的，他站在大门的台阶上，对着黑压压的人群说道："能行，他们可是我的前辈，我的一身本事都是跟他们学的，他们的水平可是比我高明太多了。让他们来顶替我工作三个月，那简直就是大材小用了，各位乡亲父老们请放心看病。"

"万一卢大夫你到时候不想回来了怎么办？我们又不可能去省城找你，再说省城那么大，我们人生地不熟的，就算是让我们去找，我们也找不到啊！不行，我们不同意卢大夫离开石城镇。"有人说出了疑虑，人群中这个声音一响起，大家又附和了起来。

卢江无奈，乡亲们的热情和对卢家这块"金字招牌"的信任让卢江很是感动，但是就这么僵持着也不是个办法。就在这个时候，从门里传来一个声音，"大家伙怎么把我们家的门给堵了？"

肖丰饶从门里走了出来，看到黑压压的人群，忍不住柳叶细眉轻轻一皱，"春耕这么忙，大家都不需要干活的啊？"

顿时，人群之中静悄悄的一片。

九十六

"好了,都散了吧,卢大夫不会离开石城镇的。"肖丰饶扬声说道。毕竟是石城镇的父母官,她说的话还是应该有分量的,只不过这一次肖丰饶却失算了,看到大家并没有要离开的意思,肖丰饶的眉头皱得更紧了。

卢江笑呵呵地说道:"好了,好了,大家都不用堵着我家门了,肖书记可是我未过门的媳妇,就这么被你们堵在家门口了,影响也不太好,要是传开了,还以为大家伙要集体'逼宫'了呢。"

轰——

在场的所有人都笑了起来。

卢江继续说道:"我和肖书记的关系大家是知道的,我这次出去呢,最多三个月就回来了,大家伙儿心里的担心也是多余的,我自己的媳妇还在咱们石城镇呢,我能跑到哪里去啊?这里可是我的家。今天呢,我就把我媳妇押在咱们石城镇,这下大家伙儿应该放心了吧？"

众人想了想，其实也有道理。

肖丰饶狠狠地瞪了卢江一眼，瞧瞧这家伙怎么说话的？这是把自己当成什么了，还把自己押在这里！

"怎么样，大家还信不过我卢江吗？"卢江乐呵呵地说道。

"信，大家当然信得过了！"人群之中有人大声回应，其他人也都点了头，然后主动地给卢江让出了一条路，卢江的脸上挂着开心的笑容，他的心里面更是感动不已，他卢江也渐渐地成了镇上村民的"主心骨儿"，这种殊荣可不是一般人都能够有的。

卢江和肖丰饶离开了，黄鹤和肖枫则留下来，看着卢家门口的人群渐渐地散去，黄鹤忍不住感叹道："农村医疗建设，这可是一条任重而道远的路啊，卢江这小子选了一条很艰难的路走，只希望他能够坚持下去。"

肖枫点点头，眼神无比坚定地说道："我对卢江有信心。"

在省医科大学，正在举办一场全国颇有影响的医学论坛，许多医学专家汇集到一起，分享和交流着各自的经验。省医科大的学生也很感兴趣，自发地来参加这场论坛，能够学到一些知识，对以后的工作那是非常有帮助的，这样的机会也是十分难得，整个会场坐得满满当当。

当卢江出现在讲台前，他的年轻让所有人都很意外，在场的医学界大咖对这位后辈也是十分陌生。

卢江的心里面其实是非常紧张的，他的论文虽然已经发表了，但是他在这群人里籍籍无名的，能够在这么多大咖的面前分享自己的研究成果，而且还是被许多医疗工作者忽视的农村医疗卫生方面的专题，卢江心里也是忐忑不安，七上八下的。

"这位小友是谁啊，怎么未曾听说过啊？"坐在当中的华老是国内医学界泰山北斗式的人物，看到卢江的出现，心中更是疑惑不已。

"听说是黄鹤的'关门弟子'。"旁边的一位老者介绍说。

听到黄鹤的名字，华老的脸上露出了一抹笑意，"哦，原来是'黄老邪'的徒弟啊，那咱们可得好好地听一听喽，好好地检验一下这位后生，是不是真的得到了'黄老邪'的真传。"华老难得地开起玩笑来。

卢江走上讲台的那一刻，他心中所有的顾虑全都不见了，面对着学校最大的礼堂中黑压压的人群，卢江尽快地调整着自己的呼吸和情绪，平静地说道："诸位前辈，诸位同人，诸位同学，大家好，我叫卢江，来自于咱们省偏远山区的一名普通的乡镇医院的医生。"

"一个乡镇医院的医生？"

所有人都忍不住皱起了眉头，在座的可都是来自各大城市、各大医院的医学界前辈，而这个叫卢江的家伙只不过是一个小小的乡村医生，不说别的，光是这资历就相差得实在太悬殊了。

卢江丝毫不介意台下所有人的窃窃私语，而是继续平静地说道："或许大家觉得我是从小地方出来的，没有资格站在这里，向各位同行的泰斗、精英们做汇报交流，其实我心里也是这么认为的，大家心里面肯定会在想，这小子有点儿不知好歹了！"

卢江的玩笑让坐在台下的华老他们不禁莞尔，而其他的人已经是笑出了声。

"不过呢，这也正是我今天要和大家分享的，我今天要说的主题就是关于农村医疗卫生的现状。关于乡村医生，大家应该了解得非常少，或许都觉得乡村医生很难当，很苦很累。不过呢，这不是我今天要说的重点，我要说的，是如何建立新农村的医疗卫生保障。"卢江很快地就进入了主题，而华老他们更是眼前一亮。

　　"这'黄老邪'果然是另辟蹊径啊！"华老不由得叹道，"农村医疗卫生建设，这可是一个新的课题啊！"

　　卢江侃侃而谈，从当前农村医疗卫生的设施规模小、"网底"功能脆弱以及农民"看病难、看病贵"三个方面入手，结合当今农村医疗卫生的特点，着重众建立全民医疗档案、建立医疗保障体系、走诊与坐诊相结合、改善农村医疗环境以及加强梯队人才建设等几个方面进行了分析，最后更是鼓励年轻的医务工作者"上山下乡"。

　　短短的四十多分钟的时间，卢江用理论、实例以及自己的经验和教训让大家了解到农村医疗建设的现状和解决途径，所有人都听得很认真，尤其是华老等几位医学界的泰山北斗，更是时不时地做着笔记。

　　卢江的专题汇报刚刚结束，观众席便传来了雷鸣般的掌声。

九十七

到了最后的点评环节，华老迫不及待接过话筒，然后意味深长地说道："小卢今天的讲座很有意义，这也是对我们医务工作者提出了新的要求，大部分的医生和我们一样，都想要留在大医院，大医院待遇好，工作环境也好，这个我们承认，但是我们的农村呢，农村的医疗情况如何，这往往是我们都忽略的一点。"

华老面对着黑压压的观众，平静地说道："其实我们都是从乡村中走出来的，虽然大医院的医生值得被颂扬，但是那些在艰苦条件下行医的平凡乡村医生，却更应该被我们所铭记，最后，让我们再一次地感谢卢江卢医生。"

哗！

掌声再一次响了起来。

能够得到华老的肯定，卢江的心里面也是暖暖的，这是华老在发声支持卢江，同时也是在支持农村医疗建设。

"谢谢华老！"从讲台上走下来，卢江特意来到华老面前，对华老行了一个礼，然后才回到自己的位置上面。

医学论坛结束后，卢江潜心在省医科大进修。卢江在论坛上的提议没想到得到了即将毕业的医科大学生的支持，闹得学校的校长跟黄鹤抱怨卢江这是明晃晃地跟他抢人啊！黄鹤打电话把这个事情当成笑话讲给卢江听，卢江只是笑着调侃了几句。

这天，卢江正在学校的图书馆学习，他要学的东西有很多，也很杂，毕竟乡村医生是个"多面手"，上到手术、下到接生，卢江都得学会。而就在这个时候，一个俏丽的身影出现在卢江的旁身边，卢江头也没抬，依旧在认真地看着书。

这些日子，也有人对卢江心生爱慕之意，特意跑过来蹭好感，卢江一概很礼貌地回绝了，今天来的只怕又是一个不死心的。

"卢大夫，这么用功？"

当卢江耳边响起熟悉的声音，他立刻兴奋地抬起了头，看到一身平常打扮却难掩天生丽质的女人坐在自己的面前，卢江顺势就拉住了女人的手，脸上露出了仿佛能够将寒冰融化掉一样的笑容，轻声地说道："你怎么来了？"

来人自然是卢江的未婚妻——肖丰饶。

"我来查岗啊，看看你有没有不老实，听说你现在在咱们学校挺火的啊，好多小美女都往你身边贴，我这不是怕你意志不坚定吗，特意过来提醒的。"肖丰饶笑呵呵地说道，两人说话的声音都很小，只有彼此才能够听到。

卢江露出了一副正派的样子，乐呵呵地说道："这样啊，恐怕是要让你失望了吧。你也看到了，我可是一个洁身自好的正人君子。"

肖丰饶满意地点了点头，"嗯，还算不错，应该好好地奖励奖励你。"

卢江脸上乐开了花儿，笑呵呵地说道："那就好，你回来应该不是专程来看我的吧？我可是把你给押在石城镇了，你回来了要是让镇上的村民误会怎么办？我卢江可丢不起这个人啊！"

"你就放心吧，村民可是很通情达理的。"肖丰饶认真地说道，"其实呢，这一次回来啊，我是有很重要的事情的，既然我们都已经订婚了，那就把日子定一下吧，等一会儿和我回家去找我老妈摊牌去。"

卢江直接被吓了一个激灵。

看到卢江的表情，肖丰饶咯咯咯地笑着说道："怎么了？我妈又不是'阎王爷'，至于这么害怕吗？"

"比'阎王爷'还可怕！"卢江无力地吐槽道。

肖丰饶知道老妈对自己和卢江的事情一直都是很反对的，但是后来肖丰饶也试探过老妈，随着两人年纪的增长，老妈的态度也松动了。

"没事，放心吧，有我呢！"肖丰饶一本正经地说道。

这一次不是在家里面，而是在一家酒店的包间里，肖枫、田静两口子和黄鹤都在，当卢江跟着肖丰饶走进来，卢江看到阵仗，忍不住心里面打怵，"肖院长，田阿姨，师父，你们都在呢！"

"来了就坐吧，就等你们俩了！"黄鹤乐呵呵地说道，"菜我都已经点好了，不过这次呢，却是卢江你来买单，没问题吧？"

卢江忙不迭地点了点头，一本正经地说道："没问题，绝对没问题！"

肖院长则是淡淡地回应道："你应该的。"

田阿姨一直都没有理会卢江，脸上的神情也很是冷漠，一如既往对卢江很不满意的样子。

"那么咱们就先谈正事吧！"黄鹤正色说道，"田老师，这次来呢我是代表卢江的家长来提亲的。至于两个孩子的感情基础呢，我不用多说，大家也是知道的，这两个孩子的感情基础可是非常好的，而且他们也愿意相守一辈子。不知道你们夫妻俩是否同意他们在一起呢？"

田静扭头对卢江说道："小卢，你能保证对我女儿好一辈子吗？"

"能！"卢江郑重地回道。

"那就回省城来，在镇里，你赚得不多，日子过得又挺辛苦的，回到省城会过得舒服一些，将来你们结婚生孩子之后，我也能帮着你们带带孩子，能不能做到？"田静认真地说道。

"对不起！"

卢江心里无奈地说道，这是他和肖丰饶在一起最大的障碍。

"妈，我已经和卢江决定好了，我们就在……"肖丰饶急急地说道，结婚这件事真的不能再拖下去了。

"你闭嘴，我在问卢江呢！"

"阿姨，我已经决定留在石城镇了，那里是我走出大山的目的，丰饶很体谅我，我也希望您能够体谅我，我会给丰饶幸福的，这个我可以保证，但是让我离开石城镇，我做不到，留在那里，是我们的使命！"

"这么说，你是不想和我女儿在一起了？"田静认真地说道。

"想，非常想，我觉得幸福其实就是和自己爱的人在一起，就像当年您和肖院长一样，即使是在农村，即使是粗茶淡饭，只要和自己爱的人在一起，那就是幸福的，我很欣慰我的身边也能有这样的一个女人无怨无悔地陪着我，就像是您一直对肖院长不离不弃一样，所以，我不能答应您。"

九十八

三个月之后。

石城镇医疗站新楼已经落成，五层的独幢楼，宽敞明亮。卢江和曾岩两人笑吟吟地站在楼门口。

"卢大夫，欢迎你回来，怎么样，这乡镇医院你还满意吗？"曾岩脸上一直都挂着平和的笑容，仿佛在他的眼里面，自己只不过是做了一件微不足道的小事，仅此而已。

卢江笑了笑，乐呵呵地说道："满意，非常地满意！这还要多谢曾董的大力支持，我代表石城镇全体村民谢谢你。"

"谢我就算了，不过村民的热情让我深受感动啊，要不是大家一起帮着施工，我们的这个帮扶救助的工程也不会如此地顺利，可以看得出来，大家对于这属于自己的乡镇医院可是非常地期待啊！"

曾岩感叹道，自从乡镇医院开始重建，每天总有人陆陆续续地赶过来帮忙，大家都是有把子力气的，就连小朋友放学后也会被家长支使到医院工地去帮忙做一些力所能及的小事情，这一幕都被曾岩的工程队的头头看在眼里面，而且这种热情也感染了曾岩，在卢江回到石城镇之前，把医院盖好了，给了卢江一个大大的惊喜。

"省城医院又捐了一批设备过来，而且省医科大也有几名实习医生自愿前来进行支医，县委县政府也支援了不少的医疗器械和物资，就连县医院的荣'老抠'院长也捐出不少的病床，现在咱们这个乡镇医院都快要赶上县医院的规模了，荣师兄还天天地抱怨呢。"

肖丰饶同样很开心地说道。

卢江笑了起来，仿佛看到了荣树贤师兄那一副肉疼的嘴脸，他乐呵呵地说道："他当然要羡慕了，咱们现在做大做强，到时候只怕是要让荣师兄睡不着哩！"

所有人都开心地笑了起来。

卢江悄悄地拉住了肖丰饶的手，脸上满满的都是幸福和甜蜜。他和肖丰饶的事情终于彻底地解决了，那天田静在听了卢江的话之后沉默了许久，过了一会儿，才勉强松口同意他们两人的婚事。毕竟这是女儿做出的选择，正所谓"强扭的瓜不甜"，田静也就默许了。

婚礼再过几天就要举办了，就定在卢家那深宅大院里面举办，肖枫给自己预订了一间房间，他老了之后要到石城镇来养老，当然了，黄鹤也说明了他也要搬过来，毕竟，这里很安静，也能够安心地搞研究。

一行三人走进了医院。

在医院候诊区的长椅上，韩乐乐一脸紧张地坐着，她身边的谭富民则是一脸紧张而又殷勤地侍候着，生怕韩乐乐有个三长两短，马海穿着一身白大褂走了出来，对韩乐乐说道："别紧张，没事的。"

"这是干吗？乐乐这是生病了？"

肖丰饶有些担心地问道，不过她说完之后韩乐乐的脸立刻变得通红，而谭富民则是一脸的傻笑。

马海笑呵呵地说道："不是生病，是好事，刚才杨苗给他们做了一个检查，老谭要当爸爸了，估计现在大脑还没从这个喜悦之中转过这个弯来吧？你看看他那个傻样子，好像怀的不是孩子是金子一样。"

在一片恭喜声中，韩乐乐的脸更红了，谭富民则是笑得更傻了。

卢江来到了自己的办公室，肖丰饶也跟着走了进来，曾岩去看弟弟曾岚去了，整个办公室里面只有他们两个人。

肖丰饶柔声地问道："喜欢吗？这里的一切都是我为你精心布置好的。"

"当然喜欢了，只是辛苦你了，你平日里的工作那么忙，还要特意来布置我的办公室，我的心里面，那是感动得稀里哗啦的。"卢江笑呵呵地说道。

"我不辛苦，接下来你才是最辛苦的。"

卢江的办公桌前，两枚虎撑摆在了很显眼的位置，放在一个看上去很古老的药箱上面，这个药箱是卢江从爷爷那里继承下来的，而这两枚虎撑，一枚是属于爷爷卢汉清的，另外一枚则是属于爸爸卢海平的。

这个时候，肖丰饶也不知道从哪里变戏法似的拿出一个精致的盒子，递到卢江的面前，"早就盼着你能回来了，这是我送给你的礼物。"

"什么好东西，还搞得这么神神秘秘的？"

卢江一边嘟囔着，一边有些迫不及待地打开了那个包装很简朴的盒子，打开盒子那一瞬间，卢江整个人都愣住了，"这，这是……"

此时，盒子里面静静地躺着一枚做工精良的虎撑。

铜质的圆环，上面雕刻着无比精美的花纹，和爷爷的云纹虎撑、老爸的人参花纹虎撑不一样，这纹路看上去是日月星辰一般，握在手里面有一种非常厚实的感觉，卢江的脸上立刻露出了喜爱之色。

"谢谢！"

卢江十分感激自己的未婚妻，或许只有她才能够明白自己真正喜欢的是什么，而这也是一种默契，一种能够相濡以沫的幸福。

……

清晨乡间的小路上，许多不知名的野花绽放着，上面还有露珠的痕迹，迎着朝阳的气息，远处山间雾霭萦绕，村子里屋顶上飘着袅袅炊烟，初升的太阳透过薄薄的云层洒下了缕缕金光，映成一片绯红的朝霞。

一会儿，太阳从东边冉冉升起，薄云消散了，雾霭也渐渐消失，站在宁静的山间小路上放眼眺望，山上的树木郁郁葱葱，苍翠遍野，漫山开满了五颜六色的花，宛如是给山穿了一件朴素雅洁的花裙子，下边还镶着像绿宝石一样的花边。

蓝天白云之间陡峭的岩石形态万千，一泓清溪顺着山势蜿蜒而下，溪水撞击在岩石上"叮咚"作响，弹唱着欢畅的乐曲，溪水下光滑的鹅卵石清晰可见，高山流云也倒映在水中，一群小鱼在水里欢快地游着，一阵风吹过，水面上荡起了一道道波纹，从远处传来了百灵鸟的歌声，一道身影被眼前的一切迷住了，仿佛一切都静止了。

微笑着望了望远处，卢江背好了药箱，继续赶着路，自己祖祖辈辈踏出来的路，而此时在他的药箱里面，放着三个没什么用的虎撑，一个是爷爷的，一个是老爸的，而另外一个，则是属于他自己的……

（全书完）